金絲猴的王冠

另類生靈

【新封珍藏版】

沈石溪——著

Contents

象王的眼淚

影疊走到牠面前，甩甩腦殼，輕蔑地打了個響鼻。那眼神，沒有同情，沒有理解，甚至沒有一點悲憫，而只有幸災樂禍。火扎渾身一陣顫慄，身體像股煙似地飄了起來。牠的兩隻眼球痛苦地抽搐一陣，便凝然不動了。

一滴冷淚漫出來，凝固在眼角上。

雄象有淚不輕彈，火扎從成年到生命結束，這還是第一次掉淚。

一、象王與乳象

閃電像一條青蛇，在烏黑的雲層間游動。狂風吹得落葉和塵土漫天飛舞。一個霹靂下來，震得山巒瑟縮顫抖。熱帶暴風雨就要來臨了。

戛爾邦象群四十多頭大大小小的象，聚集在一座名叫猴嶺的山頂上。對象群來說，這是非常危險的。猴嶺地勢高，四周都是窪地山谷，極易遭到雷暴的襲擊；山頂面積不大，四十多頭象待在這裏顯得十分擁擠，真要落下一個雷，就會倒斃一串生命。戛爾邦象群歷史上曾發生過這樣的慘禍。好幾頭老象眼睛裏流露出焦慮和恐懼。好幾頭乳象驚慌地躲到母象的長鼻下。所有的象都用期待的眼光望著老象王火扎，希望牠能發出撤離猴嶺的吼叫。

沿著猴嶺右側那條寬闊的雨裂溝下到山谷，就有一個巨大的天然石鐘乳溶洞，可以容納整個象群，躲避熱帶暴雨的襲擊。

老象王火扎神情悽楚地站在一叢鳳尾竹下，牠的面前躺著剛剛被老虎咬斷喉管的乳象丫丫。牠目不轉睛地望著地上的丫丫，根本就沒感覺到游蛇似的閃電和轟隆隆的雷聲。

雨點終於掉下來了，沖刷著乳象丫丫被虎牙撕裂的脖頸。傷口上已經凝固的血漸漸稀釋流動，地上漫流開一股殷紅的血水。丫丫還沒完全死絕，被冷雨一澆，一隻小蒲葵葉般的耳朵竟抽搐起來。火扎眼睛一亮，急忙伸出長鼻勾住丫丫的腦殼，竭力想把丫丫扶起來。

牠的努力當然是徒勞的，好不容易把丫丫的腦袋扳正了，稍一疏忽，又咚地一聲滑落到地面。

火扎不甘心，一遍又一遍地努力著。

一頭名叫莎叭的母象走過來，用長鼻纏住火扎的長鼻，勸慰老象王不要再傷感。莎叭是丫丫的生母，寶貝被老虎咬死後，牠眼裏的淚就沒有乾過。但牠不願因自己寶貝的死，而讓整個象群都暴露在可怕的雷區。

火扎不耐煩地甩脫了莎叭的鼻子。莎叭撲通跪了下來，低垂著腦袋，寬闊的象嘴裏發出一串低沈的叫聲：咿呀嗚嚕咿呀嗚嚕。

象有象的語言，較之人類的語言，象的語言要簡單得多，象是靠聲音語言輔助身體語言來交流思想感情的。把母象莎叭的身體語言和聲音語言綜合翻譯，大意是說：尊貴的王啊，慈悲的王啊，我知道你為丫丫的不幸而悲痛欲絕，但這是天災人禍，死的不能再復生，請節哀保重，趕快率領象群到深谷去躲避暴雨吧！

母象莎叭天真地以為，老象王火扎是在為丫丫悲哀，為丫丫傷心。

這真是大錯而特錯了。

身為象王，火扎經歷過幾十年的風風雨雨，見慣了殺戮與死亡，不可能會對一個普通的死亡事件特別動感情的；老虎是象群的天敵，發生虎患，並不稀罕，牠沒有失職的內疚；象群實行的是群居群婚，小象只認其母不知其父，在公象意識中，根本沒有那種血脈相襲的血緣父愛，火扎心裏當然也不會產生慈父哀悼幼女的深情；莎叭在象群中是姿色極一般的母象，不受火扎寵愛，也不需要特別地去悲傷一場。

某些群體，首領為了籠絡感情，為了增強群體的凝聚力，也為了樹立自己寬仁慈愛的形象，往往對下屬的死亡假惺惺地掉幾滴淚，或忸怩作態地悲慟一番。但老象王火扎已完全沒必要演這類戲了；牠在位三十多年，早已建立起足夠的威信，地位不可動搖。

火扎久久沈浸在哀傷中不能自拔，是有特殊原因的。ㄚㄚ的死像是一面鏡子，火扎在鏡子裏照出了自己的衰老與昏聵。

那隻華南虎並不見得特別兇悍，特別狡猾，趁著暴風雨即將來臨，天色昏暗，飛沙走石，象心渙散，竄進象群來襲擊乳象，也並不是別出心裁的絕招，而是老虎慣用的伎倆。然而，牠火扎卻未能阻擋住老虎的暴虐。

由於野象谷周圍前幾天就發現老虎的蹤跡，象群已有防範措施，每頭乳象身邊都有一頭身強力壯的大公象做保護神，火扎的守護對象就是ㄚㄚ。牠傷心欲絕，是因爲那隻華南虎不去咬待在其他大公象身邊的乳象，而是把攻擊的目標選中牠身邊的ㄚㄚ。

牠瞭解老虎的品性，畏懼年輕力壯的大公象的尖牙、巨蹄和長鼻，襲擊前，總要在暗處觀察掂量再三，挑最差勁最薄弱的環節進行突破；老虎雖然號稱山林之王，其實本質上也是欺軟怕硬的傢伙。那隻一雙眼珠子藍得像波斯貓的華南虎偏偏挑中牠火扎，足見天敵的眼力是一桿極厲害的秤，準確地秤出了牠生命的衰微與力量的弱小。

藍眼虎在襲擊ㄚㄚ時，並沒有什麼能使火扎聊以自慰，從而保持心態平衡的高妙策略。老虎突然從茂密的竹林背後竄出來，趁牠火扎正在掘食一支筍子，窮兇極惡地撲向ㄚㄚ。ㄚㄚ嚇得尖叫起來。牠聽見了，也看到了，立刻扔下挖了一半的筍子回身援救。

要是牠反應敏捷些，動作俐落些，本可以撅著象牙在半道上攔截並驅趕老虎的；不管怎麼說，虎面對體格比自己魁偉近四倍的大象，不可能像攻擊綿羊那般肆無忌憚，虎襲擊象群通常抱有一種僥倖心理，稍遭反擊，便會逃之夭夭。可在這節骨眼上，牠火扎急忙轉身時，不知是因爲急火攻心還是動作太猛引起頭暈腦脹，突然兩眼發黑，閃了個趔趄，險些跪倒在地。

牠失去了寶貴的攔截時機。等牠清醒過來，藍眼虎已撲到了丫丫身上。牠吼叫著奔過去。這時，雖然形勢險惡，虎爪已撕破丫丫的脊背，但虎牙還沒有咬著喉管，仍有可能把丫丫拯救出來。好幾頭大公象已聞訊趕來了，正在途中，只要牠能揮舞象牙和長鼻與虎周旋幾秒鐘，大公象們一到，象多勢眾，藍眼虎即使有三頭六臂也難以繼續逞兇。

牠幾步便跨到扭成一團的藍眼虎和丫丫旁，先掄起長鼻朝虎眼掃去，想一下子把藍眼虎掃成瞎眼虎，遺憾的是掃偏了，不但沒掃瞎那雙藍色的虎眼，倒掃在丫丫的臉上；本來丫丫朝左擰著脖子歪著臉，竭力躲避從右側噬咬的虎口，被火扎的長鼻一掃，反倒把柔嫩的脖頸給掃進虎口去了。藍眼虎毫不客氣地一口叼住奉送到嘴邊的丫丫的喉管。

丫丫四條小腿猛力踢蹬，垂死掙扎。火扎急紅眼了，低著頭，撅著象牙，朝虎腰捅去。藍眼虎只朝前一拱，便很輕靈地閃開了。牠用力過猛，朝前衝出好幾步，象牙深深扎進一根竹子裏，等牠費勁地拔出象牙，藍眼虎已咬斷了丫丫的喉管，一陣風似地逃遠了。

一個球狀閃電落到猴嶺東側一座孤峰上，一棵千年雲杉被炸得四分五裂，山頂瀰漫開一股刺鼻的焦糊味。乳象們嚇得嗚嗚亂叫，整個象群驚恐不安地騷動起來。但懾於象王的威嚴，沒得到火扎首肯，誰也不敢擅自撤離。

母象莎叭用鼻子折斷一根樹枝，輕輕地蓋在丫丫身上。

火扎這才抬起臉，看看電閃雷鳴的天空，又看看亂成一鍋粥似的臣民們，翹起長鼻示意性地甩擺兩下，於是，象群像得到特赦似的，急忙下到深谷的石鐘乳溶洞中去避雨。

老象王火扎仍默默地站在丫丫身旁，像個虔誠的守靈者。直到暴雨將牠全身淋得濕透，直到丫丫一動不動，聲息全無，這才步履緩慢地離開山頂。

雷雨過後，猴嶺傳來虎洋洋得意的嘯叫聲，誰心裏都很明白，那是藍眼虎在撕食可憐的乳象丫丫。

二、挑選接班的王儲

一連幾天，老象王火扎都悶悶不樂，經常站在路邊的土丘上，用挑剔的眼光打量從土丘下經過的每一頭象。

牠想挑選出能接自己班的王儲。

牠是無可奈何才這麼做的。牠希望自己能在王位上活它個一萬年，但這是不可能的。牠今年六十歲了，對亞洲象來說，六十歲已經是壽星了。前幾天那場虎患敲響了牠的喪鐘，即便是高高在上的象王，也無力改變新陳代謝的規律。

象的腦很發達，腦容量不亞於人，是一種生性聰慧的高級動物；象具有一種包括人類在內的其他生物都沒有的特異功能，就是能準確地預感到自己的死期，很多老象都是在臨終前的一兩天含淚告別群體，跋山涉水，踏著生命的最後幾寸光陰，趕到遙遠的神秘的埋葬著祖先的象塚去。火扎也預感到了自己的死期，快則半年，慢則一年，死神就會降臨。

作爲老象王，火扎最愛的當然是自己，是王位，是權力，但同時，牠也愛受自己統治的群體和種族。牠既然無法逃脫死亡，便真誠地希望在自己百年之後，戛爾邦象群仍興盛不衰。牠很清楚，一個群體興旺還是衰敗，除了環境條件的制約外，關鍵在於首領。牠希望自己能爲戛爾邦象群選定一個能勝任的新象王，作爲王位的繼承者儲備著，就是王儲，一年半載後自己不行了，就讓王儲繼位。

新象王當然要出類拔萃。王儲必須具備如下素質：高度的智慧、出眾的體魄、勇猛的膽略、堅韌的意志和非凡的自信。這選拔接班人的五條標準，少了哪一條都不行；這五條的綜合與平衡，方能完整無缺地顯示領袖的風範與氣度。

用落花流水的心境挑選王儲，對生性高傲的老象王火扎來說，本來就夠折磨心靈的了；這有點像在爲自己找掘墓者，爲自己縫製壽衣，爲自己擬定悼詞，爲自己唱安魂曲。更讓火扎感到心煩的是，挑來挑去挑了好幾天，在戛爾邦象群所有的公象裏，竟然挑不出一頭牠十分中意的王儲來。

牠火扎多年的搭檔，或者可以稱爲象王助理的拉癡，體格幾乎與牠火扎一樣魁偉，比普通公象要高出半個肩胛，外表倒不乏象王風采，但拉癡頭腦簡單，缺少主見，少了一根獨立爲王的精神脊梁。大公象壘壘，頭腦發達，四肢強壯，一直在暗中覬覦著王位，至今野心未泯，可惜壘壘才比牠年輕兩歲，也已步入了暮年晚景。公象凱凱，年富力強，兇悍好鬥，路途遇見虎呀豹呀蟒呀鱷呀之類的天敵，總是不顧一切地跟著牠火扎橫衝直撞，確有一股強者氣勢，遺憾的是，凱凱身高只及普通母象，體格偏小，在種內競爭中是很吃虧的，怕屁股還沒在王位上坐熱，就會被其他體格高大的公象廢黜掉，從而導致一場流血的內鬨，傷害群體的元氣。

還有一頭大公象糯糯，非常聰敏，見到高高的樹杈上結著一叢嫣紅的雞素果，鼻尖搆不到，就將長鼻汲滿水，像高壓水龍頭般噴射出水柱，把雞素果沖下來，糯糯的身架也健壯得像座小山，就是生性太懦弱，脾氣太溫順，連母象都敢往牠臉上擲芭蕉皮，這樣的象，在群體中只能是模範臣民……

找不到一個稱心如意的王儲，老象王火扎整日憂心忡忡，寢食難安。

其實，戛爾邦象群裏並非全是平庸之輩，有些優秀者尚未嶄露頭角有所作爲，就被粗暴地鎮壓下去了。

這是老象王火扎在位三十多年的一貫做法。

生活告訴火扎，任何一個強壯的雄性都是王位的角逐者。爲了保住王位，只有在這些雄性還未強大到能對牠構成威脅時就剪除其野心，磨盡其銳氣，或者乾脆驅逐出群體，讓牠被嚴酷的熱帶叢林吞噬掉。

做這樣的事，火扎從不心慈手軟；說到底，這是一種生存競爭。

比如十年前，戛爾邦象群有頭名叫鍾鍾的公象，身體強壯，勇猛無比，還未成年就有好幾頭小母象圍著牠轉了，結果被牠火扎隨便找了個藉口，逐出象群，孤伶伶地在荒野流浪，最後被獵人圍捕，一支麻醉槍射中胸部，昏迷後被裝進鐵籠，送到遙遠的動物園展覽去了。

對一些桀驁不馴的公象，即使找不到藉口將其逐出群體，火扎也同樣有辦法馴服其野性。例如綽號叫河馬的公象，才十五歲就倔頭倔腦的，一次，牠火扎在一片廢棄的果園裏找到一顆香柚，捲食時不小心將香柚掉在地上，恰巧滾到河馬跟前，河馬沒像其他乖象那樣將香柚撿起，並吹盡沾在上面的泥灰，恭恭敬敬送到牠火扎的鼻吻下，而是將香柚一口吞進自己的嘴裏。

目中無王，也太狂妄了；今天搶香柚，明天就會搶王位。於是火扎就在覓食、汲水和宿營時，有意找河馬的岔子，挑河馬的毛病，動不動就發脾氣，朝河馬的耳根大吼大叫，對方稍有不滿的表示，就用長鼻當眾抽打，天長日久，河馬心裏便沈澱了一塊自卑情結，總覺得自己很猥瑣、很糟糕，在任何象面前都有一種抬不起頭來的感覺，一看見牠火扎的影子就害怕得發抖。

別以爲火扎是戛爾邦象群歷史上唯一的暴君，所有在位的象王其實都是這樣做的。作爲象王，當然不能讓自己的王位受到絲毫威脅，那怕是潛在的威脅。

要不是火扎預感到了死期，牠仍然會一如既往地用鐵腕掃滅大公象身上萌發的野心，強化與鞏固自己的統治。

火扎仔細觀察了好幾天，篩選的眼光在戛爾邦象群所有的公象裏溜了一圈又一圈，最後勉勉強強在一頭名叫影疊的公象身上定格了。

影疊這名字來得挺有意思，和大多數從頭至尾有一身稠密斑斕的體毛的哺乳動物不同，大象皮厚毛少，皮膚幾乎都裸露著；稀疏的象毛和象皮是同一顏色，瓦灰瓦灰的，在陽光下，身體輪廓分明，線條清晰。影疊卻有點特別，體毛是瓦灰色的，皮膚卻是烏灰色的，體毛的顏色淺，皮膚的顏色深，雙重顏色，在陽光下乍一看，輪廓模糊，線條朦朧，就像焦距沒調好的照片，疊影！

影疊今年十六歲，體格差不多和成年公象一般高大，長鼻豐滿富有彈性，四蹄粗壯堅實有力，身體像座小山，兩根象牙雖還沒完全長好，卻潤滑細膩，潔白銳利，牙尖閃爍著劍鋒般的光芒。

火扎選定影疊，除了身體素質之外，更看重心理素質。影疊雄性的心靈沒遭過任何扭曲，直率的天性沒受過任何創傷，也就是說，影疊青春的靈魂裏還沒有污染自卑與奴性。在同齡夥伴面前，影疊居高臨下，儼然是個小頭目。在牠火扎面前，從不刻意地乖巧溫順，恰恰相反，小小年紀便有忤逆行爲。

半月前，象群到半坡寨去偷吃玉米，來到半坡寨對面的山梁，有兩條通往玉米地的道路可供選擇：一條是順著平緩的山梁繞道而行；另一條是從陡坡下去，穿過箐溝再爬半截陡坡，走一條直線，可節省很長一段路程。牠火扎在三岔路口猶豫了一下，考慮到象群有幾頭老象和乳象腳力較差，下陡坡恐有不測——這當然是堂而皇之的表面理由，更深層的連牠自己都不好意思承認的理由，是怕自己年老體衰，下坡時象蹄打滑或被藤子絆倒，露出龍鍾老態——便指揮象群繞道而行。

在覓食途中確定行走路線，既是象王的職責又是象王的權力，這是亙古不變的真理。象群中誰也不敢有什麼異議，默默地跟著牠魚貫而行。

才走了幾步，突然影疊竄出隊伍，離開象道，斜刺從陡坡跑下去。走直線當然更快，能搶先一步吃到美味可口的玉米。於是，幾頭年齡與影疊相仿的小公象都離開群體，跟著影疊從陡坡下深谷去了。

象群亂了套，象心也亂了套。當時牠火扎惱羞成怒，覺得影疊是禍種捏成的幽靈，瞅著影疊在箐溝裏歡快地蹦蹦跳跳，十分扎眼，那重疊而朦朧的身影，如同是一桿造反的旗幟。當時牠心裏就冒出一個歹毒的念頭，要找個機會將影疊揍傷致殘並逐出群體。牠是在位象王，就像眼睛裏容不得沙子那樣容不得背叛。但現在火扎認爲，影疊的行爲是一種自信並有主見的表現。敢走自己的路，是生命最耀眼的閃光，也是王者的端倪與特質，難能可貴。

目的不同，是非就會轉換，罪孽變成優點。

影疊雖然心理素質不錯，但也有不足的地方。十六歲畢竟太嫩了，而且這十六年來，影疊都是在群體的庇護下生活的，沒在艱苦卓絕的生活中磨練過，身心都還稚嫩。從這點看，影疊不是最理想的王儲人選。然而，火扎沒有更多的選擇餘地，矮子裏挑將軍吧。好在牠還有半年到一年的時間可活，能找到辦法使影疊快速成熟起來的，火扎想。

唉，便宜了這體色深淺不一、輪廓模糊不清的傢伙。

三、影疊被逐

影疊懵了，完全懵了。

這打擊來得太突然，牠心裏沒有一點兒準備。牠正在水塘邊和同齡夥伴獨耳用鼻子逗蝌蚪玩，冷不防屁股上重重挨了一鼻子，火辣辣地疼。牠回頭一看，老象王火扎惡狠狠地瞪著牠。牠以爲老象王想喝水，嫌牠擋了道，於是很識相地停止玩耍，退到了一邊。不料老象王追了過來，高高掄起長鼻照牠脖子抽來。

牠沒防備，被抽得像陀螺似地在原地旋了幾圈。牠懵了，不明白老象王幹嘛要發這麼大的火，爲什麼要揍牠。牠緊張地回憶近來自己的表現，是否有得罪老象王的地方，搜遍記憶的角角落落，也想不起自己有過什麼過錯。

影疊雖然不是溫柔聽話的乖象，但也不是淘氣包和促狹鬼。即便影疊要搞什麼惡作劇，也不敢把老象王當做作弄的對象。影疊從小生活在戛爾邦象群裏，十分清楚老象王的權威神聖不可侵犯；牠已經十六歲了，這個年齡對亞洲象來說，早已不是不諳世事的乳象了；牠對火扎沒有什麼好感，牠覺得火扎高高在上，目光老是陰沈沈的，心狠鼻辣；可牠也不特別憎恨火扎，因爲牠和火扎有很

長一段年齡差距，自然會有幼者對長輩的尊重，畢竟牠還沒完全發育成熟，對佔據王位幾十年的老象王，有一種習慣性的服從。

沒有親暱但也沒有仇恨，沒有友誼但也沒有矛盾，影疊想不通火扎為什麼突然橫眉豎眼地揍牠。呦噢——牠委屈地叫了一聲，表白自己的心跡：尊敬的王，我從沒有想要得罪您，也不想惹您生氣，您一定誤會了。

火扎並沒有因影疊告饒和解釋般的吼叫而停止攻擊，繼續用長鼻沒頭沒腦地抽打。這可不是長輩對犯有過失的晚輩的那種有節制的教訓，也不是尊者對卑賤者那種懲前毖後，治病救「人」式的體罰。老象王那條被歲月風霜浸漬得皺褶縱橫的鼻子掄得呼呼有聲，就像用雷霆搓成的長鞭，在往死裏打。影疊東躲西閃，連連後退；火扎左追右撵，步步緊逼。火扎攻擊的氣勢和那股較真勁兒，彷彿面對著的是條巨蟒或者是隻惡豹。

影疊委屈得連連吼叫。

打鬥聲驚動了散落在水塘四周的象們，牠們都停止覓食飲水，翹首朝這邊瞭望，大多數象的眼光裏都對影疊抱有同情和憐憫，但攝於老象王的淫威，大家都緘默無語。

火扎不是傻瓜，完全明白自己正在做一件有損自我形象的蠢事。沒有任何理由就如此虐待一頭尚未完全成年的公象，眾心難服啊！牠是故意要這麼做的。假如是一般性質的驅逐雄性同類，牠不會那樣傻不愣登地蠻幹；牠會找個碴兒，讓這事看起來好像是影疊犯了大逆不道的過錯，在遭受應有的懲罰。這樣既達到了驅逐的目的，又讓眾象認為影疊是咎由自取，何樂而不為。

即使影疊十分小心謹慎，不出任何差錯，不落任何把柄，牠火扎也完全可以設個小圈套，製造出懲罰的口實，例如在獨木成林的古榕樹下宿營時，有意讓影疊搶佔象王的位置，或者在崎嶇的山道上，故意將一頭剛剛出生不久的乳象推搡到影疊腳跟前，讓毫無防備的影疊將乳象撞下山崖去。牠是象王，做這樣的事還不是小菜一碟，不費吹灰之力？

但火扎決意不要藉口，牠就是要赤裸裸地驅逐，赤裸裸地迫害。牠要讓影疊明白，荒原叢林，唯一的真理，就是弱肉強食。別指望有什麼公正的裁決，對弱者來說，委屈是永恆的。

牠隱隱約約感覺到，自己這麼做，還有一個附帶的好處，假如蒼天有眼，影疊果真被磨練訓練成強者，前來同牠惡鬥爭位，眾象便會有一種牠火扎倒行逆施終遭報應的竊喜。這竊喜無疑會轉化爲對新象王的擁戴。

火扎橫蠻地進逼，影疊委屈地後退。突然，影疊猛拐了個彎，朝水塘對面的象娘佳佳跑去，希望得到庇護。

「兒是娘的心頭肉」，這句人類的俗語同樣適用於象，老母象佳佳的年齡比老象王火扎還大一歲，平時動作緩慢，暮氣沈沈，但一看到影疊無故受屈，突然變得敏捷起來，吼叫一聲，飛快地奔了過來。

但還沒等母子靠攏，一頭臉頰和鼻根佈滿一條條蚯蚓似的傷疤的大公象，舉著長鼻竄過來，擋住了老母象佳佳的去路。

這頭大公象就是老象王火扎的夥伴拉癡，拉癡對火扎一味盲從，不問是非，可說是一種十分典型的愚忠。老母象佳佳自然不是身高體壯的拉癡的對手，被抽了幾鼻子，只好退到一叢灌木後面去。

影疊得不到象娘的援助，只有落荒而逃。逃出野象谷，逃到猴嶺上，前面就是山丫口了。這道夾在兩座小山之間的馬鞍形山丫口像座天然門戶，出了這山丫口，就不是戛爾邦地界了。火扎並無罷休的意思，仍然緊追不捨。

瞧這情形，老象王是執意要把牠逐出象群了。倘若牠犯有什麼過錯，遭驅逐雖然也憤怒，倒還想得通；問題是牠什麼錯也沒有，無緣無故被驅逐，那就是徹頭徹尾地被欺凌、遭迫害了。牠雖然還沒完全成年，但到底是雄性，咽不下這口窩囊氣。被冤枉的心激烈地跳動著，一股熱血湧上腦際，牠回轉身，不顧一切地朝蠻不講理的老象王奮起還擊。

一對光滑細膩的象牙，朝老象王迎面刺來。這對象牙既沒在天敵身上試過鋒芒，也沒有經過苦難的磨礪。火扎早有防備，亮出自己那對粗糙堅硬的象牙，擋住影疊的象牙，四蹄站穩，猛甩脖頸，影疊缺乏同類相撲的經驗，被摔出兩三丈遠，差點跌倒。

火扎精於格鬥，不給影疊有喘氣的機會，豎起長鼻發出驚天動地的吼叫，撅著象牙，以雷霆萬鈞之勢，朝還沒站穩的影疊奔刺過來。影疊只得掉頭倉皇逃命。不管怎麼說，流亡總比身上被捅兩個血窟窿，肚腸漫流一地要好得多。

火扎一直把影疊逐出山丫口，逐出戛爾邦地界，這才收住腳步。火扎沿著山丫口那條山脊線撒了泡尿，那是在畫一條警戒線，表明不允許影疊再回來；影疊膽敢越過這條警戒線，就會被置於死地。

影疊莫名其妙地變成了荒原孤獨的流浪者。

四、象豹對決

影疊和雲豹是在林間小道偶然相遇的。

那隻討厭的雲豹離牠只有幾步之遙，佇立在一個土墩上，銅鈴似的豹眼直愣愣地盯著牠。

影疊過去也曾見過虎豹之類的猛獸，但那都是在象群裏，象娘佳佳和一些大公象寸步不離地護衛在身邊，現在，卻是遠離群體，單獨和惡豹面對面地相遇。牠有一種本能的恐懼，心怦怦怦跳得激烈，快跳出嗓子眼了。

雲豹上下左右全方位地打量著牠。

影疊到底是最大的陸上動物，不至於像兔子那樣，望見雲豹的影子就沒命逃竄。牠只是後退了一步，站在原地望著對方。

雖說那雙豹眼閃爍著貪婪的光，雖說那身佈滿金錢環狀的豹皮散發著青春的光焰，雖說是只騰躍撲咬和奔跑速度在西雙版納熱帶叢林裏都堪稱一流的雲豹，但影疊曉得，自己只要不驚慌失措，不掉頭逃跑，這隻雲豹再餓得慌，也不敢輕易朝牠撲咬的。牠的體格已和成年公象一般高大，站在雲豹面前，就像一座山站在土堆面前一樣；牠的一對象牙早已從厚厚的嘴唇翹挺起來，就像兩支利劍，雲豹怎敢輕舉妄動？

鎮靜鎮靜再鎮靜，影疊不斷爲自己打氣。

象與豹在闃寂的密林裏靜靜地對峙著。

這種對峙對影疊是有利的，雲豹瞧不出什麼破綻，很快會知難而退。

假如沒有這個該死的噴嚏！

彷彿命運之神故意要跟影疊鬧點小彆扭，搞點小小惡作劇，牠正和雲豹默默對峙著，突然一陣輕風吹來，揚起黏在草葉上的蒲公英花絲鑽進豹鼻，雲豹伸長脖頸，豹眼微瞇，黑色鼻吻和黃毛臉頰奇怪地痙攣扭曲，一隻前爪抬起，全身一陣顫抖，哈欠——，打出了一個響亮的噴嚏。

噴嚏是由於鼻黏膜受刺激而引起的一種急劇呼吸，會噴射出無數唾沫星子。影疊離雲豹只有幾步遠，又剛巧處在下風口；隨著響亮的哈欠聲，一團濃濃的唾沫星子從雲豹口腔和鼻孔裏猛烈噴射出來，居高臨下，不偏不倚噴了影疊一臉一鼻。

對峙的平衡剎那間被打破了。

氣味在動物世界的重要作用遠遠超過人類的想像，可以這麼說，哺乳動物是靠鼻子思想的。食草類動物由於素食的天性，十分厭惡食肉動物身上那股血腥味，大象是食草動物，當然也不例外。雲豹口腔裏的那股血腥味，濃得就像一隻發酵的糞缸，惡臭難聞，唾沫星子突然噴了影疊一臉，生理上立即引起化學式的過敏反應，一種食草動物對食肉動物本能的恐懼從心底被引發出來，噁心、反胃、頭暈、目眩、四肢發軟、身體冰涼，腦子裏一片空白，只剩下一個強烈的逃生念頭。

牠太嫩了，太缺乏經驗了，關鍵時刻犯了一個十分愚蠢的錯誤，那就是轉身逃命。與天敵對峙，轉身逃命，對天敵來說，無疑是一種鼓勵式的引誘，就像在對天敵說，我不行了，你來追吧，你來咬吧。

本來雲豹不打算襲擊肥厚的大嘴裏已長出象牙的公象，但影疊轉身一逃，悟性很高的雲豹立刻明白，眼前這頭大象雖然外表像頭成年大公象，其實卻是個稚嫩的小傢伙，這很自然地激起了牠的食欲和興趣，便縱身跳下土墩追過來。

影疊氣急敗壞，朝野象谷逃去。牠遇到災禍，本能地想得到群體的幫助。

快來救我，快來救我！牠一路哀嚎，逃得十分狼狽。

象的奔跑速度比起雲豹來，要差一大截。剛逃出一程，豹鬚就差不多觸碰到又細又短的象尾了，影疊只好轉過身來，拼命揮甩長鼻，搖晃象牙，色厲內荏地吼兩聲；雲豹便收斂些氣焰，在離影疊幾步遠的面前急速地徘徊，朝影疊打噴嚏，影疊就又失魂落魄地奔逃。

逃逃停停，停停逃逃，不一會兒影疊逃到山丫口。只要翻過山丫，就是猴嶺，下了猴嶺就是野象谷，戛爾邦象群就在附近，會聽到牠的呼叫聲，會趕來幫牠一起攆走那隻討厭的雲豹的，影疊想。

晨嵐剛剛散盡，青翠的山巒一片明麗。

影疊逃進狹窄的山丫，踉踉蹌蹌，像丟了魂似的。

嗽——突然前面響起一聲雄渾沈鬱的象吼。影疊抬頭一看，好囉，是老象王火扎站在山丫口。火扎的身旁是拉癡、凱凱、倫芯、糯糯等好幾頭威風凜凜的大公象。影疊心裏一陣驚喜。象群就在眼前，救星就在眼前。生死存亡的關頭，牠早忘了老象王的種種不是。只要火扎衝下山，喝退黏在牠屁股後面的那隻雲豹，牠會對火扎感激涕零的。牠會把火扎無故將牠驅逐出象群的事忘得乾乾淨淨。牠再也不會記牠的仇了，牠會比過去更敬重牠，更愛戴牠。

火扎幫牠解圍，易如反掌。影疊曾親眼看見過火扎用象牙挑穿了一隻大山貓的胸膛。象王對付一隻普通雲豹，應該說是輕而易舉的。

危難之中，最希望得到的是群體的幫助。嗽嗚，嗽嗚，影疊朝老象王火扎哀哀叫著，加快步

伐，朝山丫口奔去。

黏在影疊屁股後面的雲豹雖然還沒有停下追擊的腳步，但漸漸放慢的四條豹腿已顯出其內心的猶豫和驚恐，斑斕的豹頭也不再昂然前挺，而是不斷扭轉脖頸往後看，在窺探退路呢；雲豹也是智商很高的動物，很會審時度勢，望見山丫口灰烏烏、黑鴉鴉一群大象，牠一掂量彼此的實力，心裏其實已經打退堂鼓了，只要老象王火扎一參戰，牠立刻會知趣地掉頭逃跑。

動物也有自知之明。

影疊已經跑到火扎面前。

突然，老象王火扎大吼一聲，邁開四蹄走到道上，堵住了影疊的去路。影疊還傻乎乎地以爲老象王是來幫自己的，激動得就想用長鼻去親老象王的腿，沒想到老象王身體猛力一橫，撞在牠肩胛上，把牠撞得連連後退。老象王揚起長鼻對準影疊的臉左揮右掃，意思再明白不過了，就是不讓影疊通過山丫口。

影疊傻了眼。自以爲是救星降臨，不料卻是掃帚星擋道。

後面是貪婪兇殘的雲豹，前頭是虎視眈眈的老象王；後面是火坑，前面是油鍋；左右是大象無法攀逃的陡壁，影疊真正陷入了絕境。

影疊悲憤地仰天長吼一聲。

老象王不讓牠翻過山丫逃進象群，等於是把牠送給雲豹當午餐，牠沒想到老象王的心腸會如此歹毒，一點也不講同類情誼。別說牠影疊一無過錯，即使真犯下彌天大罪，在這性命攸關的當兒，也不該假借雲豹來消滅牠的！

可惜，在野生動物王國裏，沒有道德法庭，也沒有法官來主持公道，評判是非。

五、雲豹斷魂

話說那匹雲豹，本來已氣焰萎落，準備打退堂鼓了，可當牠目睹了老象王火扎阻止影疊通過山丫口的情景後，立刻又來勁了，氣勢磅礴地連吼數聲，張牙舞爪朝影疊進逼過來。

影疊反射動作般地又朝山丫口逃去。老象王火扎兇神惡煞般地站在山丫口，就像關嚴的一扇門。

影疊再次逃到火扎面前，沒等火扎掄起長鼻抽打過來，兩條前腿一彎，就要跪在地上。牠實在無路可走了，只有向蠻不講理的火扎乞求饒恕，現在不管強加在牠頭上什麼罪名，牠都一概承認。牠再也不敢有被冤枉的想法。只要火扎能出手相救，牠願意承認自己被逐出群體是罪有應得、咎由自取，牠願意降格做火扎忠誠的奴僕，鞠躬屈膝也在所不惜了。

影疊雄性的精神世界已瀕臨崩潰，直率的性格頃刻之間就要扭曲了。

老象王火扎把一切都看在眼裏。假如火扎是要把一頭桀驁不馴的公象改造成順民，牠會出手相救，把黏在影疊屁股後面的雲豹趕走的。恩威並施，威已經足夠了，再施點恩，便可使影疊終身對牠服服貼貼。可牠對影疊寄託的是另一種目的。牠無論如何都不能出手相救。牠很清楚，現在是影疊性格定型的關鍵時刻；是獨立不羈、勇於向苦難抗爭的王儲，還是逆來順受向命運屈服的奴僕，成敗在此一舉。

影疊兩條前腿已朝牠跪下，說明靈魂中的奴性正扮演主角；倘若牠這時出手相救，這奴性的性格永遠也無法逆轉了，影疊這輩子也算完蛋了。牠必須讓影疊將靈魂中的奴性驅走，要做到這一點，勸慰和勉勵是無用的，只有無情地威逼。影疊是被死亡嚇得跪倒的，牠要用死亡逼得影疊重新站立起來。牠要造成這樣一種局面：對影疊來說，站起來是死，跪下也活不了；跪下必死無疑，站起來或許還有一線生機；或者死在豹牙下，或者死在象王的象牙下，請挑選吧。

火扎撅起兩根象牙，牙尖閃耀著寒光，以泰山壓頂之勢朝欲跪未跪的影疊衝刺過去。那氣勢與力量，一看就知道是動了真格的。

影疊兩條前腿已經跪下去了，兩條後腿還屈立著，見狀大驚，一骨碌站了起來，掉轉身拼命竄逃。牠雖然躲過了火扎象牙的刺擊，卻給雲豹的進攻提供了契機。雲豹嚎叫一聲撲躍過來。

狡猾的雲豹雖然不可能清楚瞭解戛爾幫象群內部微妙複雜的關係，但已看出影疊是被排斥在群體外的可憐蟲，別看山丫口有一大群象，還有不少讓牠望而生畏的大公象，但都不會來幫這頭倒楣的小公象的忙，不會來管閒事；象們都袖手旁觀，從某種意義上說，就是在慫恿牠放開膽子放開爪子蠻幹一通。牠早就餓壞了，小公象的肉還是蠻好吃的。牠恨不得能一口咬斷影疊頸側那根動脈血管，用甘甜的象血滋潤自己饑渴的胃。

出於避重就輕的本能，影疊在原地轉了一百八十度的彎，將屁股對著已躍到半空中的雲豹。

隨著一聲豹吼，影疊只覺得屁股上壓下一個沈重的軀體，兩條後腿顫抖著站不穩，龐大的身體快被拖倒；牠顛動搖晃身體，想把雲豹從自己屁股上摔下來，遺憾的是，雲豹的爪子已摳進牠的皮囊，比螞蟥叮得還牢。

雲豹已在啃咬牠的屁股墩，撕心裂肺地疼痛。屁股雖然對大象的整個身體來說不算特別重要，但要是真的被雲豹啃咬去，牠就變成沒屁股象，這也實在太不雅觀了。

老象王火扎站在山丫口，無動於衷，一雙象眼陰沈得像兩口枯井，沒有一絲同情和憐憫。

影疊徹底絕望了。牠不再指望得到同類的援救。幻想破滅，面對現實，前面是絕路，後面是死路。橫豎一死，還不如拼了，同雲豹決雌雄，死在同雲豹的拼搏中，總比死在老象王火扎的淫威下要榮耀些。

尖銳的豹爪肆無忌憚地在影疊的後腹部和屁股墩上撕扯開好幾道長長的口子，火燒火燎般疼。影疊只好馱著雲豹向山岩倒退，最好能把雲豹頂到石壁上，象屁股就能變成巨大的碾子，把豹骨碾碎。

還沒等牠退到山岩下，雲豹已見勢不妙，從象屁股跳下地，調整方位又竄撲上來。

影疊怒從心底起，惡向膽邊生。反正都是死，還不如死個痛快呢。牠不再消極地躲避逃遁，也不再把自己碩大的象屁股像活靶子似地朝向雲豹。牠轉過身，將臉朝向雲豹。正面雖然有脆嫩的喉管，有致命的頸椎，但也有可以掄打的長鼻和可以戳通豹腹的象牙。

這一轉身，其實就是雄性性格的一次成功轉變，一次嶄新的昇華。任何高級生命體，都有卑污和高尚、懦弱和勇敢的雙重性格，就看在性格塑造的過程中，那一重是顯性，那一重是隱性。

雲豹也不是好惹的，騰跳、撲躍、後掀、掃尾，憑藉輕靈的身段，始終佔據上風，把影疊撕咬得半身都是血污。

象吼聲和豹吼聲驚天動地，攪得山丫口棲棲惶惶。

老母象佳佳聳動著長鼻吼叫著，想鑽過狹窄的山丫口來爲影疊助戰。別的象可以袖手旁觀，牠無法袖手旁觀，牠是影疊的親娘，牠不能眼睜睜看著影疊被雲豹大卸八塊。可牠剛剛跑到山丫口，便被火扎粗魯地搡開了。牠不甘心，還想用長鼻開道，從火扎身旁硬擠過去；火扎吼叫一聲，一梗脖頸，兩根象牙斜過來，在老母象佳佳的胸側犁開兩條血槽，鮮血漫流出來。

老母象佳佳四肢乏力，咕咚一聲癱倒在地。

火扎執意要讓影疊單獨對付雲豹。火扎憑著幾十年出生入死的叢林生活經驗，心裏雪亮，影疊和雲豹，可說是勢均力敵。影疊雖然筋骨還稚嫩，象牙還不夠鋒利，也缺乏與猛獸拼搏的經驗，但體大力不虧，是有足夠的力量與兇殘的雲豹抗衡的。影疊之所以占不了上風，是缺乏自信。影疊在豹牙豹爪面前先矮了三分，怎能發揮自己的全部優勢呢？自信是成功的基礎，是強者的特色，是王者風采的全部謎底。

火扎相信，在死亡的威逼下，在求生欲望的強烈驅動下，影疊會獲得自信的。

假如影疊給終沒有獲得自信，最後還是被雲豹活活撕碎了，對火扎來說，這也沒有什麼可惜的，只能證明自己老眼昏花看錯了對象，只能證明影疊不夠資格成爲戛爾邦象群未來的新象王。影疊要是個劣者，那就活該被淘汰掉。

山丫口，站著一群沈默的大象。

山丫前的緩坡，象與豹颶風般地在撕扯。

影疊的眉眼間又被豹爪撕拉開一條口子，血滴了下來，眼前一片紅。牠潛伏在心底裏的野性被喚醒了。反正是死，與其被動挨打，窩窩囊囊被惡豹吃掉，還不如主動進攻，弄它個魚死網破呢。

牠撅起象牙，猛烈挑刺戳捅，舞得眼花撩亂。雲豹一不留神，肩胛被象牙捅了個血窟窿，疼得嗷嗷直叫，轉身欲避開象牙的鋒芒，可能是因爲過度疼痛，那條豹尾竟一反常態，軟綿綿拖曳在地，像條快凍僵的蛇。影疊計上心頭，往前一躍，一隻前蹄準準地踩在豹尾上。

象的體重堪稱陸上動物第一，拔河比賽有明顯優勢。雲豹四肢蹬地，豹頸伸得老長，擠眉弄眼，嘴角都扭歪了，還是無法把自己那根黑黃節斑的豹尾從象蹄下拔出來。

豹尾繃得像條弦，噗，豹尾下的屁眼裏屙出泡豹屎來。象的鼻子又長又大，嗅覺也就異常靈敏，對氣味也就異常敏感，那泡豹屎就屙在影疊的鼻吻底下，就像踹翻了一隻糞缸，惡臭難聞，熏得影疊差點沒暈倒。要真暈倒了，就會讓雲豹白撿了便宜。影疊趕緊用鼻子捲起一撮沙土，撒在豹屎上，蓋住了臭味。

雲豹什麼招都使盡了，還拔不出豹尾，便旋轉身想咬影疊踩著豹尾的那隻象蹄。影疊早有準備，身體往前傾，兩根象牙朝送上門來的豹臉刺去。這叫踩尾擊頭，一種挺別致的戰略戰術。

雲豹旋身太急，一脖子撞在象牙上，頸皮被挑破，變成了花頸豹。現在影疊佔據了主動，信心陡增。哈，看來自己嘴裏的兩根象牙並不是山泥捏的、蘆花搓的、豆腐做的。牠再接再勵，索性將一隻前蹄朝前跨了半步，用牙去挑雲豹的腰。要是挑個準，雲豹的小命就算完了。

雲豹四爪蹬地，不顧一切地竄跳起來。砰的一聲，那根漂亮瀟灑，凝聚著豹子一半威風的尾巴被拉斷了，半截軟耷耷地拖在雲豹的屁股上，半截還踩在影疊的象蹄下。

豹子斷尾，猶如斷魂。雲豹淒厲地吼叫一聲，朝山丫下一片灌木林逃竄。半截斷尾滴著血，綠草地上歪歪扭扭畫起一條紅線。影疊雄赳赳氣昂昂地追趕過去，得意得好像在打一隻落水狗。

雲豹到底是熱帶叢林裏的賽跑健將，很快逃得無影無蹤。空漠的遠山偶而傳來幾聲嘶啞的豹吼，如泣如訴。

影疊以勝利者的姿態昂首闊步回到山ㄚ口，戛爾邦象群已不知什麼時候全部撤走了，只有象娘佳佳孤零零地癱在地上，象娘的胸側有兩條很深的血槽，影疊知道，這是老象王火扎留下的傑作。

影疊的長鼻纏著象娘佳佳的長鼻，母子相伴，生活在一起吧。

象娘佳佳顫顫巍巍站起來，一雙象眼淚水晶瑩，眺望西邊那座樹木蔥蘢的孤山，悲吼數聲。剎那間，影疊擊敗雲豹所產生的勝利的喜悅消失得無影無蹤。象娘在用身體語言告訴牠，牠已預感到死期將臨，要去西邊那座孤山下的象塚了。

六、挑戰失敗

漫山遍野的野苜蓿花像片紫色的雲霞。影疊十分醒目地站在這片野苜蓿地的中央，等待老象王火扎的出現。

每隔一天，戛爾邦象群都要從野象谷到臭水塘去飲鹽鹼水，這片野苜蓿地是必經之路。影疊決心要同火扎拼個你死我活。

牠被驅逐出象群已快半年了。流亡的日子真不好過，孤獨、寂寞、冷清，像個遊魂野鬼。最咽不下氣的是，牠是無故被驅逐出象群的。

從牠被驅逐的那一刻起，報復的念頭就產生了，這念頭經過差不多半年時間的發酵膨脹，已塞滿了牠的心胸。特別是透過雲豹事件，牠看透了火扎險惡的用心。即使牠甘願為奴，火扎也拒絕牠歸群。這使得牠用和平的方式回歸群體的最後一個幻想也破滅了。一個殘酷的現實擺在牠面前，在戛爾邦象群，有老象王火扎，就沒有牠影疊；有牠影疊，就沒有老象王火扎。

牠必須打敗火扎，篡奪王位，才能在戛爾邦象群裏找到自己的生存位置。生活迫使牠野心勃勃，迫使牠利欲熏心。

促使影疊向老象王火扎挑戰的另一個重要原因，是象娘佳佳的死。

不錯，象娘年事已高，活不長了，但要不是象娘因牠影疊被逐出象群，從而心理上遭受了沈重的打擊，也不會那麼快就心力交瘁的。火扎用象牙在象娘身上無情地犁出兩條血槽，象娘才提前預感到死期將臨的。從這個意義上說，象娘是被火扎害死的。那天，當牠目送著象娘孤獨地走向遙遠的象塚時，象娘身上還淌著血，三步一搖晃，五步一趔趄，舉步維艱，牠就有一種強烈的衝動，恨不得立刻將老象王火扎捅個透心涼。以血還血，替象娘報仇。

準備應該說還是很充分的。幾個月來，牠拼命進食，使自己的身體迅速強壯起來；閒來無事，就在山箐跳躍奔跑，鍛煉自己的意志。牠不斷地用長鼻掄打大樹，光滑柔嫩的鼻子上結出厚厚一層粗糙的繭皮。那對象牙在堅硬的山土裏掘食竹筍，已磨礪出一層冷凝的寒光。

牠相信自己能把剛愎自用的老象王火扎一舉擊敗。牠曾獨自戰勝過一匹雲豹，這使牠變得十分自信。

夕陽西下，戛爾邦象群果然出現在野苜蓿地裏。

影疊高翹鼻子，亢奮地長吼一聲，光明磊落地進行宣戰。

影疊和火扎牙對牙鼻頂鼻沈默地對峙著，拉開了王位爭奪戰的序幕。象們按照習慣散成扇形，在野苜蓿地邊緣圍觀。

老象王火扎對影疊的挑戰可說是又喜又驚。喜的是影疊果然是塊好料，在苦難中沒有沈淪，反而養成了不屈不撓與命運抗爭的優良品性，一代新象王就要孕育成功了。驚的是，牠沒想到影疊那麼冒失、那麼魯莽、那麼衝動，竟然單槍匹馬地來爭奪王位。更糟糕的是，影疊在光天化日之下站在毫無遮攔的野苜蓿地中央，揮鼻舞牙氣勢洶洶，一看就知道是來挑釁的，這已經不是冒失與魯莽的問題了，而是愚蠢！

這初出茅廬的傢伙，確實太嫩了點，牠大概以爲自己這麼幹光明磊落，很值得驕傲哩；牠不曉得在性命攸關的對手之間，光明磊落其實就是愚不可及。生存競爭，策略就是生命。要取勝，就要不擇手段。影疊完全可以埋伏在灌木叢中突然襲擊，或者可以用誘敵深入的辦法，把火扎引到荒僻的山坳去一決雌雄。不管怎麼樣，都比站在野苜蓿地中央要多些取勝的可能。這暴露出影疊缺少謀略，缺少老辣與狠毒，缺少心計與手腕，這是王者大忌。眼下倒是一個機會，可以給影疊補上這一課。

影疊撅著象牙衝過來，一場惡鬥開始了。四根象牙乒乒乓乓撞得震天價響，兩根長鼻扭擰抽掄，八隻象蹄踩得苜蓿花一片狼藉。

才幾個回合，火扎就暗暗吃驚，僅僅幾個月，影疊的長鼻就掄得那般剛勁，象牙就磨得那般鋒利，簡直是銳不可擋。漸漸地，火扎力氣不支，開始退卻。

火扎退到野苜蓿地邊緣，朝站在一叢高腳羊蹄甲花前的拉癡揚起長鼻，旋了兩個圓圈，這是一種示意，讓拉癡參戰，而且是從背後進行偷襲。

影疊正全神貫注對付火扎，冷不防被拉癡用腦袋在屁股上猛撞了一下，一個趔趄，朝前跌去。

火扎早有準備，不失時機地掄起長鼻，朝影疊後腦勺狠狠抽了一傢伙。

這叫兩面夾擊。影疊失去重心，兩條前腿一軟，撲通跪跌在地。牠還想努力站起來，拉癡又在牠兩條後腿的彎膝處抽了一鼻子，牠身不由己，四條象腿都跪倒了。

火扎和拉癡像兩座小山，一前一後向已跌倒的影疊壓來。影疊閉上眼睛。二比一，力量對比懸殊。牠曉得自己再怎麼掙扎也是白搭，索性閉起眼睛來等死。牠想，火扎絕不會輕饒了牠，火扎本來就蓄意要置牠於死地，絕不會錯過眼前這個機會的。挑死一頭企圖篡位的公象，平息一場王位之爭，對火扎來說，名正言順，用不著擔心會受到眾象的譴責。

一股細微的冷風迎面拂來，影疊不用睜眼也知道，是老象王火扎在抖擻那對象牙，牙尖正對準牠的心臟。

牠並不怕死，被驅逐出群體做淪落天涯的流浪者，其滋味比死也好不了多少。牠只是平不下心頭那口惡氣。壯志未酬身先亡，實在太可惜了。

怪誰呢？誰也怪不到，只能怪自己太老實太光明磊落。太可笑了，站在毫無遮攔的野苜蓿地的中央，還宣戰呢，等於在當眾宣稱自己是個大笨蛋。牠想，牠完全可以動用心計、搞點謀略、耍點手腕的，這樣的話，絕不至於輸得那麼慘。

熾熱的復仇火焰假如沒有理智來調節，只能焚燒自己。牠沒有夥伴，沒有幫手，沒有策略，等於來送死。老象王火扎就比牠聰明得多，眼看一對一不能贏牠，就喚來拉癡相幫，以眾敵寡，兩頭老公象對付一頭小公象，也不害羞，臉皮比城牆還厚。牠理應向老象王學習，厚顏無恥才對。

這一刻，牠的生存觀和處世哲學發生了翻天覆地的變化。可惜，牠覺悟得太晚了，牠馬上就要被挑死了，血的經驗和教訓只能帶進陰森森的象塚裏去了。

一股冷嗖嗖的氣息直往鼻孔裏鑽，哦，老象王鋒利的牙尖馬上就要扎過來了。影疊等待著尖利的象牙穿透肌膚的那聲脆響，等待著撕心裂肺的那陣刺痛。

奇怪，等了半晌卻沒有動靜。牠驚訝地睜眼望去，火扎站在牠面前，兩支象牙低垂著，沒有要捅牠的意思。

這老東西，又在動什麼壞腦筋了，影疊想，自己反正是死定了，索性臨死前塑造個短暫的光輝形象。牠用鼻尖捲起一撮泥沙，劈頭蓋臉朝火扎砸去。火扎後退半步，短促地吼了一聲，一雙象眼閃起一片殺機。來吧，莫遲疑，別猶豫，儘管來殺好了，影疊昂起脖子，一副引頸就戮的好模樣。

可令牠大惑不解的是，火扎仍沒有撅起象牙朝牠捅來。倒是站在身後的拉癡大概是實在看不下去了，發一聲威喝，挺著象牙朝影疊心臟部位衝刺過來。

哦，老奸巨滑的火扎不願弄髒自己的象牙，不願背戕害同類的黑鍋，而讓拉癡當劊子手呢！

可影疊很快發現自己又想錯了，就在拉癡牙尖剛戳著牠的皮膚時，只見老象王火扎朝前躍了一步，象牙往前一伸，喀嚓一聲，架住並格開了拉癡兩支來勢兇猛的象牙。

這無疑是在阻止一場殺戮。

這究竟是怎麼回事？

火扎和拉癡頭頂著頭，把跪跌在地的影疊罩在底下。突然，影疊覺得有水淋到頭上，熱熱的，還有一股腥臊味，抬頭一瞥，原來是拉癡在向牠身上撒尿。

這不僅僅是一種惡作劇，還含有一種極度的輕蔑和污辱。

拉癡那泡尿又長又粗，澆得影疊滿身臊臭。拉癡撒完尿，老象王火扎一聲長吼，戛爾邦象群離開野苜蓿地，前往臭水塘。

影疊孤獨地臥在枝殘花落的野苜蓿中，四周一片沈寂。牠總算明白了，老象王為啥不用象牙扎死牠，這絕不是憐憫和恩典，而是更深層次的險惡。火扎一定是覺得一下子結果牠的性命未免太便宜牠了；火扎想慢慢折磨牠，慢慢羞辱牠，讓牠活著比死還難受。

老東西，這一次，你可是失算了。

影疊站起來，用鼻子捲起一把苜蓿梗，揩掉頭頂和脖頸上的尿。兜頭淋尿的恥辱早轉化為銘心刻骨的恨。牠絕不會屈服老東西的淫威的，只要牠還活著，就不會放棄報仇。牠陰沈沈地向遠去的象群瞥了一眼，邁著堅定的步伐，離開了野苜蓿地。

當天半夜，戛爾邦象群又發生一樁讓眾象迷惑不解的事，老象王火扎又無緣無故把十六歲的公象獨耳驅逐出了象群。

七、幫手的加入

遠遠地，影疊就看見牠了，一隻獨耳朵搖扇著，無精打采地沿著一條樵夫留下的小路慢吞吞地走來。影疊認識牠，是戛爾邦象群裏與牠同齡的獨耳。獨耳生下來時並沒有缺陷，三歲時，有一天半夜遭到幾隻豺狗襲擊，被咬掉一隻耳朵。

影疊一聲不吭地站在一叢芭蕉後面，透過蕉葉的縫隙，從頭到腳地仔細觀察獨耳。

獨耳孤伶伶地走來，眼光迷惘，垂頭喪氣，那根長鼻像條爛繩索晃盪在嘴下；肚腹空癟癟的，大概已有兩天沒認真吃過東西了。影疊一看就明白了，獨耳的遭遇跟自己差不多，也是被驅逐出群體的倒楣蛋。

突然，獨耳黯淡的眼睛亮起來，歡呼般地長吼一聲，加快了步伐。

影疊當然知道獨耳爲什麼會突然興奮起來。這傢伙一定是嗅聞到箐溝裏有大片的野芭蕉，想著可以飽餐一頓了呢。

想得倒美，影疊從鼻子裏哼了一聲。

大象的食物雖然很雜，如芭蕉、椿葉、嫩竹、海芋、漿果等什麼都吃，但因肚量大，要找到足夠的食物並不容易。山ㄚ那邊的猴嶺和野象谷植被茂盛，溝溝壑壑到處都是密不透風的熱帶雨林，吃的東西很多，但被戛爾邦象群佔據著，已被驅逐出群體的的孤象是沒資格再回去吃的，除非冒著生命危險去偷吃。而出了山ㄚ口，土地就貧瘠得多，荒山禿嶺，植被稀疏，覓食就相當困難了。

影疊身後是一條二里長的箐溝，泉水叮咚，長滿了青翠欲滴的野芭蕉，寬大的蕉葉在晨風中婆娑起舞，撩起一股股撲鼻的清香。影疊找到這條芭蕉箐委實不容易，跋山涉水找了十多天才找到。牠把這條芭蕉箐當作自己的窩，賴以生存的窩。

凡高級動物，都有領土觀念，象也不例外。影疊昨天找到這條芭蕉箐後，就在箐溝的東南西北用自己的糞便和尿液留下氣味記號，劃出自己的勢力範圍。對影疊來說，領土就是生存圈，作上記號，就是表明其他同類不得進入。很多動物在領土問題上，都是寸土必爭、寸步不讓的。

獨耳走到箐溝口那棵爛樹樁前，踟躕不安地圍著爛樹樁繞了兩圈。爛樹樁上留有牠影疊撒的尿，還蹭癢蹭下幾綹象毛，是很醒目的標記。過了一會兒，獨耳似乎抗拒不了饑餓的誘惑，舉步跨過了爛樹樁，走一步停一停，東張西望，像個竊賊。

再有幾步就走進芭蕉箐了，獨耳的長鼻就能捲食翠綠的芭蕉葉了，影疊無法再保持沈默，吼叫一聲從芭蕉叢背後衝出來，擋住了獨耳。

獨耳站住了，瞪起一雙饑餓的眼睛望著影疊。

影疊憑著動物自私的本能，當然想獨霸芭蕉箐，不讓獨耳染指。芭蕉箐是牠發現的，當然該牠獨自享受。這條芭蕉箐並不很長，食物資源有限，要是由牠影疊獨享，大概可以過兩三個月的神仙般的快活日子；要是再添一張嘴，個把月後又要顛沛流離，去尋找新食源。

牠曉得獨耳已餓得眼睛發綠、肚皮咕咕叫，但那是另一隻肚皮在饑餓，同牠沒什麼關係。在動物界，同類同性間是沒什麼友誼同情的。所謂義氣，是要有利益襯底的。

可影疊又想讓獨耳跨進芭蕉箐來。這絕不是出於友誼，而是出於一種需要。

影疊認定獨耳也是被驅逐出群體的倒楣蛋那一刻起，心裏就產生一種想收留對方的念頭。牠之所以在野苜蓿地裏遭到慘敗，一個很重要的原因，是因爲老象王火扎有拉癡相幫，而牠影疊形影相吊、孤立無援。要想復仇，牠必須有個伴，有個肯與牠一起赴湯蹈火、同生死共患難的忠實助手。獨耳是個很合適的人選。獨耳也是受老象王火扎迫害被驅逐出群體的，命運相似，同仇敵愾。

牠不可能又獨霸芭蕉箐，又收留獨耳做伴。天底下沒這等兩全齊美的好事。要得到一樣東西，總要付出代價，總要有所損失。牠掂量了又掂量，罷罷罷，就讓獨耳跨進芭蕉箐來算啦。

影疊雖然打定了這個主意，身體卻仍擋在獨耳面前，擺出一副保家衛國的莊嚴神態。幾個月苦水泡下來，牠已成熟多了，牠不能毫無作爲地給獨耳讓道。牠不是要找個平分秋色的朋友，而是要找片能襯托紅花的綠葉，找個鞍前馬後能爲自己效力的夥計，找個幫兇、找個助手、找個副將、找個高級奴僕。現在就讓道，等於給了獨耳平等的友誼，也許更糟糕，獨耳會誤以爲牠膽怯害怕了，獨耳就會以侵略者飛揚跋扈的姿態跨進芭蕉箐。

牠必須先展示自己的實力，先給獨耳點顏色瞧瞧，讓獨耳曉得，芭蕉箐是牠影疊的，神聖而不可侵犯。

蕉葉在陽光下婀娜舒展，傳來柔潤細滑的沙沙聲，送來縷縷馨香。獨耳用鼻子在空中做了個勾撈動作，把甜美的氣息塞進嘴裏。毫無疑問，這樣做，會把獨耳的饑餓感撩撥得更強烈。

果然，獨耳吼叫一聲，舉著鼻撅著牙，鋌而走險衝將過來。

影疊佇立著紋絲不動。對付獨耳，牠胸有成竹。牠以逸待勞，獨耳奔波勞累；牠肚皮吃得飽飽的，獨耳腹饑體虛；牠是捍衛自己的主權，獨耳是侵略行徑；牠同雲豹和老象王都交過手，積累了不少廝殺格鬥的經驗，而獨耳還是初出茅廬的新手。再說，牠體格比獨耳高大得多，象牙也比獨耳長好幾寸。牠曉得，牠穩操勝券。

等獨耳衝到面前時，影疊不慌不忙亮出象牙一個斜挑，獨耳的頭就歪向一邊，影疊趁機用自己的腦門頂住獨耳的耳根，四條象腿用力前蹦，獨耳無力抵擋，倉惶退了兩步，咕咚一聲被側身撞翻在地。

獨耳狼狽不堪地翻爬起來，渾身泥星草屑，掉頭就走。芭蕉雖然好吃，命卻更重要。

影疊明白，自己已發夠了威，下一步就是要施點恩了。恩威並施，才能有效地制服對方。牠朝剛掉頭逃跑的獨耳發出一聲吼，吼聲不帶譏諷與嘲弄，含有一種極隨意的召喚與挽留。

獨耳停下來，四肢微曲著，身體仍是逃跑姿勢，腦袋微偏，用一隻眼疑惑地向後觀察著。

影疊用長鼻將身邊一棵芭蕉連根拔起，很俐落地剝掉無法嚼食的外殼，抽出嫩白水靈的芯，在空中劃了兩個圈，嗖地一下朝獨耳拋去。獨耳回轉身，靈巧地用鼻子接住芭蕉芯，猶豫了一下，大概實在餓得耐不住了，塞進嘴裏狼吞虎咽起來。

影疊心裏很高興。可別小看將一根芭蕉芯拋給對方這樣一個十分簡單的動作，食物的給予與接受，其實就排列了地位尊卑的次序。尊者給予，卑者接受；尊者施捨，卑者接受施捨。關係已定型，不可能再顛倒了。影疊成功地給獨耳套上了精神鞍轡。

獨耳三口兩口吞下芭蕉心，這點食物，離塡飽肚皮還遠著呢。牠垂下鼻子，那隻肉感很強的耳垂也柔順地呈招風狀，採取一種俯首貼耳的姿態。

影疊長鼻瀟灑地一揮，挪了挪身體，大度豁達地讓出一條路來。獨耳用充滿感激的眼光看了影疊一眼，鑽進芭蕉箐去。芭蕉箐裏，傳來象嘴貪婪地捲食嫩葉花蕾的沙沙聲。

影疊不再孤獨，牠有伴了，有忠誠的助手了，就是說，牠有了再度發起王位爭奪戰的本錢了。

八、美象嫫婉

中午，陽光亮得像一片火焰，羅梭江兩岸的沙灘被曬得滾燙，熱帶雨林沒有風，悶熱得像只大蒸籠。

象雖然是生活在熱帶和亞熱帶的動物，但因身上汗腺不發達，也怕在太陽底下暴曬。此刻，戛爾邦象群散落在羅梭江上游的山窪裏，三三兩兩地躺臥在樹蔭下，神情慵懶，昏昏欲睡。

樹林裏，只有羽色豔麗的太陽鳥還有精神在花枝間嘰喳啁啾。

江的下游，影疊正在喝水。牠是趁象群午間小憩偷偷溜進野象谷來的。

天氣太熱了，乾渴難忍。這裏雖然離象群所在的山窪很近，直線距離最多兩百米，但相隔著一道江灣，互相看不見，只要不發出大的響聲，就不易被發現。爲了安全起見，牠讓夥伴獨耳留在山丫口替牠放哨望風。

影疊剛喝了幾口，突然聽見上游傳來嘩嘩的踩水聲，牠立刻準確地判斷出是有同類來了，趕緊閃進江隈一塊扇形磯石背後。

一會兒，江灣果然出現一頭母象的倩影。

影疊眼前一片燦爛，哦，是嫫婉。

嫫婉是戛爾邦象群裏最美的母象。也許是因爲步入暮年後，對青春有種特殊的依戀和嚮往吧，老象王火扎對嫫婉十分寵愛，無論轉移食場還是夜晚宿營，火扎總讓嫫婉待在身邊，可說是形影不離。

亞洲雌象與非洲雌象有所不同，亞洲雌象不長象牙，非洲雌象長象牙。對象來說，堅硬鋒利的象牙象徵著力量和英武。在非洲象群裏，雌性的地位高低與牙的長短利鈍有很大關係。亞洲雌象不長牙，就不具備獨立的地位價值。在亞洲象群裏，雌象的地位依附在雄象身上，越是能討地位高的雄象的歡心，雌象的地位也隨之高升。

嫫婉受老象王火扎的寵愛，自然而然，在戛爾邦象群中的地位就類似皇后。

影疊十六歲多了，已到了對異性感興趣的年齡，但過去懾於老象王火扎的權勢，對嫫婉不敢多看一眼。

此刻，嫫婉就離牠咫尺之遙。

嫫婉踩在水線上，綠水金沙將牠四條銀灰色的象腿襯托得愈加嬌美。長鼻優雅地晃盪著，就像風中的垂柳。兩隻水汪汪的眼睛蒙著一層淡淡的憂傷，公象見了誰不垂憐？

影疊看得目不轉睛，看得激情澎湃。

突然，影疊渾身一陣哆嗦，一個靈感從天而降：假如能把嫫婉吸引到自己身邊來，那該多好哇！不但找到了稱心如意的伴侶，更重要的是，就如同在老象王火扎的頭頂炸響了一個驚雷。毫不誇張地說，嫫婉是老象王晚年的全部精神寄託，嫫婉變心，對火扎的打擊絕對是致命的。

影疊已經老練多了，這樣做談不上什麼卑鄙不卑鄙，面對你死我活的對手，就是要選牠最薄弱、最致命的部位進行攻擊。現在四周沒有其他象在，天賜良機，何必客氣。

影疊雖然這麼想，心裏還是很虛的。嫫婉從沒對牠有過任何好感，牠是被驅逐出群體的倒楣蛋，嫫婉能看得中牠嗎？這裏離象群歇息的山窪很近，一旦嫫婉發出驚叫，老象王火扎很快就會趕來救援。

管它呢，牠想，試試看，不行就拉倒，反正也不損失什麼。要是嫫婉驚叫起來，牠拔腿就跑，無非是要逃得快點罷了。

影疊悄悄將鼻吻探進江裏，汲了一鼻子清泠泠亮晶晶的江水，一步跨出扇形磯石，高高舉起長鼻，像噴水龍頭似地，把一鼻子江水全淋在嫫婉背上。

赤日炎炎，請洗個涼水澡吧。

這無疑是一種討好，一種殷勤，或者說是一種露骨的追求。

嫫婉吃驚地瞪大眼睛，長鼻捲起，脖子揚起，粉紅色的大嘴張成O型。

影疊一顆心懸在半空，緊張得喘不過氣來，一條腿已向外邁去，只要嫫婉的嗓子一吼出聲，牠立刻會知趣地中止這場探索與冒險。

嫫婉大瞪著眼，大張著嘴，傻了似的，一動不動。半分鐘後，才算回過神來，眨巴眨巴眼睛，合攏了嘴。影疊心裏一塊石頭才算落了地。

嫫婉的內心是十分矛盾的，思緒頗爲紛亂。照理說，牠身爲戛爾邦象群的皇后，是不會看得起被驅逐出群體的倒楣蛋的，遇到用水替自己淋浴這類輕佻的戲弄，牠會憤慨，會躲閃，會發出驚恐的吼叫。老象王火扎就在離這兒不遠的山窪，聞訊會火速趕來替牠懲罰眼前這個膽大妄爲的傢伙。

牠想叫，但終於沒叫出聲來，原因有兩條，第一，牠同老象王生活在一起，火扎日薄西山的身體狀況自然瞞不過牠的眼睛，牠曉得火扎兩隻前蹄差不多已踩進墳塚了，王位自然也不長久了。而牠嫫婉還年輕，還要活下去。象群沒有顯貴遺孀的習俗。一旦新象王即位，寵愛另一頭母象，牠嫫婉的地位必然一落千丈，淪爲最普通最一般的雌性。剛才牠之所以大中午的獨自離開象群到江邊來溜躂，就是因爲被這個問題折磨得睡不著，想出來散散心。第二，突然跳出來給自己淋浴的是影疊，影疊隻身鬥惡豹和隻身向火扎挑起王位爭奪戰這兩件事，給牠留下了深刻的印象。牠有一種強烈的感覺，只要不出意外，將來的新象王就非影疊莫屬。

牠何苦要得罪未來的象王呢？

影疊趁機一趟又一趟從江裏汲起水，淋到嫫婉背上。嫫婉扭動身體，想閃開，卻終於沒有動彈。

江水涼絲絲的，被野花熏得有股芬芳味，淋在背上，倒也消暑鎮熱，十分愜意。

也許，自己不該這麼快就在感情上背叛老象王火扎的，嫫婉想，就算影疊真的在不久的將來要做新象王，牠也可以等影疊即位後再去拋媚眼套交情。牠有青春的胴體，有養尊處優的高貴氣質，不愁年少氣盛的影疊不拜倒在牠面前。最恰當的時機，是在影疊把火扎從象王寶座趕下臺的那一刻，影疊引吭高歌，火扎狼狽竄逃，牠搶先向影疊朝賀，用自己富有魅力的長鼻撫摸影疊身上還在流血的創傷。

這沒什麼不道德的，牠是沒有象牙的雌性，牠只能依附在強壯的雄性身上，才能顯示自己的價值。誰下臺牠就唱輓歌，誰上臺牠就唱頌歌，這很正常。

可嫫婉又想，這樣雖然正常，畢竟不夠浪漫。等影疊當上新象王，自己坐享其成當皇后，總還缺少一種驚心動魄的浪漫情調。要是現在就同未來的新象王有某種默契，自己就不再是隨風倒的蘆葦了，而是慧眼識英雄的巾幗。

管牠什麼火扎，誰叫牠老朽無能呢。

影疊用鼻尖捲起一根樹枝，爲嫫婉洗刷身上的塵土和蝨子，涮涮涮，涮出一片美麗的憧憬；嫫婉也汲起一鼻鼻江水，灑向影疊健壯的軀體，灑灑灑，灑出一張水晶晶的情網。羅梭江邊一片陽光、一片水花、一片柔情。

江的上游傳來老象王急促的呼叫，一定是老傢伙打盹醒來後不見了嫫婉在尋找呢。

影疊用長鼻示意嫫婉回到山窪去。嫫婉貼在影疊身上，一副戀戀不捨的模樣。影疊用腦門頂著嫫婉的脖頸，迫使牠轉向山窪。

對影疊來說，目的並不是要拐跑一頭漂亮的小母象，這樣的話，就太無聊太庸俗了。牠是把嫫婉看作將火扎趕下臺的一支奇兵、一道密咒、一件法寶。從這個目的考慮，嫫婉現在當然是留在火扎身邊更有利，這等於在火扎身邊挖了個陷阱，隨時都可以讓火扎掉進去。

嫫婉甩鼻扇耳，眼睛一片迷濛，顯得楚楚動人，一步三回頭地拐過江灣向上游走去。

影疊也躊躇滿志地離開了野象谷。羅梭江邊恢復了靜謐，只有江水在卵石間跌宕流淌的淙淙聲響。

一個爭奪戛爾邦象王的新的神聖同盟，卻已在悄然無聲中形成了。

九、火扎倒臺

火扎做夢也沒想到影疊會在下冰雹的時候，發起第二次王位爭奪戰。

粗獷的冷風吹得呼呼直響，如鴿蛋大小的冰雹鋪天蓋地，砸在樹幹、蕉葉和花枝上，猶如萬鼓齊鳴，一片轟轟聲。

象天性怕冷，很討厭下冰雹。那堅硬的白色的小精靈落在腦殼上雖不至於砸出腦震盪來，也還是很疼的。更讓象受不了的是，冰雹散發出一股股刺骨的寒氣，霎時間把溫暖的雨林弄得像座冷凍倉庫。象們都冷得瑟瑟發抖，都嚇得心驚膽顫，漫山遍野地逃散開，或鑽進茂密的樹叢，或擠在朝外傾斜的石岩下，躲避這場可怕的冰雹。

就在冰雹下得最兇最猛的時刻，影疊突然從火扎站立的那棵油棕樹背後衝出來，沒有宣戰式的吼叫，沒有因激動而發出重濁的喘息，眼光和冰雹一樣寒冷，直愣愣撅著長牙朝牠胸部捅來。

要不是牠火扎有著象王的警覺和敏感，恐怕只一個回合就會被刺倒在地，不當場倒斃，也起碼重傷致殘，十天半月爬不起來。

火扎聽到油棕樹背後有異常響動，趕緊斜竄出去躲閃，還是遲了半拍，雖沒被影疊鋒利的象牙挑個透心涼，但也沒能完全躲過這突如其來的襲擊，脖頸被影疊的左牙犁開一條血槽。

冰雹嵌進血槽，倒是一種很新穎的冷凍療法。

火扎跑到空曠的草地上，倉促應戰。

老年的標誌主要看腿力。火扎年老體衰，腳力不濟，要是在乾燥的草坪或沙礫地上格鬥，興許還能招架幾下，但現在地下一片水汪汪，尤其糟糕的是，冰雹鋪在還殘留著太陽溫馨的草地上，迅速融化，變成霜、變成雪、變成細碎的冰渣，又經象蹄一踩，與草葉苔蘚拌在一起，滑得像塗了層油，火扎四蹄頻頻打滑。

而影疊對這場王位爭奪戰蓄謀已久，一交手又佔有上風，志在必得，愈戰愈勇，在白茫茫的冰雹中橫衝直撞，不一會兒，火扎的身上便被影疊的象牙戳傷了好幾處。

噢呵——呵噢——

火扎一面抵擋，一面揚鼻吼叫；牠快支持不住了，想讓拉癡來參戰。

拉癡不愧是牠幾十年的老搭檔，隨著一聲吼叫，從陡崖下竄出來。這時，油棕樹背後又跳出一頭年青的公象，攔住拉癡，雙方鬥成一團，難分難解。

火扎一看，攔住拉癡的那頭年輕公象只有一隻耳朵在冰雹中啪嗒啪嗒扇動，是獨耳！是牠火扎兩個月前故意逐出群體，目的是想讓影疊有個生死與共的夥伴的獨耳！

牠這是自作自受，搬起石頭砸自己的腳。

危急關頭，牠沒了幫手。牠強打起精神，竭力支撐著。

牠雖然已打定主意將王位禪讓給影疊，但不願現在就輸在影疊的長鼻和象牙下。牠預感到自己的死期還有三、四個月。牠知道被廢黜的象王將面臨的窘境，從顯赫到被冷落，從尊重到被唾棄，將體驗深沈的失落感，將品嚐從高位跌落泥潭的全部痛苦，最終在鬱悶與冷寂中結束生命。牠火扎不願意重蹈覆轍。牠想在王位上壽終正寢，咽下最後一口氣。牠希望這場王位爭奪戰再拖三、四個月，在牠生命的燭火行將熄滅的前夕爆發。牠從王位滾下來，就直接滾進象塚，中間不要停留。

所以，此刻牠無論如何要戰勝影疊。

影疊成熟的速度遠遠超過了牠的想像。苦難是座學校，仇恨是位教師，影疊學得很出色。這傢伙年紀輕輕，已不再浮躁，而是沈穩地朝牠一次次攻擊，幾乎無懈可擊。

可惡的冰雹也似乎有意同牠火扎作對，落在眼皮上，打得牠幾乎睜不開眼。牠本來就老眼昏花，更增加了牠的劣勢。一片模糊中，象牙又扎了個空，前蹄又打了個滑，跌了個嘴啃泥。

牠山窮水盡，往一棵香椿樹退去。香椿樹下，站著嫫婉。

象是有感情的動物。火扎朝嫫婉站立的地方退卻，是想獲得一種精神力量。牠愛嫫婉，牠願意爲嫫婉去赴湯蹈火，拼鬥到最後一息。

牠曉得戛爾邦象群的祖傳習性，兩頭公象打鬥時，母象只能在旁觀戰。牠並不指望嫫婉同牠聯手來對付影疊，牠只要嫫婉給牠鼓勵的一瞥，朝牠發一聲熱情的吼叫，就等於在牠心裏燃起一把火，就能激勵牠反敗為勝的鬥志。牠比任何時候都需要用愛來充填意志，用愛來創造奇蹟。

牠苦苦招架著影疊排山倒海般的攻勢，慢慢向香椿樹靠攏。

離嫫婉只有二十步遠了。嫫婉站在香椿樹下，神情冷漠，垂著鼻，一聲不吭。

嫫婉是瞎了？聾了？不不，嫫婉一定想把精神參戰留待最後的時刻，火扎想，嫫婉是在等影疊再靠近些，然後貼著影疊的耳根發出一聲憎恨的鄙夷的吼叫。

這倒不錯，像件威力無比的新式武器，會嚴重擾亂影疊的意志，挫傷影疊的鬥志，這樣，牠火扎就不愁不能反敗為勝了。

火扎又朝香椿樹退了幾步，差不多快挨到嫫婉身邊了。

嫫婉冷漠的雙眼突然流光溢彩，嗖地掄起長鼻，火扎滿以為嫫婉是要打破常規抽影疊呢，正要高興，啪地一聲，嫫婉一鼻子抽在牠脊梁上。嫫婉還瞪了牠一眼，眼光帶有明顯的輕蔑、憎惡和敵意。

這無疑是火線倒戈。

對火扎來說，嫫婉這一鼻子對牠身體上的打擊是微乎其微的。母象體小力弱，抽一鼻子就像重重搔了一次癢。但這一鼻子對火扎心靈上的打擊卻是巨大的，彷彿靈魂被捅了個血窟窿。

牠渾身顫慄，腦袋嗡的一片空白，自信心碎成粉末，意志化為灰燼。烏雲沈沈，天昏地暗。一瞬間，牠覺得自己的精神已經死亡，軀殼不過是一具行屍走肉。

牠徹底崩潰了，全身麻木，望著嫫婉發呆。

影疊趁機撅起象牙，朝火扎兇猛地撞擊過去，火扎像泥塑木雕般不知避閃了。喀嚓，兩支飽蘸著仇恨的尖利的象牙捅進火扎的前腿，火扎血流如注，站立不穩，咕咚跌倒在地。

正在與獨耳惡鬥的拉癡見大勢已去，乾嚎一聲，落荒而逃。

亞熱帶的天氣，說變就變，一陣冰雹下過後，烏雲迅速散開，樹葉間射下縷縷陽光，山谷架起一道彩虹，空氣格外清新。

火扎看見嫫婉邁著輕快的步伐奔到影疊身旁，喁喁低語，用柔軟的鼻吻深情地撫摸著影疊身上的傷痕。嫫婉的眼光脈脈含情，影疊眉眼間也一片沈醉癡迷。兩根長鼻糾纏廝磨，彷彿熱戀中的情侶久別重逢。

火扎躺在稀泥漿裏，渾身血污泥汙，前腿傷口還在汩汩流血，心頭的血比前腿的血流得更多更濃更稠。

牠明白了，影疊和嫫婉早就結下私情！牠沒想到影疊竟會下流無恥到這個程度，奪走牠的寵愛，奪走牠晚年的全部精神寄託，還瞞天過海，直到最後關頭才突然給牠致命一擊。

這一招夠狠夠毒夠辣的，比牠火扎有過之而無不及。

眾象都從大樹底下或山旮旯裏鑽出來，由獨耳領頭，圍著影疊繞匝了幾圈，所有的公象都朝天撅起象牙，豎起長鼻，張開粉紅色的大嘴，齊聲吼叫；所有的母象乳象都依次跑到影疊身旁，用鼻吻撫弄影疊健壯的四蹄。

這是象群社會一種獨特的喜慶儀式，歡慶新象王即位。

火扎拼命掙扎著想站起來，只要還能站起來，牠就要撅起象牙朝影疊刺去。

牠曉得牠不可能再進行一場惡戰奪回王位。牠被當眾刺倒在地，意味著永遠從王位滾了下來。

牠不是要站起來繼續去格鬥，而是想去送死；牠情願倒斃在爭奪王位的血泊中。牠渴望死神立刻降臨，牠不願自己不死不活的痛苦狀襯托影疊的得意和榮耀。

遺憾的是，前腿被刺得很深，傷著筋骨，軟得像用泥巴捏的，還沒站直，就又咕咚一聲癱倒在地。牠放棄了重新站起來衝刺的幻想，將長鼻朝著影疊，一聲接一聲發出嘶啞的吼叫，音調尖利刺耳，是在刻毒地咀咒，是在放肆地辱罵，是在露骨地嘲諷，是在發狠地咆哮，兩根象牙隨著搖頭晃腦而舞得天花亂墜，牠想激怒影疊，讓影疊產生殺戮的衝動，衝過來把自己挑死。

牠不願意苟活在這個世界上。

影疊果然暴怒地吼叫一聲，撅起象牙朝牠飛奔過來。牠側過臉，朝影疊鋒利的牙尖送去頸側那股動脈血管，牠希望脆嫩的喉管和血管一起被挑破，死得痛快些俐落些。

影疊衝到牠面前，突然站定了，象眼乜斜閃爍著邪惡。火扎心裏一陣抽搐。

只見影疊朝獨耳揮了揮鼻子，獨耳走到火扎面前，一會兒，火扎便感覺到一股熱熱的腥臊難聞的水流兜頭兜臉淋澆下來。

牠動彈不了，只好咬著牙忍受著這奇恥大辱。

十、放棄復仇

要不是那隻該死的藍眼虎又出現了，火扎決計要同新象王影疊同歸於盡。

這簡直就不是象過的日子。牠瘸了一條腿，只能一拐一拐地跟在象群後頭，沒誰來搭理牠，也沒誰來陪伴牠，孤寂苦悶，比死難受多了。

別的象吃嫩綠的新鮮蕉葉，牠只能吃發黃的老蕉葉。連那些半大的小公象都敢欺負牠，走在山路上擠牠一下撞牠一下。牠本來就瘸，趔趄得更難看了。

有一次，牠好不容易採到一株紫紅色的蕉蕾，剛想塞進嘴裏，冷不防凱凱衝過來，鼻子一勾就從牠嘴裏搶走了蕉蕾……

最讓牠無法忍受的是，新象王影疊和嫫婉似乎存心要活活氣死牠，老在牠面前交頸廝磨，親親暱暱，牠看著不僅扎眼，還扎心。獨耳也可惡得頭頂生瘡腳底流膿，想什麼時候在牠身上撒尿就什麼時候撒尿，好像牠是現成的小便池。

牠後悔了，悔恨交加。牠覺得自己簡直就是白癡，挑選影疊做王儲，等於在自己的背上壓下了一座苦難的山。牠有一種好心被當作了驢肝肺的委屈與憤懣，還有一種刻骨銘心的奪妻之仇。牠決計要報復。

別以爲牠瘸了條腿，老態龍鍾，就沒有力量復仇了。是的，牠不可能再發動一場擂臺式的王位爭奪戰，但牠有出奇制勝的手段，智慧也是一種力量。

影疊，別以爲你自己已經學會了全部毒辣，不，若要比毒辣，你還差得遠呢；自古以來，王位就是一隻大毒缸，浸泡得時間越長，就越毒得厲害，牠火扎浸泡了三十年，早就毒到骨髓，而你影疊才浸泡幾天，才毒到皮毛呢。

牠的設想簡單可行，在一個漆黑的夜晚，趁影疊熟睡之際，悄悄爬到影疊面前，用牙尖挑瞎影疊的雙眼。牠有十二分的把握會成功。牠已經不是第一次幹這樣的事了，三十年前，牠就是用這個狠毒的手段使前任象王雙目失明，自己榮登王位的。

影疊，當你成了瞎眼象，看你還怎麼當象王！你也嚐嚐從顯貴到殘廢的滋味吧。你瞎了，但你還能聽得到，還能感覺到，這很好，你就聽聽你忠誠的夥伴是怎樣爬到你頭上屙屎屙尿的，你就感覺一下你所寵愛的嫫婉是怎樣當著你的面，和別的健康的大公象調情和私奔的。你必然抑鬱成疾，壽命大幅度縮減，你死期將臨時，也因眼睛看不見而無法回到祖先的象塚去，只能曝屍荒野。

火扎知道，當自己扎瞎了影疊的雙眼，自己絕對也活不成了，憤怒的獨耳和嫫婉會把牠活活踩成肉泥的。這沒什麼，本來嘛，就是玉石俱焚；影疊青春煥發，當然是玉，牠風燭殘年，自然是石，玉石俱焚，用一個老朽的生命交換一個鮮活的生命，牠當然是賺多了。

火扎也曉得，一旦影疊變成瞎子，戛爾邦象群免不了政局動盪，會圍繞王位爆發一場曠日持久的混戰。管它娘的，什麼種族的前途，牠不會再犯傻了；牠兩眼一閉、雙腿一蹬歸西天後，戛爾邦象群究竟是團結還是分裂，是興盛還是衰敗，同牠有什麼關係！

牠故意走路越瘸越厲害，牠故意像患了哮喘似地重重呼吸，牠故意頻頻跌倒，牠故意耷拉著眼皮，好像心力交瘁了。牠要麻痺影疊。

馬上就是下弦月的日子了。

就在這時，藍眼虎又出現了。

輕霧似的暮靄剛剛漫進山谷，母象嬌嬌在一棵古榕樹下分娩了。乳象剛剛落地，臍帶還沒來得及咬斷，突然，藍眼虎從灌木叢中竄出來。嬌嬌立刻把乳象罩在自己兩條腿的交會處，揚鼻向新象王影疊發出求救的呼叫。

黃昏時候，象們在樹林裏散得很開。影疊正在離古榕樹四五十米的一叢金竹下捲食竹葉。

嬌嬌呼救聲還拖著尾音呢，狡猾的藍眼虎已狂嘯一聲高高躍起，罩著母象嬌嬌的臉撲來。母象沒有象牙，老虎無所顧忌。立刻，嬌嬌滿臉鮮血，一隻眼睛也被虎爪摳出來，像玻璃球似地吊在臉頰上。但嬌嬌沒退縮半步，仍緊緊地把乳象護衛在自己的長鼻下。

藍眼虎兜了個圈，眼看就要進行第二次撲咬。影疊聽到嬌嬌的呼救聲，沒有一絲一毫的猶豫，飛也似地朝古榕樹奔去。一路奔，一路吼，氣勢磅礴，猶如在驅趕一條討厭的豺狗。

可惜，已經來不及了，火扎想。

火扎正待在離出事地點不遠的蕉林裏，一切都看得很清楚。牠看見藍眼虎尾巴豎剪，後肢曲蹲，眨眼間就像股狂飆似地竄起來，而影疊此刻離古榕樹還有二十來米呢。

按火扎的經驗推斷，藍眼虎有足夠的時間搶在影疊趕到前完成第二次撲咬。嬌嬌產後體質虛弱，搖搖欲墜，快支持不住了，看來是無法承受藍眼虎的第二次撲咬的，不是自己被撲倒，就是退一步讓乳象被撲倒。

嬌嬌真是好樣的，悶著頭用鼻子圈住乳象。

火扎對嬌嬌的做法不以爲然。嬌嬌這樣做，雖然可保住乳象免遭虎害，但藍眼虎可輕易跳到嬌嬌背上，叼住嬌嬌的頸椎，扭動強有力的頜骨，一下就把嬌嬌頸椎骨擰斷。

悲劇已不可避免了，火扎痛心地垂下頭。

突然，奇蹟發生了。只見影疊稍稍放慢了一點速度，長鼻在鬆軟的地上勾撈了一下，隨即一掄，在空中劃出一條弧線，唰，一團沙土像獵人槍管裏噴出的霰彈，呈椎狀向藍眼虎臉上罩去。

藍眼虎剛要撲躍，冷不防被迎面而來的沙土迷著了眼，還堵了鼻嘴，忍不住噗噗吐了兩口，使勁晃邊腦殼。影疊趁機加快了救援速度。

老虎到底是老虎，智商不亞於象，很快就發現自己上了當，不顧眼裏吹進了沙子，強行朝嬌嬌起跳，可是已經晚了，影疊已橫在藍眼虎與嬌嬌中間。

藍眼虎正好從側面躍上了影疊的背脊。

這可不是在馬戲團表演節目。虎躍象背，驚險異常。老虎獵食有個絕招，就是擰斷獵物的頸椎骨。象的脖頸雖然粗壯，也經不起老虎騎在背上猛力噬咬。老虎甚至可以一口擰斷兇猛異常的印度鱷的頸椎。

獨耳、凱凱和糯糯還在半途上。

火扎的一顆心懸到了嗓子眼，又順著長長的鼻管，懸到了鼻吻尖。

老虎是橫趴在影疊身上的，必須調整方位，才能咬著影疊的頸椎。老虎在象背上吃力地蠕動著。影疊蹦踏跳躍如舞如蹈，想把藍眼虎從背上甩下來，無奈虎爪如鉤，抓得很牢。

突然，影疊長鼻朝後仰挺，大吼一聲，兩條前腿騰空而起，整個身體直豎起來。

這是很驚險的招數。象不比馬，馬天生有一種揚鬃長嘶、身體直立的本領；象身軀偉岸，但很笨重，萬一不慎傾倒，摔個仰八叉，輕則傷筋動骨，重則一命嗚呼。因此，象平時動作一貫穩重，以保持平衡爲原則，極少豎立或打滾什麼的。

火扎知道，影疊是迫不得已才玩驚險動作的。

影疊身體筆直豎起，藍眼虎也真有能耐，搖搖欲墜，可就掙扎著不摔下來。火扎目不轉睛地看著，心想完了完了，影疊這一次在劫難逃了；象即使玩直立的動作，也頂多堅持數秒鐘，兩條前腿便會落地。藍眼虎已在象背上調整好方位，虎頭枕在影疊的頸椎上，只要一恢復平穩，就會狠命噬咬。

可奇怪的事情發生了，影疊豎直的身體不僅沒有很快傾斜，還不停地聳動肩胛，在用力抖落背上那討厭的東西。即便是從馬戲團逃出來的象，也不可能有這麼高的技巧哇！火扎吃驚地往空中望去，呵，原來是影疊的鼻尖鉤住古榕樹的一根橫杈，就像抓住了鞦韆的繩索，穩得可以和狗熊比賽直立的時間呢。

影疊龐大的身體一個勁地劇烈抖動。

藍眼虎終於支持不住，咕隆從象背上跌下來。雖然虎和貓一樣，不管從多高的地方摔下來都四爪先落地，不會失卻平衡，但總是一種不光彩的失敗，落地時四隻虎爪叉開，像鋪在地上的一層虎皮，威風跌掉了一半。

獨耳、凱凱、糯糯和另外幾頭大公象風風火火地趕到了，群象齊吼，聲威大振。

藍眼虎見勢不秒，一扭腰，迅速鑽進草叢，消失在蒼茫的暮靄中。

一場虎患，平安地結束了。

火扎目睹了虎患起始到平息的全過程。俗話說，外行看熱鬧，內行看門道，牠不能不佩服影疊無論體力、魄力還是智慧，都比牠要高出一籌。假如現在不是影疊當象王，而是牠火扎在掌權，這場虎患絕不會以這種結局告終的。首先，牠年紀大了，反應能力和奔跑速度都不及影疊敏捷，大概跑不到救援的半途，老虎就已撲咬成功了。再則，牠大概也想不到在救援的半途用沙土去擲老虎的臉，爭時間，搶速度。即使上述兩點牠都僥倖做到，當老虎躍上牠的背後，牠也不可能玩直立動作。一句話，假如現在是牠火扎待在王位上，不是嬌嬌亡，就是新生的乳象死，要不就是牠自己被虎牙擰斷頸椎骨。

換了任何一頭大公象，也都逃脫不了虎患悲劇。平安地趕走老虎，對戛爾邦象群來說，是值得慶賀的嘉事，所有的公象母象乳象都聚攏來，把影疊圍在中間，依次朝牠發出輕柔的吼叫。

那是由衷的讚美。

不知怎麼搞的，火扎心裏也是甜絲絲的，像灌了一嘴蜜。其他象都不知道，牠心裏清楚，影疊是牠選中並培養出來的。要是沒有牠火扎的精心設計，影疊決不可能這麼快就成爲戛爾邦象群的棟梁之材，成爲戛爾邦象群最稱職的新象王。

老天有眼，這成功起碼有一大半屬於牠火扎。牠爲此而感到驕傲。牠蘊結在心底的那團嫉恨似乎被烏鴉啄食了，被龍捲風吹散了。

當然，牠還忘不了影疊的奪妻之仇，但是影疊是牠一生的最後一個傑作，最後一個創造，傾注了牠晚年的全部心血，凝聚了牠晚年的全部希望，牠能忍心再親手毀掉牠嗎？

火扎打消了玉石俱焚的罪惡念頭。

十一、困虎之鬥

火扎拖著一條殘腿，在崎嶇的山道上吃力地攀爬著。山岬的岩石棱角，顯眼的樹樁、土包，都聞得到虎的腥臭。憑經驗，牠曉得，藍眼虎的巢穴離得不遠了。牠放輕腳步，捲起鼻，貼緊耳，小心翼翼，儘量使自己龐大笨重的身體不弄斷樹枝，不發出聲響。

火扎是要單獨與藍眼虎算總帳。

一般來講，象有點畏懼虎，從不主動招惹虎。火扎隻身闖蕩虎山，是有其特殊原因的。

首先，牠恨透了那隻吊睛白額、長著兩隻藍眼珠的華南虎；牠覺得牠之所以會落到現在這種求生不能求死不得的尷尬境地，都是那隻藍眼虎害的；要沒有九個月前那場虎患，要不是藍眼虎肆無忌憚地在牠跟前咬死乳象丫丫，牠就不會預感到自己的衰老，也就不會發生那以後一連串連鎖反應式的災禍。

第二，牠已經放棄了與影疊玉石俱焚的念頭，可影疊仍把牠當作被攆下臺的廢物，不斷地羞辱牠，使牠大爲惱火。藍眼虎棲身的這座小山崗與野象谷毗鄰，牠要讓影疊看看，牠火扎並非膿包，也並非沒有復仇的血性與力量，希望影疊能從中感悟出牠的良苦用心。

第三，牠頂多還能活兩三個月，就會被死神收容去。與其在屈辱中苟活兩三個月，不如將這段殘剩的生命凝聚在一個短暫的瞬間，生命因濃縮與聚焦而昇華發光，給戛爾邦象群留下一個永恆的記憶。

火扎曉得，影疊雖然憑藉著青春的智慧和力量趕走了藍眼虎，但虎患並未消失。那隻藍眼虎並沒受到什麼致命的創傷，也沒受到永生難忘的驚嚇。對藍眼虎來說，沒撲倒嬌嬌和乳象，不過是一次偶然的失手。藍眼虎在饑餓的催逼下，會再次把貪婪兇殘的眼光投向戛爾邦象群的。

老虎吃乳象，是條自然食物鏈，在這個問題上，老虎永遠佔據主動，象群永遠被動地提防。也可以這麼說，老虎在暗處，象群在明處，防不勝防。更糟糕的是，老虎絕不是那種會在一個地方重複跌跤的笨蛋；藍眼虎如再次衝進象群，一定會吸取上次失敗的教訓，用更陰險毒辣的辦法來對付影疊。

這方面，藍眼虎的潛力還大著呢。但影疊就很難再重複一次幸運。就算影疊十二分警覺，連睡覺都睜著一隻眼，但一年三百六十五天，一天有無數個分分秒秒，牠不可能每分每秒都不出半點紕漏，都無懈可擊的。再說，影疊上次雖然取得了輝煌的勝利，但作為象，本領已發揮到了極限，很難想像再能有什麼新招數可以制服虎。

火扎曉得，虎患的陰影仍籠罩在戛爾邦象群上空，仍像幽靈般徘徊在每頭象的心靈裏。即使戛爾邦象群上下齊心協力，多派哨象，並隨時把易遭襲擊的母象和乳象拱衛在群體中間，虎患仍然會嚴重損害戛爾邦象群的種族利益。在虎患的陰影中，老象的壽命縮短，幼象的發育遲緩，而母象懾於恐懼，精神紊亂，會停止發情和交配，當然也就不會再生育。一個種群一旦停止繁殖，就等於在走向死亡。

可以說，虎患不絕，戛爾邦象群永無寧日。

無論是為自己，還是為群體，火扎都要同該死的藍眼虎進行最後的較量。

虎的氣味越來越濃，指向一個被荒草遮掩的岩洞。火扎料定可惡的藍眼虎就在岩洞裏。虎是晝伏夜行的動物，尤其是西雙版納熱帶雨林中的華南虎，炎熱的白天極少外出活動，總是在洞裏懶洋洋地睡覺，要等到太陽落山，涼爽的暮靄從谷底瀰散開時，才外出覓食。

果然，火扎迎著微風貼近岩洞，聽到洞內傳來呼嚕呼嚕的虎的鼾聲。牠幾步跨到洞前，將龐大的身體堵實洞口，將兩支象牙探進洞去，四隻象蹄牢牢地踩在草根上，然後猛吸了一口氣，沈入丹田，竭盡全身力氣，衝著洞內發出一聲吼叫：

噢呵——

象吼本來就雄渾有力，彷彿烏雲背後的悶雷，頂風能傳十里；火扎又是聲嘶力竭地扯著脖子吼，那聲浪，如海嘯，似排炮，小小的岩洞被震得像要坍方似地顫動，半天都還有嗡嗡回音。

藍眼虎在睡夢中突然被驚醒，差點耳膜都被震破了，暴跳起來，一頭撞在洞頂的石壁上，天旋地轉，虎眼直冒金星。

老虎生性剛烈，有百獸之王的美稱，哪受得了這種戲弄和挑釁，張牙舞爪就往外竄；虎頭剛伸到洞口，兩支冷森森的象牙便朝牠迎面捅來，牠不想變成瞎眼虎，只好趕緊把虎頭縮回來。

洞口狹窄，被兩支象牙封得很嚴實，也幸好洞不大，公象龐大的軀體鑽不進來。藍眼虎嘯叫一聲，企圖把堵在洞口的公象嚇跑。

嗷——虎嘯驚天動地，震得整個小山崗都在瑟瑟發抖，公象並沒被嚇跑，倒是巨大的聲浪將岩洞四壁的泥星石屑震了下來，灑了藍眼虎一頭一臉，飛揚的塵土嗆得牠連聲咳嗽，真是自找沒趣。

岩洞又淺又矮，形狀就像只石棺材。藍眼虎連轉身都有困難，須上半個身體趴上洞壁才勉強轉得過身來。洞也太淺，走幾步便碰到底端。只有一個洞口，沒有第二條出路。藍眼虎覺得自己就像關在石牢裏的囚犯，憋得十分難受。牠從沒落到過這般窘迫的境地，也從未遇到過膽敢殺上門來的象，一定是頭神經錯亂的亡命瘋象！

假如岩洞足夠寬敞，藍眼虎是有辦法安全竄出洞去的，譬如可以往左虛晃一下，佯裝著要用虎爪去摳象眼，兩支象牙必然會往左移動防範，牠就可以虎腰急旋，往右斜刺竄出去，憑牠的敏捷，完全有把握成功，最多後胯被象牙扎出道口子，受點傷罷了。

假如洞頂足夠高，牠可以發揮虎的撲躍優勢，竄到那頭瘋象的腦殼上去，再踏著瘋象的脊背跳板似地跳出洞。讓牠沮喪的是，岩洞太小，牠跳無法跳，一跳腦殼就撞在洞頂上，撲沒法撲，一撲就撲到銳利的象牙上去了。空間實在太有限，連假動作都沒法玩。

牠試探著去咬象的耳朵，咬下象耳來不但可以解恨，再將血淋淋的象耳噴吐到象臉上去，說不定能嚇退瘋象，但兩支杏黃色的老辣的象牙十分警惕地朝前撅挺著，就像兩把有靈性的鋒利的尖刀，虎牙還沒沾著象耳朵呢，口腔差點就被象牙戳穿。

牠又伸出兩隻虎爪，摁住兩支象牙，想把瘋象推開。推搡了半天，白費了許多力氣，瘋象巍然不動。像是舉世聞名的大力士，牠雖有一身虎力，也難與象頂牛。

沒辦法，藍眼虎只好龜縮在洞底，嚕哧嚕哧生著悶氣，指望堵在洞口的瘋象肚子餓了、嘴渴了會跑開去尋食飲水，或者累極了會打盹睡覺。只要瘋象有一點鬆懈，牠竄出洞去，一定要報這被囚禁之仇。

牠已發現這頭瘋象一隻前腿有點異樣，臉上皺褶縱橫，已衰老不堪了。牠非咬死牠不可。牠雖然在一般情況是不會襲擊成年大公象的，但這次卻要破例，牠要撲到這頭瘋象身上剝皮掏心啖肉敲骨吸髓，以洩心頭之恨。

老虎是可以隨便戲弄的嗎？

十二、最後的輝煌

太陽落山，月亮升起；月亮落山，太陽升起；兩天兩夜過去了。

火扎須臾不敢放鬆，牠曉得自己已激怒了藍眼虎，現在是騎虎難下，已沒有退路，一旦虎出洞，牠就性命難保。牠老了，又跛了一條腿，是無法對付一隻被激怒的猛虎的。

離岩洞不遠有幾株巨蕉，這是熱帶雨林象特別愛吃的一種塊莖植物，翠綠的巨蕉葉上滾動著大顆大顆晶瑩的露珠。火扎饞得喉嚨口直冒酸水，但牠只能嗅嗅巨蕉的清香，不敢離開洞口半步。牠想，牠堵在洞口沒東西吃，老虎被堵在洞內更沒東西吃；牠饑渴難忍，老虎同樣饑渴難忍；牠疲憊不堪，老虎同樣困頓難受。現在是比耐力和意志的時候。

虎嘯象吼，早就驚動了戛爾邦象群，新象王影疊領著幾頭大公象在小山崗四周轉來轉去，瞧熱鬧呢。誰也不來幫牠的忙。牠也不奢望有誰會來幫牠的忙。象們一定把牠堵住虎穴看成是一種瘋子的癲狂。

又近黃昏。火扎已快支持不住了。兩天兩夜不吃不喝，不敢閉眼打個盹兒，時刻保持著一種低首撅牙的僵硬姿勢，分分秒秒處在高度的緊張狀態，就是鐵鑄銅澆的象，怕也耐不住這份苦。牠的四條象腿顫抖的厲害，渾身難受得就像有億萬隻紅螞蟻在啃咬。

讓火扎感到有點安慰的是，被牠堵在岩洞裏的藍眼虎情況也不見得比自己好多少，也沒閉過眼，老在不停地轉來轉去，脾氣也越來越暴躁，隔一會就咆哮一次，虎嘯聲越來越嘶啞，就像兩塊乾裂的樹皮磨擦發出的怪聲。

要是再堵牠個兩天兩夜，藍眼虎必定被困死在這個小小的岩洞裏。火扎希望是這樣，但牠明白那是不可能的，虎有虎威虎膽和百獸之王的氣概，絕不肯坐以待斃，最後時刻，必定會鋌而走險，衝它個魚死網破。

夕陽西墜，光線差不多和岩洞形成了水平線。火扎突然有一種感覺，生死存亡的最後一搏已近在眉睫。時值黃昏，正是老虎體內生物時鐘指向生命力最蓬勃旺盛的一刻；兩天兩夜的囚禁使藍眼虎的生理承受能力都已到了極限，與其身心崩潰，不如拼死一搏。

火扎咬緊牙關，抖擻起精神。

牠估計對了，當天邊出現玫瑰色晚霞時，突然，被堵在洞裏的藍眼虎一聲長嘯，猛地朝洞口竄來。

藍眼虎不再小心翼翼地躲避象牙，而是兩隻虎爪按住象牙，虎頭強行拱進象鼻根部，張開血盆大口兇猛噬咬。

火扎已有準備，四腿猛蹬，頭顱迅速翹挺——兩支彎刀似的象牙朝上刺擊，低低的洞頂猶如襯著一塊砧板，噗，只聽得輕微一聲響，乾燥的牙尖就變得濕漉漉的。

歐呵，藍眼虎喉嚨深處發出一聲痛苦的呻吟。但老虎畢竟不是紙糊的，牠更猛烈地噬咬火扎的鼻根。

火扎痛得嗷叫一聲，不由自主地後退了一步。這一退，火扎的腦殼與洞頂間赫然露出一條兩尺寬的縫隙。藍眼虎拼命往縫隙裏擠。火扎一看不好，想再往前拱動身體堵實縫隙，但已經遲了，藍眼虎兩條後腿已蹬住洞頂岩壁，兩隻前爪揪住火扎的頭皮，猶如一股無法遏制的妖風，吱溜竄出岩洞，剛好倒騎在象背上。

在老虎出洞時，火扎感覺到兩股溫熱的液體流到臉頰，一股濃烈的血腥噴進鼻端。哦，是虎腹被牠的象牙捅出了兩個窟窿。

象背上的藍眼虎胡撕亂抓狂啃瘋咬。剎那間，火扎頭皮被撕開，耳朵被咬得稀爛。火扎想用鼻子把背上的老虎掃下來，但鼻子彷彿不長在自己臉上了，怎麼用力也難以甩動，哦，鼻根的軟骨已被虎牙咬斷，只連著一層皮。廢了，這根長鼻算是徹底的報廢了。

現在，火扎再繼續滯留在岩洞口已失去了意義。牠在原地轉了幾圈，希冀能把背上的藍眼虎轉暈了掉下來。這當然是徒勞的。牠顛跳蹦踏、疾跑急剎，還沒能把虎甩下背。

這時，火扎瞥見影疊正站在三十米開外的山坡上看牠搏鬥。噢，牠向影疊發出救援的呼叫，藍眼虎已兩天兩夜沒吃沒睡沒喝，肚子又被捅了窟窿，是不難用長鼻把虎從牠背上勾拉下來的。

影疊無動於衷，一副隔岸觀火的超然神態。

牠本不該作這樣的指望的，火扎想，在影疊眼裏，牠和藍眼虎同樣可憎。

牠很悲哀，卻又無可奈何。沒有新象王的首肯，其他大公象也不會跑來幫牠。看來，無論是喜劇還是悲劇，只能靠牠自己來收場了。

牠突然覺得後頸一陣刺痛，像扎進一把尖刀。牠明白，藍眼虎正在用強有力的頜骨擰牠的頸椎。

牠心涼透了。牠不是怕死，牠決心來堵虎穴，就已把生死置之度外。問題是牠這樣倒下了，藍眼虎卻還活著；藍眼虎雖被牠在肚子上捅了兩個窟窿，但腸子沒流出來，不是致命傷。牠死了，藍眼虎不死，在眾象眼裏，牠真正是個把自己送進虎口的瘋子。

更悲慘的是，牠堵在岩洞口兩天兩夜不吃不睡的舉動，就變成了一種諷刺與幽默——耗盡自己的體力，讓藍眼虎更方便、更省力更容易咬死自己！這將成為戞爾邦象群流傳不衰的大笑話。

必須同歸於盡！必須同歸於盡！

只要同歸於盡，牠就算贏了。

牠大吼一聲，拼足最後一把力氣，兩條前腿用力彈跳，頭拼命往後仰，整個身體豎直起來。牠不是在學影疊的樣子將身體豎直，把虎從背上抖落下來，牠沒這個體力，也沒這個技巧；牠甚至擔心當身體豎直時，虎會失足滑落，這將使牠用最後的生命編織的計謀落空；謝天謝地，藍眼虎揪得很緊，虎牙已深深嵌進牠的頸椎。當牠的身體豎直到極限時，牠兩隻後蹄猛力前蹬，腰用力前挺，脖子儘量後仰，身體的重心突然間朝後傾倒，訇地一聲，跌了個四仰八叉。

就像一座小山突然間崩坍了。藍眼虎被壓在山的下面，發出絕望的慘嚎。

仰面一跤，戞爾邦象群歷史上從沒哪頭象以這個姿勢跌倒過。象的身體過於笨重，這一跌，當然是災難性的，喀嚓喀嚓，好幾根肋骨都被震斷了，脊梁似乎也折成兩截，掙扎了半天，才慢慢翻過身來。

藍眼虎更夠嗆，被數噸重的大象猛壓在身上，壓得七竅流血，雖然還沒死，卻連站都站不起來了，瞪著兩隻充滿怨恨的虎眼，望著火扎。

火扎艱難地翻轉身來，牙尖剛好離藍眼虎只有幾寸遠，虎橫臥在牠面前，虎的另一側面緊貼著山崖。老天有眼，跌出這麼個局面，等於把虎送到牠牙尖上任牠挑。牠雖然也因嚴重震傷和多處骨折站不起來，但牠不用站起，就這樣跪著，用力朝前伸長脖子，象牙就能刺透虎皮，挑破那顆十惡不赦的虎心。

整個戛爾邦象群都被這場驚天動地的象虎鬥吸引了，都湧出野象谷跑到小山崗來觀戰。岩洞前綠瑩瑩的草坡站滿了大大小小的象。

正是輝煌的好時刻，火扎想，牠之所以捨生忘死來堵虎穴，不就是想讓殘剩的生命濃縮聚焦、昇華發光嗎？整個象群四十多雙眼睛正盯著牠，那才叫棒呢。

牠知道自己快死了，捅破藍眼虎的心臟，再輕輕闔上眼，再最後吐一口舒暢的血沫，何等壯麗，何等燦爛輝煌！這圖景，將永遠鐫刻在所有象的腦子裏，使牠們永生永世無法忘懷。這就是說，牠死了，仍活在眾象的心目中。

最有價值的是，牠挑死藍眼虎的壯舉，雪恥了牠遜位後所遭受的凌辱，也等於給影疊一個難堪。你只能趕走藍眼虎，而我卻能消滅藍眼虎；眾心一桿秤，誰都掂量得出究竟誰才是真正意義上的象王！

藍眼虎雖已無法動彈，卻仍發狠地咆哮著，齜牙咧嘴，一副兇悍相。虎死威不倒，更何況這隻可惡的藍眼虎還沒咽氣呢。

這正合火扎的心意。惡虎雄風猶在，兇相畢露，更能渲染出壯烈與凝重。

火扎調動體內的最後一點生命，大氣磅礴地吼一聲，兩支象牙朝前刺去。牠的蘸滿虎血的牙尖已觸碰到了色彩斑斕光滑如緞的虎皮，突然，牠停住了。牠發現新象王影疊正在朝早已沒有還手之力只剩下一具空殼的藍眼虎走來。

這鬼精明的傢伙，也想來白撿個便宜、白撿個輝煌呀。

你甭想得美了，你就是強盜搶也來不及了。這是牠最後實現自我價值的機會了，牠不會謙讓的，火扎想。

可是……可是……自己就要死了，火扎又想，就算在生命的最後時刻贏得了輝煌，又有什麼實際意義呢？無非是給影疊造成了難堪的局面，無非是給新象王留下了一道有關尊嚴的難題。這會損害影疊的威信的。自己真有必要在生命的最後時刻給影疊臉上抹黑嗎？

人將死，心也善；象將死，心也善。牠火扎說到底，還是希望戛爾邦象群能興盛。由牠火扎來挑死藍眼虎，無非是換取一點虛幻的輝煌，無非是壯觀一下葬禮，無非是唱一曲動聽的輓歌。但假如把捅死藍眼虎的榮耀讓給影疊，那就是無與倫比的皇冠，用虎血塗寫的頌歌，活生生的輝煌，足以服眾的資本，幾十年的凝聚力，群體走向興盛的曙光和號角。

影疊新登王位不久，立足未穩，身邊尚有居心叵測的大公象，在執政的道路上激流無數，暗礁密布，太需要有這麼一個能震撼和威懾眾象的輝煌壯舉了。

唉，罷罷罷，就再便宜一次這體色深淺不一、輪廓模糊不清的傢伙吧。火扎長嘆了一口氣，收回象牙，脖子縮緊，騰出一塊空地。

影疊邁著矯健的步伐走過來，長鼻瀟灑地在空中掄了個花結，威嚴地吼了一聲，勾下腦袋，撅起象牙，猛地捅進藍眼虎的肋骨。

老虎發出一聲石破天驚般的哀嘯。

華南虎本來體格就不大，又餓了兩天，體重驟減。只見影疊粗壯的脖子用力一挺，兩支象牙竟像兩把鏟刀，挑住虎肋，把藍眼虎舉了起來。

藍眼虎還沒死絕，在影疊的牙尖上四爪曼舞，飾有黑色「王」字的白額下那對銅鈴虎眼仍炯炯有神。影疊舉著藍眼虎原地轉了三圈，又一揚脖頸，藍眼虎被拋了出去，在斜坡上打了幾個滾，泡進小山崗下的一個水塘，再也不動彈了。

眾象齊嶄嶄地把長鼻翹向空中，朝影疊高聲吼叫。牠們目睹了新象王挑死活虎的風采，在牠們的心目中，影疊成了非凡的英雄。

火扎身上的痛感已麻木了，渾身輕飄飄的。牠知道自己的時間已經不多了。牠吃力地扭動頭，將血肉模糊的臉轉向影疊。影疊離牠咫尺之遙，剛好也面對著牠。牠已虛弱得沒力氣發出聲，只能用懇求的渴望的眼光盯著影疊。

在生命的最後一息，火扎希望影疊能悟出點什麼，從而改變對牠的敵視態度。只要影疊能走過來，用鼻吻輕輕撫摸一下牠傷痕累累的老臉，牠就心滿意足了，牠就死也瞑目了。這對影疊來說，是舉手之勞。

牠期待著，用最後一息生命期待著。牠覺得自己有權獲得理解。

理解萬歲，這大概是本世紀最悲慘的一句口號了。

影疊朝牠走過來了。

牠寬闊的象嘴裏大團大團朝外冒著血沫，牠已不會動彈，使勁瞪大眼。

影疊走到牠面前，甩甩腦殼，輕蔑地打了個響鼻。那眼神，沒有同情，沒有理解，沒有感恩戴德，也沒有絲毫的自責與反省，甚至沒有一點悲憫，而只有幸災樂禍，只有如釋重負的輕鬆愉快。

然後，氣宇軒昂地離開了。

了。

火扎渾身一陣顫慄，身體像股煙似地飄了起來。牠的兩隻眼球痛苦地抽搐一陣，便凝然不動

一滴冷淚漫出來，凝固在眼角上。

雄象有淚不輕彈，火扎從成年到生命結束，這還是第一次掉淚。

從非洲來的雌象麥菲

牠斜竄過去，撅起象牙，朝巨石猛力撞去；喀嚓一聲響，牠只覺得腦袋一陣暈眩，嘴裏一陣巨痛，兩根象牙被連根撞斷了，巨石震得微微發抖。大團大團的血沫從牠嘴腔裏噴湧而出。整個象群都被牠瘋狂的舉動驚呆了，圍攏來，神情莊嚴肅穆，像在舉行什麼儀式。

布隆迪走過來，親暱地用鼻尖摩挲牠的脊背，哦，象酋同意牠皈依洛亞象群了。牠心裏說不清是悲還是喜。

一、意外之旅

薩梅象群沿著基西瓦尼河朝前走。基西瓦尼河雖然是條小河，卻水量充沛，旱季也不會乾涸。基西瓦尼河的源頭是吉力馬札羅山上融化下來的積雪，河水藍幽幽清冷冷的，空氣中瀰漫著濕潤涼爽的水霧。薩梅象群喜歡在河畔行走。坦尚尼亞的四月乾燥炎熱，大熱天浸泡在涼絲絲的水霧裏，十分舒服愜意。

一頭年輕的雌象一邊走一邊玩耍，一會兒汲起一鼻子水噴射到空中，給自己來個淋浴，一會兒用鼻尖撮起泥沙，去彈射停棲在河邊樹枝上的虎皮鸚鵡，一會兒用碩大的蹄子踏平搗毀土丘上的老鼠洞。走走停停，停停走走，牠漸漸地掉隊了。

這頭頑皮淘氣的雌象名叫麥菲，今年十三歲。這個年齡對非洲象來說，剛剛由少年期跨入青春期，對生活抱有浪漫的幻想。牠的身體已基本發育成熟，體色灰黑，四肢如柱，身高足有三米，長鼻粗碩富有彈性，甩擺起來如龍遊蛇舞，自有一番青春的韻味。那兩根發達的上頜門齒尤其出色，細膩如玉，潔白如雪，長達三尺，鋒利如劍，在陽光的照耀下，猶如吉力馬札羅峰巔上終年不化的積雪，閃爍著刺目的寒光。

蹚過小河汊，麥菲瞥見河汊左側一塊沼澤地邊，一隻小斑羚正在飲水，突然，平靜的沼澤爆起一朵巨大的泥浪，哦，是一條潛伏在沼澤裏的兇猛的非洲鱷，冷不防竄躍出來，一口叼住了小斑羚的一條前腿。

這條非洲鱷也太狡猾了，身體隱蔽在泥漿裏，暗橄欖色的背脊與泥漿融爲一體，極難辨別。可憐的小斑羚呦呦哀叫著，徒勞地掙扎。鱷眨動著狡黠的眼睛，洋洋得意地一點一點將小斑羚往水裏拖拽。

麥菲氣不打一處來。牠天生憎惡鱷，這兇殘的傢伙有時還敢襲擊沒有母象陪伴在身邊的乳象。牠不能容忍這種恃強凌弱的行爲，牠撒開四蹄朝沼澤奔去。

雖然這條非洲鱷有四米多長，浮在水上，像條獨木舟，模樣古怪，那張大嘴裏犬牙交錯，猙獰可怖，可麥菲不怕；象的身軀比鱷魁偉，力氣自然也比鱷大；牠有長鼻可以抽打，有鋒利的象牙可以戳捅，有結實的四蹄可以踐踏，對付一條普通的鱷還是綽綽有餘的。牠想把小斑羚從鱷嘴裏救出來。

麥菲剛趕到沼澤邊，狡猾的鱷見勢不妙，扁扁的大尾巴使勁一划，吱溜往沼澤中央退卻。小斑羚的身體迅速往下沈，泥漿淹沒了脖頸，淹沒了柔軟的唇吻，淹沒了麻栗色的明亮的瞳仁。

麥菲在岸邊氣得直跺腳，卻無計可施。牠不敢下到沼澤去，鏽紅的水面下也許是深不見底的泥潭，陷進去後無法游，也無法走，會被整個兒吞噬掉的。牠只好在岸邊捲起石頭樹枝什麼的，使勁朝鱷砸去。有的砸準了，有的砸空了。即使砸準了，在粗糙似鎧甲的鱷背上，等於搔癢一樣。

鱷瞪了牠一眼，銜著已氣絕身亡的小斑羚，慢慢朝沼澤深處游去，很快消失在濃濃的白霧中。

這時，薩梅象群已經轉過河灣，走遠了。

麥菲一點也不著急，也不慌張。象不像角馬羚牛這樣的食草動物，因害怕成爲食肉猛獸襲擊的目標，不敢離開群體。象是陸上最大的哺乳動物，成年大象幾乎沒有什麼天敵。在非洲這塊廣袤的黑土地上，只有獅子似乎還能同象匹敵，但獅子一般不敢招惹象。

麥菲慢吞吞地往前走。

基西瓦尼河兩岸景致優美，一望無垠的稀樹草原上，野花芬芳，流鶯婉轉。天上飄浮著大朵大朵輪廓分明的雲，有幾隻綽號叫叢林殯葬工的禿鷲在天空翱翔。河裏不時有蛇鯔躍出水面，魚鱗反射著陽光，傳來喧嘩的浪聲。河邊鬆軟的細沙灘上，大如瓦盆形如梅花的象蹄印赫然在目，只要順著象蹄印走，不愁回不到象群。就算沒有象蹄印，麥菲也不擔心會迷路，象靈敏的嗅覺和聽覺，能使牠準確無誤地找到薩梅象群。

牠很快將小斑羚遇害的事忘得乾乾淨淨，這種弱肉強食的事，在叢林裏司空見慣，並不稀罕。牠心情怡然，走得輕鬆愉快。

前面河岸有一片水蕨芨，無風自動，窸窸窣窣一陣響，似乎有什麼東西躲藏在密匝匝的蕨芨叢裏。

興許是個白馬王子呢，麥菲想，用捉迷藏的浪漫方式在向牠求愛。牠身心都已成熟，還待字閨中，正值陽春求偶期間，免不了會春心蕩漾。牠渴望有一頭強壯的雄象陪伴在自己身邊，渴望不久的將來，自己能產下一個活潑可愛的小象。牠挺胸搖鼻，走路的姿勢儘量優雅；顧影自憐，將雌性的風韻發揮得淋漓盡致。

哦，出來吧，傻瓜，別讓我等得心焦。

蕨芨叢越來越近了，還不見雄象的身影。或許是頭正在採食的犀牛，並不是什麼雄象，麥菲有點失望。

一陣清風迎面吹來，牠嗅到了一股汗酸夾著煙熏火燎的氣味，這好像是兩足行走的人的氣味！牠的神經陡地繃緊了。

象天不怕，地不怕，就怕兩足行走的人。人手中握有會噴火閃電的獵槍，人會駕駛比烏龜殼更堅硬的汽車，人會擺弄比鱷游得更快的船，人會鑽進轟轟作響的鐵鳥的肚子，對象來說，人詭計多端，變幻莫測，比獅子鬣狗兇猛得多，狡猾得多，也難對付得多。

牠停住腳步，翹起長鼻，想向遠去的象群發出報警求援的吼叫。

可是，已經晚了。碧綠的蕨芨叢裏驀地豎立起一個臉色黧黑的男人，手舉著一支明晃晃的槍朝牠瞄準。

牠想跑，剛轉過身，只聽見嗤的一聲輕響，屁股上像被黃蜂螫了一口，有點疼，也有點癢，似乎還墜著一樣什麼東西。牠扭動脖子朝後望去，臀部掛著一隻小小的玻璃管。牠撩動長鼻，想拍掉玻璃管，可惜搆不著。

那男人離牠二十米遠，正笑瞇瞇地望著牠。牠勃然大怒，想奔過去用鼻子甩翻他，把他捲起來拋到空中，用象牙捅出窟窿，用象蹄踩成肉餅。可是牠才奔出兩步，就感到那屁股上墜著的玻璃管裏有一股很細的液體正慢慢地鑽進牠的體內，隨即，牠覺得渾身鬆軟得像散了骨架，龐大的軀體彷彿是用柳絮搓成的，風一吹就要飄起來，腦袋卻沈得像塊石頭，抬也抬不起來。還沒等牠明白過來是怎麼回事，天旋地轉，兩眼發黑，便什麼也不知道了。

牠中了捕獵者的麻醉槍。

等牠醒來時，發現自己已在一艘海輪上，被關在一隻巨大的鐵籠子裏。輪船正行駛在印度洋上，從舷窗灌進一股股潮濕的鹹腥味很濃的海風。

幾個黑皮膚男子在船艙裏忙碌，見牠醒來，有人拎了一桶清水放在鐵籠前，又朝鐵籠裏扔進一串香蕉。牠不曉得兩足行走的人要把牠運到哪裡去，但有一點牠是知道的，牠正離親愛的故鄉和薩梅象群越來越遠。

牠憤怒地連聲吼叫，用鼻子勾住籠子的鐵條使勁拉扯，用象牙拚命挑捅戳撬，想搗毀牢籠，無奈鐵籠子堅固無比，任牠怎麼折騰，也無濟於事。

也沒人來理睬牠。

唉，只好聽憑命運來擺佈了。

十多天後，輪船在一個繁華的碼頭停泊下來。一架起重機伸出鋼鐵巨臂，把鐵籠子連同麥菲一起高高吊起，轉了個向，輕輕放到巨蟒似的火車上。周圍黑皮膚的人變成了黃皮膚的人。火車又行駛了兩天，換成一輛載重汽車，晝行夜停，一路風塵，朝麥菲完全陌生的地方駛去。

麥菲當然不會知道，牠已成爲坦尚尼亞某外貿公司的一件出口貨物，經由坦尚尼亞的東海岸城市龐加尼從海上運到緬甸的仰光，再用火車由仰光運往曼德勒，然後坐汽車途經西雙版納，運往中國的春城昆明。假如不出意外，幾天後，牠將成爲昆明圓通山動物園的新居民。

新象房已經落成，油漆的招牌也已掛起，上面寫著：非洲象麥菲。

偏偏發生了意外。

二、逃進西雙版納

這天，馱著麥菲的載重汽車由海關進入中國境內，在昆洛公路上翻山越嶺。這是一條路況很差的公路，路面坑坑窪窪，又窄又陡，盤山而行。五月的西雙版納正值雨季，天上下著濛濛細雨，鋪著劣質瀝青的路面被雨水一澆，滑得像塗了層油。

載重汽車駛進猛養自然保護區，氣喘吁吁地爬到山頂，開始下坡。前面是個Z字形急拐彎，駕駛員小心翼翼地踩著剎車，把著方向盤，剛要拐彎，突然彎道裏鑽出一輛大卡車，開車的是個愣頭青小夥子，踩著油門不放，車速很快，迎面朝載重汽車撞來。載重汽車運載著一頭數噸重的大象，重車下坡，車身寬，道路窄，一邊是懸崖，一邊是絕壁，無處可避讓。

轟的一聲巨響，載重汽車和東風牌大卡車撞了個正著。兩輛車駕駛室前的擋風玻璃被撞得粉碎，保險桿被撞斷，司機被撞得昏死過去。

載重汽車撞得尤其慘，車廂猛地扭曲，砸在路邊的一棵大樹上，乒乒乓乓，關著象的鐵籠子好幾根鐵條被樹折斷了，那扇結實的鐵門也暗鎖崩碎，匡啷開啓。

麥菲正站在鐵籠裏昏睡，被猛烈的碰撞摔倒在地，身上被鐵條的斷刃劃出好幾道血口，幸運的是沒傷著筋骨。牠從洞開的鐵門鑽出來，順著傾斜的車廂來到公路上。

正在冒煙的駕駛室裏傳來痛苦的呻吟聲。麥菲恨透了將牠麻醉、將牠囚禁、將牠輾轉運送的人類，牠才不會傻乎乎地去救死扶傷呢。

山下像條白綢帶似的公路上，響起了汽車的喇叭聲，一輛烏龜似的小汽車正沿著盤山路盤旋而上。麥菲不願再次落入人的魔爪，四下一打量，公路轉彎處有一條山箐，通向茂密的森林，牠毫不猶豫地鑽了進去。

牠一口氣跑進猛養自然保護區縱深地帶，這兒草深林密，人跡杳然，不用擔心會被兩足行走的人緝拿歸案。

平靜下來後，麥菲發現自己置身在一塊完全陌生的土地上。這兒與牠的故鄉非洲基西瓦尼河流域相比，除了氣候炎熱這一點相同外，其他方面差別很大。基西瓦尼河一帶地勢平坦，這裏山套山、山疊山、山環山，到處都是山；非洲的土地乾燥，這兒卻濕潤得到處踩得出水；非洲是一望無垠的稀樹草原，這兒卻到處都是大大小小的樹，見不到空曠的草原；非洲蠻荒蒼涼，這兒山青水秀，滿地都是竹筍和各種可口的植物。

牠在自然保護區閒逛了幾天，身上的傷很快養好了，因顛沛流離而弄得憔悴的身心也恢復了正常。

然而，另一種危機卻接踵而來。

象是合群的動物，尤其是雌象，「家」的觀念很重，牠已差不多個把月沒見到同類了，形單影隻，孤獨寂寞，快要憋死了。牠渴望能回到薩梅象群去，那兒有德高望重的祖母梅蕊，有慈祥美麗的母親尕佳，有忠誠憨厚的老公象叭努努，有活潑可愛的異父同母弟弟尼瓦兒……牠思念牠們，就像田想水想得心焦；牠們也一定在思念牠，就像水想田想得心跳。

牠恨不得能插翅飛回基西瓦尼河去。但牠知道，這是不可能的事了。牠離故鄉太遙遠了，遙遠得就像一個飄緲的夢。

牠只有設法尋找新的「家」。牠相信在這塊氣候適宜、食物豐盛的土地上，一定會有同類生存著。牠沿著一條清亮的小溪溯源而上，悉心尋覓著同類的蹤影。

這天下午，麥菲轉過一道山灣，突然嗅到一股熟悉的氣味，如漚腐的水葫蘆，如發酵的乾草，那是象糞的氣味。牠循著氣味鑽進一片野檳榔樹林，果然看見齊腰高的檳榔樹桿上一長溜地塗抹著黑糊狀的象糞，樹與樹之間的山茅草上，有刺鼻的尿腥味，低窪的濕地上還有凌亂的象蹄印。

牠激動得快掉淚了。雖說外來象要到一個陌生的象群去入夥，免不了會受到歧視和欺凌，地位排在最末等，採食時，只能吃別的象挑剩的食物，飲水時，只能站在最下游飲別的象攪渾的髒水，睡覺時，只能睡在寒風吹襲的外圈，但總比孤魂野鬼似的隻身在森林裏流浪要好得多。再說，欺生都是暫時的，混熟了也就彼此彼此了。

記得薩梅象群也曾有過陌生的雌象前來投靠入夥的事，那是頭名叫果萊的中年雌象，剛到薩梅象群的時候，被冷眼相待，夜夜讓牠擔任哨象，但果萊十分乖巧，千方百計地討好祖母梅蕊。梅蕊要鑽林子，果萊就揮舞鼻子替梅蕊開道；梅蕊要泥浴，果萊就來回奔跑，到河灘去撈潔淨爽身的大顆粒黃沙揚到梅蕊背上。沒幾個月，果萊的地位就提升到與牠年齡體魄和象牙的鋒利度相配的高度。牠麥菲不傻不呆，完全可以效法果萊的做法，小心謹慎，察顏觀色，多拍馬屁，儘快使自己適應新的環境。

但願牠即將投靠的新象群，統領眾象的老母象和祖母梅蕊一樣，祥和寬容，豁達大度。

到這個時候爲止，麥菲對非洲象群和印度象群之間的社會結構的顯著差異並不瞭解，牠是用自己在非洲象群的生活閱歷來猜度生活在西雙版納熱帶雨林的印度象群的，以爲這裏的象群和薩梅象群一樣，也是由飽經風霜的雌性當政，也是母系社會的結構形態。

犯經驗論錯誤的不僅僅是人類。

牠走到上風口，揚起鼻子長吼了一聲。這是在向牠即將投靠的大家庭自我通報，孤獨的靈魂在呼喚同伴。

山谷盡頭傳來一聲粗獷雄渾的象吼，聯絡溝通了。牠興沖沖趕過去，穿過一片茅草地，果然看見十幾頭象散落在一片竹林裏。

竹林是個平緩的小山坡，站在坡頂的自然是象酋——群體的統治者。站的地勢比其他象高，更能襯托象酋的威勢與尊嚴，在這一點上，非洲象與印度象是相同的。其他象都在地勢較低的地方眾星拱月般地仰望著象酋。

讓麥菲感到吃驚的是，統領這個象群的象酋臀部結實緊湊，小腹下晃盪著碩大的生殖器，竟然是頭公象！

這在基西尼瓦河流域的非洲象群裏是無法想像的。

在薩梅象群，輩分高的雌性永遠佔據著統治權，是當然的象酋。更準確地說，是由幾頭或十幾頭彼此有著血緣關係的雌象組合成一個穩定的群體，而公象則隨意流動，今天到這個象群做客，明天被招贅進另一個象群。對非洲象來說，公象當政就跟牝雞司晨一樣荒謬可笑。但麥菲對這種由雄性掌權的社會群體並不算太陌生。

和薩梅象群生活在同一塊炎熱乾燥土地上的獅群，就是典型的雄性掌權式社會。獅文化的最大特徵，就是由一頭或兩頭雄獅統治並管理著一群母獅和幼獅。群內的雄性小獅子長大後，肯定會被當權的雄獅無情地驅趕出群體；雄性的嫉妒性遠遠高於雌性，絕不允許其他雄獅與牠分享妻妾和權力。每當發情交配季節，獅群便時常會爆發戰爭，那些在野的流浪雄獅總想闖進有雌獅的群體，把在位的雄獅驅趕下臺自己取而代之，在位的雄獅當然要奮起反擊，保衛自己的權益，常常互相咬得頭破血流，非死即傷，慘不忍睹。

麥菲對獅文化略有所知。

望著眼前這個雄性掌權的象群，麥菲突然受到了某種靈感啓迪，看來，自己對是否會被新群體接納，是否會遭新群體貶抑的擔心純屬多慮了。牠是雌象，而且是年輕貌美的雌象，投靠由雄性做主的象群，絕沒有被拒絕的可能。就像非洲獅群，外來的雄獅要闖進去，那是入侵，會遭到殊死抗擊；外來的雌獅要投奔進去，只要不是年老色衰，就一概會受到熱情歡迎。對佔據王位的雄獅來說，自己所統轄的群體雌性多多益善，外面的雌獅前來投奔，說明牠魅力無窮，統治有方。獅文化的這個特徵，或許也可以移植到眼前這個象群來。

同性相斥，異性相吸，這是蔚藍色的地球上，生命進化到有性繁殖以來亙古不變的規律。

牠朝高高在上的那頭雄象友好地輕吼了一聲。那雄象從坡頂急急忙忙朝牠奔來。

牠肯定是來歡迎牠的，麥菲想。

三、怪胎

非洲雌象麥菲想要投靠的印度象群名叫洛亞象群。這是一個規模不大的象群，總共七八頭雌象，四五頭小象；象酋是頭四十歲的壯年大公象，名叫布隆迪。

布隆迪不乏象酋風采，腰粗臀圓，身胚魁梧，毛色灰裏透白，像裹著一層薄薄的烏雲，鼻子長得不用低頭就能勾掉在地上的野草莓，兩片耳朵大如蒲葵，扇動起來呼呼有聲，兩支象牙雖然經歲月風塵的浸漬已泛出些許黃斑，但仍犀利結實，光澤華貴，長達兩尺半——這長度在印度象種裏已經算是出類拔萃了。

布隆迪是先聽到麥菲的吼叫，後看見麥菲的身影。聽到叫聲，牠以爲是雌象前來投奔，但視線一落到麥菲身上，立刻否定了自己先前的判斷，確信是一頭膽大妄爲的公象闖進自己的領地想來爭搶王位和配偶，出於一種本能的反應，牠立刻翹起鼻撅著牙，氣勢洶洶地衝過去，想趁入侵者立足未穩之際，迅速發起一場淩厲的攻勢，將入侵者驅趕出去。

也難怪布隆迪會產生這樣的錯覺，誤把雌性當雄性。布隆迪是土生土長的印度象，從未見過非洲象，不知道世界上還有長象牙的雌象。在印度象群裏，只有雄象才有發達的象牙。在布隆迪的印象裏，只要嘴裏長著長牙的象，必定是雄象，整個印度象都把尖利細長的象牙視作雄性威武勇猛的標誌。

布隆迪一看見麥菲鼻子下那兩根象牙，便產生一種反射動作，準備應付挑戰。

衝到離麥菲還有十幾步遠的地方，布隆迪漸漸心虛起來，方才那股排山倒海式的勇猛氣勢被憂慮和恐懼消蝕掉大半。牠看清了麥菲的象牙，這是牠所見過的最出色的象牙，潔白如雪，寒光四射，表明這牙的質地上乘，堅硬如石；更讓布隆迪觸目驚心的是，那牙長達三尺，比牠自己的牙長了整整半尺。

動物在角逐與較量前，都要打量對方的虛實，掂量彼此的實力，估算取勝的可能，極少有傻裏傻氣亂鬥一氣的。布隆迪一邊奔，一邊在掂量自己與麥菲之間的力量差別，牠悲哀地發現，自己比麥菲要差了一大截。論身胚，面前這傢伙體態像座灰色的小山，和牠一般高大魁偉；論勇敢，這傢伙既然敢隻身闖進洛亞象群來尋釁鬧事，一定志在必奪，早就把生死置於腦後了；論鼻子，這傢伙鼻根上褶皺縱橫，老辣得像根牛皮鞭子；論體力，這傢伙年輕氣盛，正處在生命的鼎盛時期，耐力和蠻力都不會在牠布隆迪之下。

或許，對方上述這些優勢，牠布隆迪還能勉強應付，但雙方在象牙上的差距實在懸殊，不能不使牠心裏發懼，感到氣餒。

先不說牙的質地，就對方的牙比自己的牙長出半尺，自己已被籠罩在死亡的陰影中了。象牙是象身上最銳利的格鬥武器，誰的牙長，誰就占著便宜，能在對方的牙還未戳到自己身體前先戳通對方的身體。從某種角度說，誰的牙長誰就是勝者。

天哪，這傢伙怎麼會長出三尺長的象牙來！牠布隆迪活了四十歲了，還是第一次見到三尺象牙的象。牠以前見過的所有大公象，平均牙長都在兩尺左右，兩尺三寸已經是上品了，像牠布隆迪那樣長著一副兩尺半的象牙，堪稱上上品，已經是十分罕見的了。

牠布隆迪之所以能在洛亞象群象酋的寶座上連續坐了十幾年，憑的就是這副兩尺半的長牙。也不知有多少智商比牠高、個頭比牠大、年紀比牠輕的大公象，就因為象牙比牠短那麼兩三寸，而最終輸給了牠。

三尺長的象牙，那是真正的寶牙。

牠當然不知道，象分兩個亞種，印度象和非洲象，作為不同的亞種，非洲象不論雌雄，象牙都普遍要比印度公象的牙更長些、也更白些。

衝到離麥菲還有五六步遠的地方，布隆迪已經四肢發軟、眼光駭然，鬥志差不多快崩潰了。經驗告訴牠，這將是一場雞蛋碰石頭式的較量，自己毫無獲勝的可能。

唉，要是老公象津巴還活著就好了。

老公象津巴是牠忠誠的夥伴，是牠得力的助手。要是現在有津巴在，牠起碼不會絕望，牠和津巴可以從兩面夾擊來犯者，讓對方顧了頭顧不了尾；四根牙對付兩根牙，你就是三尺長的寶牙，也占不著多大的便宜，最多打個平手，兩敗俱傷，誰也休想獨領風騷。遺憾的是，津巴在上個月已老死在象塚，現在恐怕已變成一堆白骨了。

洛亞象群有十幾頭象，但都是不長象牙的母象和細皮嫩肉的小象，按傳統習俗，在雄象爭鬥時，母象只會站在一旁看熱鬧，不會前來幫忙的。而小象身子骨還稚嫩，也不可能替牠分憂解愁。

讓兩尺半的象牙和三尺的寶牙一對一的單練，其結局可想而知。

布隆迪在心裏已打起退堂鼓。牠四下覷覷，窺探逃跑的路線。

對了，小溪對面有條彎彎曲曲的牛毛細路，路兩旁長滿荊棘刺棵，牠從那兒逃跑，對方或許會畏懼被荊棘劃傷皮膚而停止追攆的。當然，牠自己在逃跑時也免不了會被荊棘劃傷，但總比被對方追攆上後，在屁股上捅兩個血窟窿要好得多。

逃跑方案，好聽點的說法是撤退方案，就這樣定了吧。

布隆迪又向前衝了兩步，現在牠需要考慮的問題是，不戰自潰還是虛接幾招。

最明智的當然是不戰自潰，既然明明知道自己不是對手，必敗無疑，何必還冒險廝殺？逃吧，逃它個乾脆俐落，逃它個無災無難，三十六計走爲上策嘛。

可不戰自潰似乎與牠象酋的身分不大相配，這也太丟臉了，背後還有母象和小象看著，眾目睽睽下像個懦夫似的，還沒較量就逃之夭夭，實在有損象酋的體面。

牠還不甘心永遠失去洛亞象群象酋的地位，牠還想有朝一日東山再起，這並非癡「人」說夢，牠可以在森林裏用小恩小惠拉攏一頭孤象，重新培養一頭像津巴那樣對牠忠心耿耿的夥伴，雙雄聯盟，殺回洛亞象群，重登象酋寶座；要是現在太懦弱了，象酋威風掃地，被站在身後觀戰的雌象和小象嗤之以鼻，將來要恢復象酋的尊嚴就很難了。

牠不能不戰自潰。當然，也不能傻乎乎地去硬拚，自取滅亡。要找個既能保住性命又能保全面子的兩全之策。

布隆迪不愧是智商很高的象酋，在極短的瞬間便眼睛一眨，計上心頭。牠要虛接幾招，卻又要讓站在身後的雌象和小象們覺得牠是在不惜犧牲性命，認真拚搏。就像演戲，演得逼真，瞧不出破綻。牠要和長著一對寶牙的傢伙身體之間保持一定的距離，這樣就可以避免致命的傷害；鼻子不管是否能有效地擊中對方，要上下飛舞，左右掃蕩，讓雌象和小象們看得眼花撩亂；象牙不要瞄準對方的身體，而是瞄準對方的牙，不去戳和捅，而是敲與擂，叩碰得叮叮咚咚，看起來緊張激烈，其實是有驚無險；連續不斷地伸直脖頸吼叫，叫聲震耳欲聾，聽起來熱熱鬧鬧。

在這個過程中，且戰且退，表現出在對方銳不可擋的攻勢下，實在是力不從心、難以抵擋了，然後找個機會，讓對方的牙尖在自己的肩胛上，不輕不重地犁出一道血口，漫出一些血來，然後用鼻尖將血塗抹開，塗牠個血臉血鼻的，塗出一層濃濃的悲壯色彩。到了那個時候，在眾象眼裏，牠雖然失敗了，也敗得光彩奪目，雖敗猶榮，就可以抽身逃之夭夭了。

這時，布隆迪離麥菲只有兩步之遙了，入侵者的反應令牠驚訝。牠在象酋這個位置上已待了十多年，無數次抗擊過野心勃勃的入侵者。通常情況下，入侵者無論身軀多麼偉岸，象牙多麼犀利，見了牠都神經高度緊張，賊頭賊腦地東張西望，小心翼翼地四下環顧；一見牠撅著象牙撞過來，離

著二三十步遠就會有所反應，或者氣勢磅礡地朝牠迎將過來，或者全身肌肉繃緊、牙尖平舉、嚴陣以待，或者色厲內荏地大吼大叫，企圖先聲奪「人」，在氣勢上壓倒牠，或者見勢不妙扭頭就跑……可眼前這位入侵者，卻與眾不同，彼此相距只有兩步遠了，剎那間，鋒利的象牙就要無情地戳穿身體了，可是長鼻仍捲在牙彎上，短短的象尾優雅地搖晃著，眼光柔和得像清晨剛剛升起的太陽，面部表情恬靜安祥，佇立不動，悠哉遊哉，絲毫也沒有臨陣的激動和惡鬥前的亢奮，倒好像走親戚回娘家赴喜宴似的，象臉上呈現出一派溫馨的喜悅。

這實在違反常規。不正常很可能意味著凶險與危機。布隆迪本來就心虛膽怯，這下更提心吊膽了，不由得收住腳步，滿臉疑惑地觀察對方的動靜。

這傢伙見牠停下來，慢吞吞地從牙彎上舒展開長鼻，鼻尖拱聳，柔軟得像條綢帶，朝牠伸過來。牠以爲牠要抽打牠了，卻是輕輕地撩撥開一隻叮在牠脖頸上的蒼蠅。

布隆迪懵了，鬧不清是怎麼回事。

對方的這套動作，極其雌性化，只有雌象才會如此溫婉體貼地替牠拂去蒼蠅。動作也飄柔輕緩，顯示出典雅的雌性風範。明明是長著一副亮晃晃象牙的大公象，怎麼流露出眉目傳情的脂粉氣？

或許，這傢伙是故意用這種莫名其妙的姿勢迷惑牠的視線，麻痹牠的神經，鬆懈牠的鬥志，然後趁牠不備朝牠猛刺過來，一下子就輕輕鬆鬆解決問題。

或許，這傢伙自以爲長著一副寶牙，有恃無恐，根本不把牠放在眼裏，故意用這種雌性化的舉動來譏諷牠、嘲笑牠、作弄牠、輕慢牠、侮辱牠。

奶奶的，這也太不地道了。

一股熱血湧上布隆迪的腦門，牠畢竟是頭象酋，不是一介草夫，歷來心高氣傲，從沒受過這等窩囊氣。霎時間，牠產生了一種想要拼命的衝動。你別以爲你長著一對三尺長的寶牙就可以恣意妄爲。我也不是紙糊的，無非是個死，誰怕誰呀！布隆迪火從心頭起，惡向膽邊生，憋足了一股勁，準備先下「牙」爲強。

對方似乎聾了瞎了，在這生死攸關的節骨眼上，竟然還有閒情逸趣用鼻尖從地上拔起一朵藍色的醉蝴蝶，在空中搖晃。

雌雄有別，怎麼賣弄起風騷來了？

別管這麼多了，布隆迪想，管牠是恬靜還是急躁，管牠是搔首弄姿還是摩拳擦掌，管牠是笑裏藏刀還是兇相畢露，反正闖進牠布隆迪用尿和糞便劃定的界線，就是居心叵測的入侵者，就是你死我活的競爭對手。

牠撅起牙，狠命地衝撞過去。

可笑那廝，死到臨頭還在裝模作樣，長鼻瀟灑地一甩，將那朵芬芳的醉蝴蝶拋到牠額頭上，然後又將長鼻捲回牙彎。

布隆迪的象牙差不多要觸碰到麥菲致命的胸肋上了，突然，布隆迪嗅到了一股使牠不得不放棄攻擊企圖的氣味。這是麥菲的體味，馨香馥鬱如蘭如麝，還伴隨著一股濃濃的青春氣息。這毫無疑問是異性的體味。

凡哺乳動物都有自己的禁忌，禁忌是保證種群興旺的行爲規範。印度雄象的禁忌，就是不攻擊雌象。

對印度雄象來說，雌象既不是社會地位的角逐者，也不是領地的佔有者，更不是配偶的爭奪者，任何方面都不構成威脅。相反，身邊多一頭雌象，就多了個配偶，多了份榮耀，多了個複製基因的工具。假如是雄象闖進領地，無疑是要來爭奪權力、領地和配偶，必須驅趕出去；而雌象闖了進來，卻是一種投靠依附，作爲雄象，理應竭誠歡迎。象婚姻形態是多偶制，一雄多雌，布隆迪不能無端地攻擊送上門來的異性。

眼睛所看到的和鼻子所聞到的，怎麼會是兩種不同的內容呢？

牠眨巴眨巴眼睛，再仔細望去，這傢伙除了身胚高大健壯和長著一副三尺長的象牙外，其他方面倒確實像雌象。長鼻線條柔順，皮膚皺摺很少，不像公象那般粗糙，腹部平滑，沒有雄性的突兀，眉眼間蘊含著脈脈溫情。

這般看來，好像是雌象，可雌象怎麼會長得和雄象一般高大魁梧？怎麼會長出象牙？

還有一點也讓布隆迪頗爲驚奇，牠所見過的象鼻端都只有一個指狀突起，而眼前這傢伙的鼻端卻與眾不同地有兩個指狀突起。

布隆迪如墜雲裏霧裏，不知是怎麼回事。

這其實是非洲象和印度象不同的生理特徵。非洲象的體格較印度象要高大些，性格也要暴烈些，不易馴服。兩大象種之間最顯著的差異，是印度象僅雄象有發達的象牙，非洲象雌雄則均有發達的象牙；印度象的鼻端只有一個指狀突起，而非洲象的鼻端卻有兩個指狀突起。

這時，麥菲搖著尾巴，搖著脖頸，嫵媚地朝布隆迪拋灑秋波，輕柔地叫了兩聲，這是象的身體語言，明確地告訴對方，希望被接納，被歡迎，成爲洛亞象群的新成員。

布隆迪茫然不知所措。假如認定來者是雌象，當然該歡迎入夥；假如認定來者是雄象，那就該用武力驅逐。牠無法認定來者的性別，也就無法採取相應的措施。

或許是個怪胎吧，牠可不能將怪物留在自己的象群裏。

趕也不是，留也不是，只好不趕不留，冷漠僵持。

麥菲等了半晌，眼前那頭公象還沒有接納牠的表示，不禁又氣又惱。牠不跛不瘸，不聾不瞎，沒患癩皮瘡，也沒口臭什麼的，形象不說光鮮燦爛，起碼也對得起觀眾，年輕輕一頭雌象，卻被雄性象酋拒之於門外，雌性脆弱的自尊心受到了傷害，扭頭就走。

想進你的象群，是因爲看得起你，真是不識抬舉，不知好歹。哼，有什麼了不起嘛，此處不留我，自有留我處。可惜白費了許多獻媚的表情。牠甩鼻而走；象甩鼻而走，等於人類拂袖而去。

布隆迪絲毫沒有挽留的意思，相反，還朝牠的背影起鬨式地吼了幾聲。

麥菲氣得差點掉淚。等著吧，你會後悔的。

四、失去王位

布隆迪沒想到，自己剛剛把長著一副三尺寶牙卻又渾身散發著雌象氣味的怪物打發走，僅僅過了一天的太平日子，又碰上了野心勃勃的入侵者。

真是流年不利，災禍接踵而來。

來犯者是兩頭大公象，其中有一頭瞎了一隻眼；姑且稱爲獨眼；另一頭少了一根牙，相應的綽號當然叫獨牙。

太陽剛剛出山，獨眼和獨牙就出現在布隆迪的面前。兩個傢伙的臉上都有一股濃重的殺氣，咄咄逼人，不問青紅皂白，撅著牙就從左右兩個方向朝牠衝撞過來。

兩個傢伙加起來一共是三隻眼睛，三隻眼睛裏閃爍的是同樣一種眼光：佈滿血絲，兇殘狠毒。絕對是輸紅了眼的賭徒。

布隆迪心裏很清楚，他們是鐵了心用生命作賭注，來和他賭一賭命運的。

布隆迪一眼就看透了來犯者的底細。

這兩個傢伙渾身邋遢骯髒，稀疏的象毛被樹脂黏成一綹一綹，肚皮處似乎還患有體癬，露出粉紅色的皮。很顯然，這是兩頭從來未被雌象鼻子汲起河沙洗浴梳理過皮膚的倒楣蛋。

牠們站在布隆迪面前，雖然彼此正在進行惡鬥前的互相打量，可三隻眼睛還是極不老實、極不安分地短暫溜溜號，從牠布隆迪身上溜開去，溜到布隆迪身後那些雌象身上，貪婪癡迷，賊忒兮兮。這說明這兩個傢伙從未有過異性伴侶。

牠們的骨架雖然壯實，但瘦精乾巴，顯然沒有屬於自己的食物豐盛的領地，而是饑一頓飽一頓的流浪漢。牠們神態怪異，形象萎瑣，舉止慌亂，氣質極差，更談不上什麼風度。屬於那種沒有身分地位，出身卑微的賤象。

布隆迪很容易揣摩牠們的身世。

這兩個傢伙肯定是長到十三、四歲時，就被象酋驅逐出了象群，成爲孤獨的流浪者。牠們在叢林裏苦熬了若干年，把象牙熬長了，把筋骨熬硬了，便與類似命運的其他小公象一樣，鑽頭覓縫，尋找象群中已年老力衰的象酋，企圖取而代之，爲自己贏得傳種接代的配偶和生存必需的領地。可牠們命運不濟，凡遇到的象群，沒哪頭象酋是日薄西山氣息奄奄的暮年老象；牠們鋌而走險，免不了一敗塗地，徒受皮肉之苦。

牠們都不年輕了，看起來牙口都在四十歲上下。無數次的失敗、碰壁、屈辱，像一條毒蛇盤踞在心裏，恨不得天底下所有的公象都得暴病死絕了。牠們心靈扭曲，陰狠歹毒。因爲牠們的時間不多了，希望越來越渺茫。

布隆迪不知道這兩個背時的傢伙怎麼會結成同盟的。一般而言，公象都是生性孤獨，也不大懂團結就是力量的道理，尋釁爭偶都是獨來獨往，尤其是被逐出群體的倒楣蛋，脾氣乖戾，仇視同性，很少有朋友，更別說生死與共的患難之交了。看來，這兩個傢伙無數次失敗總結出了一條經驗，光憑自己的力量是很難在叢林裏擊敗強有力的對手，建立屬於自己的天地；只有互相依靠，興許還有出頭之日。

一個失敗者再加一個失敗者，不會等於雙重失敗，而有可能變成輝煌的勝利。

布隆迪的心縮緊了，有一種大難臨頭的感覺。

假如能一對一地單練，牠布隆迪絕不會輸給牠們。牠和牠們中的任何一位相比，都占著優勢。比起獨眼來，牠布隆迪雙目炯炯，兩隻眼睛怎麼說也比獨眼方便得多，視界要開闊一倍，視力大概也要好一倍；就算打個平手，難分難解時，牠拚著自己失去一隻眼睛，換對方一隻眼睛，也大賺了；自己無非變成獨眼象，對方就成了瞎眼象。比起獨牙來，牠布隆迪兩根象牙一般粗細，一般長短，雙牙戰單牙，占著一倍的便宜；就算勢均力敵，對方在自己身上捅出一個窟窿，自己已在對方身上捅出了兩個窟窿。

真要一對一地單練的話，戰勝牠們就像吃豆腐那麼容易。但兩個對付一個，力量就發生了逆轉。牠們加起來有三隻眼，牠卻只有兩隻眼；牠們加起來有三根牙，牠卻只有兩根牙！

毫無疑問，牠們佔有優勢，而牠處在劣勢。

可惜，津巴死了，不然的話，牠不會把獨眼和獨牙放在眼裏的；老公象津巴糾纏住獨眼，牠布隆迪先收拾掉獨牙，然後回過頭來對付獨眼，輕而易舉即可結束這場危機。唉，怪牠自己沒有及時物色一個像津巴這樣忠誠可靠的夥伴。

現在後悔也晚了。

但不管怎麼說，牠布隆迪不能屈服於淫威，拱手把象酋寶座讓給這兩個面目可憎的強盜。牠要竭盡全力保衛自己的既得利益，包括殊死拚鬥，包括動用心機；但願牠象酋的智慧能讓牠以少勝多。

這當兒，獨牙和獨眼已從左右兩側向布隆迪衝撞過來。布隆迪倉皇應戰，先用象牙格開獨眼，還沒來得及轉身去應付獨牙，獨牙的牙鋒已逼近牠的身體；牠急忙朝圈外跳還是沒能完全躲掉——獨牙的牙尖不深不淺地在牠屁股上犁出一道兩尺長的血口。

第一個回合，就差不多翦滅了牠象酋的威風。看來，要在這場象酋衛冕戰中獲勝，唯一的辦法，就是拆散獨眼和獨牙的聯盟，形成一對一的局面，各個擊破。

這不是天方夜譚；這種可能性是存在的。

布隆迪在象酋位置上多年，應付過各種各樣的危機，十分瞭解公象的弱點。別看獨眼和獨牙現在好像一對患難兄弟，好像歃血盟誓的哥們，好像黏在一起無法撕開的一棵樹，其實，牠們是象心隔肚皮，各有各的譜。

牠們不是親兄弟，就算是親兄弟，也會在利益衝突時反目成仇；牠們是出於無奈才互相利用結成一夥的，動機很不單純；無論獨眼還是獨牙，假如其中有一個有把握能單獨把牠布隆迪擊敗，決計要拋棄盟友的；一山容不下二虎，一個象群容不下兩頭並列的象酋，這是個放之四海而皆準的淺顯道理；獨眼和獨牙現在緊密團結，但牠們彼此心裏都很明白，今天的盟友就是明天的對手，就算奪得洛亞象群，總有一天也會火拼內鬨的；雄象本質上是貪得無厭的，洛亞象群富腴的領地眾多的雌象好比一枚香甜可口的果子，誰不想獨佔獨享？傻瓜才願意和別的雄象分享呢！

這段無懈可擊的論據，自然而然推論出這樣一個結論：這兩個傢伙都各懷鬼胎，希望自己的盟友在同牠布隆迪廝殺時，或者同牠布隆迪同歸於盡，或者身負致命的重傷，自己就可以不費吹灰之力獨享勝利果實。

雄象卑劣的心理和性格弱點就像佈景和道具設計得十分巧妙的舞臺，牠布隆迪完全可以演一齣好戲。

必要的鋪墊是少不了的。牠有意讓獨眼和獨牙在自己身上抽幾鼻子，戳幾牙子。當然都是在無關緊要的臀部、大腿或脊背上。血從傷口漫流出來，牠故意用鼻子將血塗抹揮甩到自己的臉上和脖頸上；模樣變得極其可怕，滿頭滿臉都是血，好像已多處受了重創。

布隆迪是要讓獨眼和獨牙產生一個錯覺：牠布隆迪快不行了。強敵快不存在了，算計盟友的邪惡念頭才會油然滋生。

下一步是要給這兩個傢伙各自分配一個恰當的角色。A角和B角，A角動邪念，B角受其害。布隆迪沒多加思索考慮，就把獨眼定爲A角，把獨牙定爲B角。道理很簡單，獨眼用一隻眼睛看世界，眼光更陰沈；眼睛是心靈之窗，兩扇窗壞了一扇，心靈就更易異變，就更歹毒。

差不多是時候了，該演戲了。

牠裝著已精疲力竭的樣子，大口大口喘著粗氣，搖搖晃晃東奔西顛。爲了讓獨眼確信不疑，牠在逃向一棵香椿樹時，有意讓藏在斑茅草叢裏的雞屎藤絆了一跤，兩條前腿一軟，跪倒在地，又急忙爬起來；這是十分驚險的一著，背後的獨眼追趕上來，牙猛地朝牠高高撅起的屁股刺來；要是被刺個正著，象牙從肛門裏刺進去，不把五臟六肺攪碎了才怪呢。幸虧牠有準備。爬起來的動作快捷俐落，就這樣，屁股上還是被淺淺地捅了兩隻窟窿。

牠貼著幾圍粗的香椿樹，繞著圈子。牠注意到，獨眼那隻閃閃發亮的眼睛裏驚恐不安和提心吊膽的成分已消匿了。取而代之是一種驕橫和喋血狂熱。獨眼一定以爲勝券在握，擊斃或驅逐牠布隆迪只是個時間問題。

火候到了，時機成熟了。

布隆迪儘量離獨眼遠些，而與獨牙糾纏在一起。牠邊戰邊逃，逃離了竹林草地，逃進荒涼的河灘地。

觀戰的雌象望不見這裏，可使獨眼動邪念時沒有顧慮。牠逃在最前面，獨牙差不多踩著牠的影子在追，而獨眼卻落在二、三十步遠的後面。這陣勢最易讓獨眼發生罪惡的聯想。

逃著逃著，布隆迪突然轉過身來，與獨牙牙鋒對牙鋒、眼鋒對眼鋒、鼻鋒對鼻鋒地對峙著。牠聲嘶力竭地吼叫，當然是給獨眼透露一個假訊息，牠已求生無望，想拼個同歸於盡了。牠四條腿似乎已虛弱得站不穩了，抖抖索索，不時閃半個趔趄，彷彿隨時有可能一頭栽倒在地，永遠也爬不起來了。

按理說，獨牙和布隆迪正面對面僵持，獨眼應趁此時繞半個圈，繞到牠布隆迪的身後，形成首尾夾擊的態勢，就能把牠布隆迪置於死地了。這樣做，客觀上也為盟友解了圍。可是，獨眼非但沒繞到牠身後來，還放慢了腳步。

好極了！看來獨眼開始進入A角的角色。

布隆迪放心大膽朝獨牙衝撞過去。牠剛才是跟牠們佯戰，牠還積蓄著一大把力氣，更積蓄著一肚皮仇恨。牠裝著搖搖晃晃的樣子，不露聲色地將牙尖朝獨牙身體狠刺猛捅。

牠用嘶啞的嗓門痛苦不堪地呻吟著，牠要讓已進入A角角色的獨眼深信不疑，牠布隆迪是在用最後的生命拼搏，即使牠把獨牙挑翻在地，牠自己也肯定完蛋了；牠還要讓獨眼相信，即使獨牙取勝，也傷了元氣，不當場斃命，也會身負重傷。

兩雄爭鬥，第三者白撿便宜。

三根象牙乒乒乓乓碰擊了幾個會合，雙方都負了點傷。獨牙漸漸有點支撐不住，不斷朝獨眼發出求援的吼叫。

獨眼左顧右盼，顯示著內心的矛盾。

你用不著難為情。火線背叛，朋友反目，兄弟鬩牆，同盟者互相拆臺，單方面撕毀條約，並非你獨眼的創造發明，古已有之，將來還會發生，是很正常的事。你也用不著感到內疚和慚愧，你只

要這樣想，倘若獨牙與你對換角色，你面臨與強敵同歸於盡的險境，獨牙站在你現在的位置，說不定比你還陰險毒辣呢。雄象嘛，本質上都是一樣的，無毒不雄性。

布隆迪用眼睛的虛光密切注視著獨眼的舉動。

獨眼突然一個失蹄，龐大的身體左右搖晃，險些摔倒；獨眼低頭審視腳下，似乎想弄清究竟是藤條絆著牠了，還是卵石上的青苔滑著牠了。

這自欺欺象的把戲，自然瞞不過布隆迪的眼睛，哈，邪惡在獨眼心田裏發酵啦！

布隆迪抓緊時機，頻頻出擊，很快把獨牙逼到河灘邊一座陡壁下；陡壁底部呈凹狀，像個淺淺的石洞。獨牙被牠擠進凹壁，無路可退，也無處可逃，絕望地吼叫著，用一支牙勉強招架著布隆迪兩支牙的攻擊。

對布隆迪來說，勝利已經是大樹上拴小馬駒，跑不脫的了。牠開始盤算下一步策略。當牠將獨牙捅倒在血泊後，沒必要得意忘形撕破自己的假面具；牠要謙虛謹慎戒驕戒躁，繼續用假象迷惑獨眼。具體地說，牠得手後，仍要腳步踉蹌，口吐白沫，眼珠子不時翻白，連從獨牙身上把自己象牙拔出來的力氣都沒有了。

牠要裝得生命已快衰竭，就像一片在寒風中顫抖的枯葉，風再刮得稍猛些，就會被從枝椏上吹落下去，讓獨眼真以爲牠是斷翅鳥、折腰狼、瞎眼狐、冬蟄蛇，可以隨意宰割了。獨眼就會犯輕敵錯誤，喜孜孜輕鬆鬆跑過來想送牠去黃泉路；等獨眼的牙快刺到牠身上的一瞬間，牠出其不意地彈跳起來，就能事半功倍、乾淨俐落地反過來把獨眼送去黃泉路。

這叫一箭雙雕；一個勝利引導另一個勝利。

獨牙快不行了。獨牙被盟友的火線背叛傷透了心，又被布隆迪凌厲的攻擊嚇破了膽，精神和意志都差不多要崩潰了，那根牙舞得輕飄疏漏，破綻越來越多。布隆迪覺得是時候了，該用牠最拿手的「水中撈月」來結果獨牙的性命。

「水中撈月」是布隆迪積幾十年經驗錘煉成的一個格殺絕技。當對手臀部抵在大樹或岩壁上時，當對手張著大口喘息，牠猛地朝前跨進，猛地將長鼻塞進對手的口腔，深深刺探進去，直搗喉嚨；對手想噬咬，也用不出力來，本能地欲張嘴嘔吐，不由自主地仰起腦袋，朝後退卻；背後是大樹或岩壁，退不動，整個身體便也後仰，前腿騰空，暴露出脖頸與前胸那片柔軟的區域；牠趁機將兩根長牙朝對手的心臟部位捅進去；「水中撈月」，就是從薄弱環節去取形如月亮的那顆象心。

這一著得手，對手立刻氣絕身亡。

現在正是施展「水中撈月」的最佳時機。獨牙的屁股已抵在凹壁上；獨牙喘氣喘得閉不上嘴。一切都很順利。牠用兩根象牙格住一根獨牙，猛烈扭動脖頸，把對手那根討厭的獨牙甩偏開去，免得在玩「水中撈月」時自己也被劃傷了脖頸。

障礙很容易就掃除了。牠將長鼻彎成弓形，瞄準對手洞開的口腔，剛要用力彈射進去，突然，牠聽見背後傳來跫然足音，一股冷嗖嗖的風吹拂到牠屁股上。牠扭頭瞄了一下，不由得倒抽了一口冷氣；剛才還磨磨蹭蹭在一旁觀戰的獨眼厥著牙，殺氣騰騰朝牠衝撞過來了。

你何苦變卦反悔呢！坐受漁利的事你還不幹哪！當然，出賣盟友會受到良心的責備，但你完全可以跟自己說你沒有出賣；你是累極了，你是被青苔滑跤了，你是心有餘而力不足，這樣不就可以保持心理平衡了嗎？

布隆迪實在想不通獨眼爲啥在最後關頭又突然變卦反悔了。或許，這傢伙真的有三分俠義心腸，寧可將來再與獨牙一決雌雄，也不願在此時用卑劣的手段置盟友於死地；或許，這傢伙被過去二十多年的失敗歷史折磨得完全喪失了自信，有根深蒂固的自卑情結，不相信自己有能力獨佔並獨享洛亞象群，而願意與獨牙平分秋色；或許，這傢伙曾經吃過被離間的虧，上過類似的當，及時吸取了教訓；或許，這傢伙那隻狡黠的獨眼看出了疑點，覺察到事情有點不妙，當機立斷改變了主意。

不管怎麼說，獨眼變卦了，反悔了，醒悟了，帶著差點上當受騙的悔恨心理，氣急敗壞地向布隆迪殺來。

瀕臨絕境的獨牙像被注射了興奮劑，精神抖擻，吼聲震天，兩隻後蹄踩住凹壁，身體猛烈向前拱動，獨牙猛烈向前刺擊。霎時間，局勢逆轉，布隆迪遭到前後夾擊，顧得了頭顧不了尾。別說玩「水中撈月」了，逃慢點就性命難保。牠悶著頭斜刺竄出去，落荒而逃。

前功盡棄，一敗塗地。

唉，象酋寶座就這樣給搶走了。

五、獨眼和獨牙

在獨眼和獨牙聯合起來搶走洛亞象群象酋寶座時，從非洲來的雌象麥菲剛好就在附近的山箐裏吃椿芽，聽到驚天動地的吼叫聲，便從山箐跑出來，登上一座小山包，把王位爭奪戰的整個過程看得一清二楚，比看戲還過癮。

當看到布隆迪在獨眼和獨牙的兩面夾擊下狼狽潰逃，牠高興得象嘴都裂開了。這個混帳東西，活該，誰叫牠不肯接納牠入夥的？要是這個混帳東西前兩天接納牠入夥，牠絕對會在這關鍵時刻上去幫牠一把的。

嘿，那叫有眼無珠，那叫昏庸無能，那叫自食惡果！

麥菲站在小山包上，望著布隆迪遠去的背影，有一種出了一口惡氣的輕鬆感。

麥菲由此對獨眼和獨牙產生了一種好感。獨眼和獨牙雖然是出於地位角逐大打出手的，但客觀上，發揮了替牠出氣的效果。

牠偷偷端詳了一遍獨眼和獨牙的相貌，平心而論，比布隆迪確實差多了，一個少了一隻眼，一個斷了一根牙，輕度殘疾，五官永遠也不會端正了。年紀也比布隆迪大了許多，過不了幾年，就會日薄西山的。形象萎瑣，邋遢骯髒，毫無王者風采，和布隆迪比較，簡直就是報廢品。

但不管怎麼說，獨眼和獨牙是勝利者，現在佔據著洛亞象群象酋的寶座。象不可貌相，海水不可斗量；牠們再難看，也是一言九鼎的象酋，布隆迪再好看，也是一無所有的流浪象。漂亮的臉蛋不能當飯吃，麥菲想。

唉，要是能把獨眼和獨牙與布隆迪換一換就好了。當然，這是不可能的。生活不可能十全十美。或許，獨眼和獨牙當上了洛亞象群的象酋後，會逐漸培養起王者風度王者氣質，經過一段時間的養尊處優，會一掃身上那股流浪公象的霉氣和晦氣，形象煥然一新的。

麥菲決定再次去投靠洛亞象群。洛亞象群換了新領導，新領導就意味著新政策。過去布隆迪拒絕牠入夥，不等於現在的獨眼和獨牙也會排斥牠。

麥菲挑了一個有霧的早晨，到一棵洛亞象群外出覓食必須經過的老榕樹下，等著獨眼和獨牙。牠是一頭聰慧的雌象，之所以要挑選有霧的早晨，是有縝密的考慮的。白霧嫋繞，一切都披上了一層輕柔的面紗，神秘而朦朧，霧裏看花，水中望月，平添了許多美感；早晨空氣清新，鳥語花香，萬物甦醒，生命帶著一種隱密的渴望，心與心容易溝通和黏緊。

當霧絲被陽光染得像銀器一樣閃閃發亮時，獨眼和獨牙帶著母象和小象，來到老榕樹旁。麥菲很乖巧地將自己兩支象牙插進鬆軟的土層，牠從布隆迪拒絕牠入夥，就隱隱約約感覺到自己的兩支象牙似乎給自己帶來了不必要的麻煩，牠將自己同印度雌象一比較，就不難發現，最明顯的差異就是自己有象牙，而印度雌象沒有象牙，布隆迪身爲大公象，之所以違背常規，不肯接納牠，大概就是因爲這一點。把兩支讓印度公象看著彆扭的象牙暫時遮掩起來，別一開始就給獨眼和獨牙造成一種心理障礙。

象是一種善於總結經驗的動物，吃一虧，長一智，不斷調整自己的行爲，以適應變更的環境。

象牙長在嘴裏，不可能藏到其他地方去，也不可能施放障眼法讓別的象看不見。唯一的辦法，就是將象牙深深插進鬆軟的土裏。爲了不露出破綻，麥菲的嘴吻不得不緊緊地貼在地上，姿勢未免有點彆扭，好在可以做出一副正在啃吃竹筍的樣子來，不至於太難看了。

獨眼和獨牙終於繞過老榕樹，出現在麥菲面前。

嗚嗚，早晨好，見到你們真高興，麥菲高高翹起鼻子，鼻尖捲成魚鉤狀，上下一點一點，以替代鞠躬致意。

冷不防看到一頭陌生象，獨眼和獨牙嚇了一跳，獨眼那隻冷森森的眼睛瞪得溜圓，緊張地看著牠，獨牙那根長牙唰地翹挺出來，就像出鞘的劍，指向牠的心臟。

唔，別緊張，別緊張，我是來投奔你們的雌象！麥菲側轉身體，將最具有雌性特徵的腰胯亮了出來，這個部位線條柔軟，光滑美麗，很容易撥動公象某一根心弦，滋生出無端的柔情。

果然，當獨眼和獨牙的眼光落在牠的腰胯上後，一加二等於三，三隻眼睛裏的敵意像驕陽下的冰雪，很快就融化了。獨眼輕吼一聲，圍著麥菲慢慢踱圈子，似乎在進一步確認麥菲是值得歡迎的年輕雌象；獨牙則弓起又長又粗的鼻子，像汲水似地在空中呼呼抽氣，那是在化驗氣味是否對頭。

看吧，聞吧，真金不怕火來煉，我是徹頭徹尾的單身雌象。

獨眼和獨牙在離牠兩米遠的地方站定了，緩慢地撲扇蒲葵似的耳朵，有節奏地搖晃著長鼻子，這個身體語言，明確地表示牠們同意牠成爲洛亞象群的新成員。

這個結局，麥菲早就料到了。獨眼和獨牙新登象酋寶座，春風得意，比平時會更顯得慈悲些；牠年輕貌美，對雄性象酋來說，群體裏多一個雌性就多一份榮耀；牠們剛登上象酋寶座，牠就主動投靠牠們，錦上添花，喜上加喜，只有傻瓜才會拒絕。

嗷，嗷嗷。獨眼輕吼數聲，示意讓麥菲跟著牠走。劈叭，劈叭。獨牙像甩鞭子似地抽打著長鼻，招呼麥菲到牠身邊去。

麥菲卻仍然嘴吻貼著地，像悶著頭在嚼咬埋在土中的竹筍。牠覺得火候還不夠，還不敢貿然將兩支象牙從土中抽出來。牠希望能與獨眼和獨牙建立起一種微妙的感情來，彼此黏得更緊些，這樣，牠再抽出象牙來，就不至於會被無情地拒之於門外。

麥菲用鼻子溫柔地摩挲自己的腰胯，擦亮最具有吸引力的部位，那個姿勢，等同於人類中的女性在塗脂抹粉。

獨眼的眼光漸漸興奮起來，火辣辣，癡迷迷，就像著了魔一樣。獨牙的口水都流了出來，自己還不知道，眼睛發直，一副貪婪相。

獨眼走過來，用鼻子糾纏麥菲的鼻子。獨眼的嘴腔裏有股腐酸的氣息，難聞極了，麥菲被熏得差不多快要嘔吐了，沒辦法，只好屏住呼吸；那隻不知道是被野獸摳瞎還是被毒刺扎瞎的眼睛，蒙著一層厚厚的白翳，怪模怪樣，比看見一條眼鏡王蛇更可怕。要是在非洲的薩梅象群，這副模樣的公象膽敢來碰牠一下，牠一定會用鼻子狠狠抽對方一個脖兒拐的，可現在，牠不僅不敢由著自己的性子胡來，還要裝出一副滿心喜歡的神態來，以博取對方的歡心。

麥菲溫順地讓獨眼的鼻子糾纏自己的鼻子。爲了能順順利利地被接納進洛亞象群，爲了生存，只好讓自己受點委屈了。

獨牙也黏黏乎乎地貼到牠身邊，用身體磨蹭牠的身體。獨牙體毛蕪雜，身上還患有皮癬，像癩蛤蟆一樣令象討厭。獨牙每磨蹭一次，牠心裏就一陣反胃，渾身就會一陣哆嗦，冒起一身雞皮疙瘩。牠真想拔腿逃跑，可一想到又要去過離群索居的孤獨寂寞的日子，只好強忍著自己的感情。

唉，要是現在是英俊瀟灑的布隆迪就好了。

這真是痛苦的折磨，痛苦的煎熬。

今後，牠每天都要和打心眼裏討厭的獨眼獨牙生活在一起，這如何是好？

獨眼一個勁地糾纏牠的鼻子，獨牙一個勁地磨蹭牠的身體，牠緊閉著眼睛，這樣似乎可以減輕一些痛苦。

突然，麥菲感覺到自己的腦袋在被往上拔，哦，是獨眼的鼻子纏住牠的鼻子，在往上提呢。這個輕度殘廢者，大概是覺得牠嘴啃泥的姿勢有點殺風景，不便於溫存纏綿，想讓牠站直了。拔出蘿蔔帶出泥，麥菲知道，自己一抬頭，那兩根象牙就不可避免地要亮相。

現在亮相，大概不至於會嚇著這兩頭公象，麥菲想，不管怎麼說，牠們已跟牠有了肌膚之親，無論嗅覺還是觸覺，都已證實牠是頭徹頭徹尾的雌象。紙是包不住火的，牠不可能永遠把兩支象牙插在土裏的。秘密肯定會被揭穿，既然如此，現在這個時機不算壞。

亮相吧，遮遮掩掩總不是長久之計。

麥菲調動自己所有的表演才能，眼睛脈脈含情，秋波頻送，攝魂勾魄，兩片蒲扇似的大耳朵曼舞輕搖，扇出幾多嫵媚，幾多含蓄，長鼻柔軟如水，溫婉順從，蘊藏著似水柔情，身體像被酒泡過了一樣，醉搖醉搖，要倒要倒，表現出一種急不可耐要做愛情俘虜的意願。

這堪稱是第一流的藝術表演，獨眼像被灌了迷魂藥，呼吸沈重而急促，獨牙像中了魔，口涎直流，傻子似地看著牠不會動彈了。

火候差不多了，麥菲想，輕輕地，不經意地將頭抬了起來，順勢將兩支象牙從土中抽了出來。

隨著自己那對潔白的三尺長的象牙慢慢出現，麥菲發現，獨眼的眼光由癡迷變得驚愕，纏住牠的那根長鼻不由自主地鬆懈了，死蛇似地軟耷耷掉在地上；獨牙像被兜頭澆了一盆冰水，打了個寒噤，又打了個寒噤。

覺得驚訝，那是可以理解的，你們少見多怪，從未見過長象牙的雌象，第一次看見牙比公象還要白還要長的雌象，產生一種驚訝的感覺，那是正常的。但完全沒必要像見到一棵樹突然會走路，像見到傳說中的魔鬼那般震驚、那般害怕嘛！

麥菲將自己那對象牙整個從泥土裏抽了出來。索性讓你們看個夠。噢，我是一頭長象牙的雌象。我除了這兩根象牙外，其他方面和所有的雌象一模一樣。我有彈性的皮膚，我有細膩的情感，我有如火的青春，我有美好的心靈，我有善解「人」意的智慧。你們剛才已經瞭解了，我確確實實是一頭雌象！

獨眼如臨大敵般地撅起象牙，牙尖對準牠，一步步朝後退。獨牙像從惡夢中驚醒過來似地尖吼一聲，倏地躥跳出去幾丈遠，又回過頭來，豎起長鼻，朝牠擺出一副掄抽劈打的姿勢。麥菲趕緊將腦袋垂了下來，牙尖指著地，蕩鼻掛耳，做出一副標準的俯首貼耳的模樣。

唔，我不是來跟你們打架鬥毆的。我絕沒有要嚇唬你們的意思。我雖然長著一對比你們的牙更長更白的象牙，但我不是母老虎，也不是雌螳螂，不會無端地去攻擊雄象的。

獨眼和獨牙並沒有因爲牠擺出了非鬥的姿勢而有所放鬆。牠們對視了一下，獨牙繞到牠的後面，獨眼盯著牠正面，形成鉗形的包圍態勢。牠發現，獨眼的眼光像用蛇涎泡過、被蠍子爬過、用砒霜浸過，毒汁四濺，充滿了一種殘忍的殺機。獨牙的長鼻在空中捲出一個個花結，顯示了不可調和也不可逆轉的敵意。

突然，獨眼仰天發出一聲短促的吼叫，獨牙長長地應了一聲，隨即，獨眼繃緊身體，撅著象牙，像座小山似地朝牠迎面撞了過來，背後也掠過一陣腥風，不用回頭就知道，在同一個瞬間，獨牙也從背後發起了進攻。

牠雖然有一對三尺長的寶牙，牠雖然體格和力氣都不比公象差，但牠是一頭雌象，很難同時對付兩頭公象，更何況牠腹背受敵，處在極其不利的位置。躲已經來不及了，躲得了前面的獨眼，躲不了後面的獨牙。突然，牠靈機一動，腦袋往下一沈，用極快的速度重新將那對象牙插進土裏去。

你們是因爲看到我長著一對三尺長的象牙，所以才起敵意動殺機的，那我像變戲法似的把象牙變沒了，你們總該也相應地變得友善些罷！

果然，牠的象牙一插進泥土，獨眼和獨牙的進攻動作突然就停了下來，好險哪，獨眼的牙尖離牠身體僅有數寸遠，獨牙的長鼻高懸在牠的頭頂，要是牠再慢一點藏起象牙，後果不堪設想。

好了，我的象牙已插進土裏，你們也該收起進攻的架勢了！

出乎麥菲的意料，獨眼和獨牙並未收起進攻的架勢，牠們甚至絲毫也沒有減弱殺機和敵意，那隻獨眼仍然兇光畢露，那根獨牙仍然陰森恐怖。

麥菲再次送秋波搖耳垂舞長鼻扭身體，最大限度地奉送雌性的魅力，以緩和緊張局勢。遺憾的是，剛才還有特效的藝術表演，這會兒全都失效了，簡直是對牛彈琴，這兩個傢伙臉上的表情不起任何變化，依然劍拔弩張，很明顯，只要牠麥菲再次從泥土裏拔出象牙，獨眼的牙尖就會刺牠個透心涼，獨牙高懸的鼻子就會兜頭朝牠劈砍。

牠們之所以在牠把兩支象牙插進泥土後，像被施了定身法似地停止了攻擊，無非是受公象不攻擊雌象這條象社會通用的禁忌的制約。天曉得這種制約的有效期有多長？

麥菲終於大徹大悟了，並非布隆迪一頭雄象對牠的兩支象牙抱有成見，看來是所有的印度雄象都對牠的兩支象牙懷有戒心。比較之下，布隆迪還算是友好的，還算是客氣的，在驗明牠是雌象後，只是把牠當做怪物，採取冷漠僵持的態度，而沒有把牠視爲仇敵。而眼前這兩個傢伙，卻想要殺死牠。

牠們一定把牠看成是喬裝打扮成雌象的野心勃勃的公象。

牠們頑固而愚蠢，凡見到長象牙者，一概認爲是地位的角逐者。

也不知過了多長時間，麥菲站得腿都酸了，更受不了的是，一直擺著一副嘴啃泥的姿勢，又彆扭又難受，脖子像泡在了醋罈子裏。牠試圖調整一下身體，剛一動彈，象牙稍稍從泥土裏抽出幾寸，獨眼和獨牙立刻做出反應，打個響鼻準備往牠身上動武了，嚇得牠趕緊再把象牙整個兒插回土裏。

這兩個傢伙，比布隆迪心胸更狹窄，靈魂更萎瑣，手段更殘忍！

麥菲後悔自己不該冒冒失失來投奔獨眼和獨牙的，現在，後悔也晚了。

霧散了，太陽當頂。突然，獨牙輕吼一聲，放下了高懸的長鼻。

哈，你也受不了吧？長時間高舉著鼻子，雕塑似地一動不動，你也腰酸背痛累壞了吧？你也失去耐心了吧？走吧，我再也不要入夥了，你們快離開吧！

麥菲發現自己又一次想錯了。獨牙放下高懸的長鼻，並沒轉身離去，而是將鼻尖彎成鉤狀，塞到牠的脖子底下，勾住牠的下巴頦，嘿地一聲，脊梁聳起，腦袋昂挺。

就像一台起重機一樣，麥菲只覺得自己的頭不由自主地被一點點往上吊。那兩支插在泥土裏的象牙當然也被一點一點吊了出來。隨著象牙出土，守在正面的獨眼退了兩步，象腿繃緊，身體後傾，牙尖直指牠的心臟。

麥菲明白是怎麼回事了，這兩個傢伙，確實是等得不耐煩了，但並不打算放棄攻擊，而是想出了個十分惡毒的主意，一個用鼻子把牠藏在泥土裏的象牙吊出來，一個對牠進行致命的攻擊。

對牠們來說，看不見象牙，只好承認牠是雌象，一旦看見牠的象牙了，就可認定是陰謀來篡奪王位的公象。這樣做，對牠們來說，既沒打破公象不攻擊雌象的禁忌，又達到了消滅牠的目的。

獨牙的力氣還真不小，麥菲雖然用力低頭，但兩根象牙仍被慢慢吊起來了。獨眼興奮地大吼一聲，唰地衝了上來，眼瞅著兩支泛著黃漬的象牙就要在自己身上扎出血窟窿來，麥菲只得拼死反抗。

牠倏地抬起頭從泥土裏拔出象牙，獨牙正在用力往上起吊，沒防備牠會突然鬆勁，猛地後仰，閃了個趔趄；也正是這一點，救了麥菲的命；獨牙猛地後仰，獨眼鬧不清是怎麼回事，愣了愣神，動作停頓了一秒鐘，麥菲抓住這個瞬間的機會，嗖地急轉身；獨眼很快清醒過來，撅著象牙往前急刺，麥菲只覺得屁股上像被馬蜂螫了一口，也顧不得疼了，慌忙斜刺躥出去，拔腿就逃。

牠在這一帶遊蕩了好多天，地形很熟，體質也好，鑽箐溝，走斜坡，很快把尾隨追趕的獨眼和獨牙甩掉了。

逃離危險後，麥菲這才覺得屁股火燒火燎的疼，尾巴一掃，濕漉漉黏乎乎的，屁股蛋上被劃出了一道一尺多長的血口。

等著瞧吧，這仇恨，一定要報的！

六、救命之恩

人要倒起楣來，鹽巴也會生蛆；象要倒起楣來，茅草也會絆腳。

本來布隆迪就夠倒楣的了，被趕下象酋寶座，被逐出洛亞象群，從一頭八面威風擁有一切的象酋變成孤苦伶仃一無所有的流浪漢；偏偏命運不濟，又遭飛來橫禍。

那天，牠沿著一條草木葳蕤的小山溝朝前走，不知要到哪裡去，也不知要去幹什麼，心境惡劣，心緒紊亂，根本沒心思去注意觀察四周的動靜。走著走著，只覺得兩條前腿被重重絆了一下，身體重心前傾，半跪在地；牠正納悶，這山茅草結怎麼這般厲害，能把大象絆倒呢；突然頭頂傳來怪異的聲響，牠這才意識到危險，想跑，已經來不及了，一張巨大的捕獸網從天而降，罩在牠身上。

這是一種專門逮捕大型動物的掛網，支在兩棵樹梢之間；用很粗的綠色尼龍網編織而成，還在上面纏繞著一層結實的藤藤蔓蔓；一根拉繩從網上拖拽到地，隱藏在茂密的山茅草叢裏；誰路過網下，絆著拉繩，網就會迅速罩落下來。這網堅韌結實，最大的特點是能以柔克剛；任你是猛虎獵豹狗熊野豬，一旦被罩住，休想逃脫；越掙扎越撕扯就越纏繞得緊，直到無法動彈爲止。

開始，布隆迪還狂跳亂蹦企圖摔掉身上的網，不一會就被裹得像只棕子。牠絕望了，牠明白光憑牠自己的力量，是無法從捕獸網下掙脫出來的。設置這張捕獸網的獵人隨時有可能出現；落到人類手裏，總是凶多吉少，不是被擊斃了鋸掉象牙、去做什麼牙雕工藝品，就是被用鐵鏈拴住四蹄去服勞役，或者送進某個城市的動物園供人觀瞻。就算三五天裏獵人不來，牠布隆迪被捆綁著，動沒法動，站沒法站，日曬雨淋，餓也要餓死，渴也要渴死，憋也要憋死。

或許，牠可以用吼聲向同類發出呼救；不不，這附近沒有其他象群，這條細長的小山溝還屬於洛亞象群的地界，新當上象酋的獨眼和獨牙即使聽到牠呼救，也不會來救牠的。牠們恨不得牠早死呢，死了乾淨，免得有後遺症。有可能牠們在聽到牠的呼救聲後會趕來看看，當然是來看牠的笑話，看牠的洋相，奚落牠，嘲笑牠，在一旁幸災樂禍；對手之間，一方的災難，當然就是另一方的幸運。

呼救只會增添新的屈辱，何必讓自己殘剩的生命還被當做笑柄呢。

牠停止了徒勞的掙扎，靜靜地等待著死亡的來臨。

太陽落山，月亮升起；月亮掉進河裏，太陽爬上樹梢。

布隆迪在捕獸網裏待了整整一天，全身麻痹虛脫，恍恍惚惚間，牠覺得有一個同類的身影正小心翼翼地接近捕獸網，還聽到象蹄踩斷樹枝的聲響，還聞到一股同類的氣息。牠微微抬起眼皮，好像真有一頭象站在捕獸網旁邊，朝牠張望，並朝牠輕聲叫喚。

這可能嗎？不不，這一定是一種幻視幻聽和幻覺。牠累極了，只想瞌睡，昏昏沈沈的，連眼皮都懶得抬。

突然，一股清冷冷的水噴射到牠臉上。好舒服，好愜意喲！牠正渴得慌，像久旱的禾苗喜遇甘霖，貪婪地吮吸著甜津津的水。

又一股水柱噴射到牠眼皮上，牠終於從昏睡中清醒過來。不是幻覺，確實有頭象在朝自己噴水。再仔細一看，來者體色灰黑，長著一副三尺長的寶牙，唔，原來是不雌不雄、分不清性別的怪物。牠嘆了口氣，心裏剛剛生出來的一點希望又破滅了；牠曾粗暴地把牠拒之於門外，牠還肯來救牠嗎。

來者確實是非洲雌象麥菲。麥菲在樹林裏閒逛，恰好逛到這裏，看見被罩在網裏的布隆迪。牠

已認出布隆迪來，忖量著該不該上前搭救。

如果上前相救，要冒很大風險；象沒有剪刀，也沒有火，要弄破這張巨大的結實的尼龍網，談何容易；只能用牙挑，用鼻拉，用蹄踩，全憑蠻力撕扯；極有可能還沒等牠把布隆迪救出來，那該死的網眼已套進牠的腳踝，把自己也賠了進去。

還不僅僅是冒風險的問題，想起幾天前，這混蛋公象粗魯地拒絕牠入夥，牠心裏還有氣。老天有眼，那叫報應。我爲難的時候，這混蛋公象理也不理，牠現在落難了，正好讓我看笑話哩。

就讓這混蛋公象多嚐嚐捕獸網的滋味吧，拜拜！

麥菲想離開，可不知怎麼搞的，四條腿不聽使喚，黏黏乎乎的還在捕獸網邊遛躂。也不是說完全沒可能把混蛋公象從捕獸網下救出來，象的力氣到底不是擺設，兩頭象齊心協力，四支牙兩條鼻協同作戰，是能拉斷尼龍繩的。

這還是次要的。牠太孤獨了，需要一個伴。有比較才有鑒別，上次牠想投靠獨眼和獨牙，不但沒受到應有的歡迎，還差點把命都丟了，這麼一對比，布隆迪確實還算是一頭品格高尚的公象。

這幾天，牠又試著投奔鄰近的幾個象群，但所有的公象見了牠的象牙，就跟見到鬼似的害怕，牠到處碰壁，哪個象群也不肯接納牠，牠苦惱得想去自殺。牠不能永遠在森林裏當誰也不理睬的流浪婆。象是群體意識很強的動物，尤其雌象，不習慣也不願意過孤獨漂零的日子。

當地所有的公象都像看怪物似地看牠，牠受不了這種歧視。牠已悟出自己受歧視的根本原因，是因爲長著一副上乘的寶牙。

牠不明白這有什麼罪過。雌象長象牙，並不影響任何事情；不影響吃食，不影響發情，不影響生育，不影響撫育乳象。恰恰相反，雌象有了象牙，採食自然方便得多，還能庇護乳象免遭虎豹豺狼的侵襲。這有什麼不好呢？

在遙遠的薩梅象群，在非洲廣袤的稀樹草原，雌象的象牙不僅不受歧視，還是美的標誌，哪頭雌象的牙最長最白，就最能受公象的青睞。

牠也注意到了，在這塊植被茂密的土地上，雌象都不長象牙。倘若將這些不長象牙的雌象運送到非洲的稀樹草原去，一定會被視為缺陷或殘疾，說不定還會被視作異類，受歧視，遭鄙棄。

明明是自己醜陋，卻還顛倒黑白，將美麗當醜陋。

遺憾的是，象社會沒有主持公道的法庭。也不可能讓這些印度公象出洋考察，到非洲叢林去增長見識。

牠打量著被捕獸網罩住的布隆迪，這傢伙前幾天還是威風凜凜的象酋，現在卻身陷縲絏，落魄潦倒，身邊一個伴也沒有；不用猜，麥菲心裏也明白了幾分，準是被廢黜了王位的倒楣蛋。救一頭落難的象，等於用轡嚼套牢了一匹馬；牠救了牠，牠就是牠的救命恩「人」，起碼也是患難朋友，牠大概就不會嫌棄牠長著一副象牙了。

救吧救吧，權當是一種感情投資。

麥菲繞到一片灌木叢後面，歐歐連聲輕吼；這是一種呼喚，讓布隆迪朝灌木叢挪動。灌木叢荊棘縱橫，枝椏滿地，能勾牢並固定住捕獸網，可避免在撕扯時網眼套住麥菲的腳。

麥菲過去在薩梅象群時，也曾見過這種捕獸網。一次，一頭名叫西佳的小象不幸被這種網罩住，母象佳娘救兒心切，不顧一切地奔過去援救，心急火燎，鼻忙腳亂，結果不但沒能將小象救出來，自己四隻象蹄倒給網眼纏住，很快，整個身體也被網繩裹了起來。要不是整個象群上去幫忙，後果不堪設想。

眼下可沒有象群作靠山，當後盾，萬一牠也被纏住了，就會變成愚蠢的殉葬。

謹慎，謹慎，再謹慎。

布隆迪還算機靈，很快明白了麥菲的用意，慢慢挪動著，進入了灌木叢。

麥菲小心翼翼地踩著網眼與網眼之間的結扣，來到被裹住的布隆迪面前，先用鼻清除蓋在網上的藤蔓，然後用牙挑起一股尼龍繩，奮力拔；被罩在網裏的布隆迪也積極配合，四根象牙集中力量猛烈拉扯，啪地一聲，一個網扣被拉開了。麥菲毫不鬆懈，緊接著又挑第二個網眼。

也不知過了多長時間，熾白的太陽變得桔黃，又變得血紅；夕陽西下，月亮升起，終於，堅韌結實的捕獸網被撕扯開一個大口子，布隆迪從豁口鑽了出來。兩根象鼻親暱地糾纏在一起，兩顆象心緊緊地貼在一起。

在布隆迪眼裏，麥菲不再是怪物，而是與牠心心相映的伴侶；前幾天還讓牠討厭的那對象牙，也變得美麗可愛；要不是那對三尺長的寶牙，還撕不碎尼龍網呢；雌象長牙，雖然不太正常，倒也不見得是什麼壞事。牠孤獨的靈魂需要依靠，痛苦的心靈需要慰藉。

七、東山再起

麥菲和布隆迪成了形影相隨的伴侶。雖然不再孤獨寂寞，可生活中不順心的事兒還是不少。最大的難題是沒有屬於自己的領地。

偌大的猛養自然保護區被幾個有勢力的象群早就瓜分完。那條狹長的山溝屬於藍帶象群，再遠一點的戛爾山，被戛爾邦和戛爾芒兩個象群分別霸佔，這片山林歸洛亞象群所有，小河對岸是帕爪象群。不屬於任何象群勢力範圍的土地是有的，卻是石頭滿載的荒山溝，或者是寸草不長的古河道，或者是毗鄰人類村莊的水田坡地。這些地方要麼是無法生存，要麼是充滿危險，都去不得。

沒有領地的象好比是沒有根的草。牠們無論走到那裏，都是侵犯領地，都會被發現牠們的象群恫嚇驅逐；饑一頓飽一頓，成天提心吊膽。最可惡的是洛亞象群的獨眼和獨牙，一瞅見布隆迪的影子，就窮追猛攆，圍追堵截，往死裏整。

可惡，可惡，實在是太可惡了。

麥菲忍無可忍，決定幫助布隆迪打敗窮兇極惡的獨眼和獨牙，替布隆迪奪回本來就屬於布隆迪的象酋寶座，同時也爲自己雪恥被劃破屁股的奇恥大辱，更重要的，是爲自己和布隆迪贏得一塊棲身的領地。

倘若換了頭印度雌象，是決不會想到要去幫助自己所鍾愛的雄象去擊敗其雄象的。印度雌象不知是由於不長鋒利的象牙因而缺乏膽魄，還是體態相對嬌小缺乏力量，還是天生一副溫順的性格，反正從不參與雄象間的爭位與角逐。當雄象之間爆發爭鬥時，雌象都嫺靜地佇立一旁，作壁上觀。牠們即使對爭鬥的雙方有感情傾向，也從不敢將這種傾向表露出來。牠們習慣於將自己的生活和幸福交給難卜凶吉的命運。

兩雄經過一番激烈的決鬥，倘若獲勝的一方是自己所鍾愛的雄象，當然皆大喜歡，會歡欣鼓舞地跑上去朝賀和擁戴；倘若獲勝的一方不是自己所鍾愛的雄象，感情傾向與現實發生偏離或逆轉，

牠們也毫不反抗地接受命運的擺佈與裁決，對勝者頂禮膜拜，至多在心底默默藏著一絲艾怨、一點苦澀。說不清這是印度雌象的美德，還是印度雌象的悲哀。

非洲雌象的風格與印度雌象迥然不同。非洲雌象在這個問題上沒有逆來順受的品性，敢於向命運挑戰。在非洲象群，雌象的地位如果說不比雄象高，也起碼和雄象平起平坐。非洲雌象有與雄象一樣高大健壯的身軀，有一副和雄象不差上下的發達象牙，在生活中不需要依靠或依賴雄象，因此也就不會對雄性產生一種從屬與依附的感覺。相反，群體是由雌象掌管，雄象不過是流動的客人；從來就是雌象挑剔雄象，雌象選擇雄象，雌象吸收雄象，雌象接納雄象；因此，雌象習慣於按自己的感情傾向去行動。

薩梅象群曾發生過這樣的事：一頭長相醜陋、身上還患有大塊大塊癬斑的老公象，憑藉著鼻狠牙毒心辣，百般阻撓年輕俊美的雄象接近薩梅象群，雌象們忍無可忍，群起而攻之，把那頭霸道的老公象擊敗並趕走了。

這種事在印度象群裏是想也不敢想的。

不同的文化背景造成了不同的行爲規範。麥菲巧妙地利用了印度雄象的心理差異，輕輕鬆鬆就幫布隆迪奪回了象酋寶座。

那天下午，麥菲和布隆迪肩並肩出現在洛亞象群面前，布隆迪前去挑釁，牠躲在一邊，把兩支象牙插進泥土，喬裝成一頭無牙的溫順的印度雌象。

和預料的一樣，獨眼和獨牙一見到布隆迪，立刻撅著牙狂暴地吼叫著，氣勢洶洶朝布隆迪衝過來。布隆迪朝後退卻。獨眼和獨牙緊追不休，路過麥菲身邊時，牠們只是嗅了嗅麥菲的體味，便不再理會了；牠們出於根深蒂固的傳統觀念，認爲雌象絕不會介入這種爭鬥的。

麥菲低頭垂鼻，象牙整個兒藏在泥土裏，一副地道的印度雌象逆來順受的模樣。等這兩個傢伙從自己身邊擦過，麥菲突然從泥土裏抽出象牙，翹鼻撅牙，從獨眼背後襲擊；獨眼聽到動靜，急遽轉身，已來不及了；麥菲三尺長的寶牙在獨眼肩胛上結結實實捅出兩個血窟窿；雖然沒捅著要害部位，獨眼的囂張氣焰卻被淹了一大半。

正在追攆布隆迪的獨牙聽到動靜停下腳步，回轉身來，驚愕地望著麥菲。布隆迪趁機殺了個回馬槍，又將獨牙的背脊深深犁開兩道血槽。

僅僅一個回合，勝負就已成定局。

獨眼頗不甘心，發瘋般地狂吼著，撅著牙胡衝亂撞，妄想挽回敗局；麥菲用三尺長的牙格住獨眼兩尺長的牙，猛地扭動粗壯的脖頸，獨眼無力抗衡，像掉進漩渦的樹葉，滴溜溜轉了兩圈；麥菲趁牠暈頭轉向之際，又挑破了牠的鼻根。

那壁廂，布隆迪也連連得手，殺得獨牙只有招架之功，毫無還手之力。

好一場惡戰，象蹄踢踏出一團團塵土，天昏地暗，小樹被攔腰撞斷，山茅草被一片片壓平，太陽鳥嚇得四處驚逃，烏鴉在空中盤旋，撒下一串惡毒的詛咒。遍體鱗傷的獨眼和獨牙節節敗退，終於支持不住了，哀號一聲，掉轉頭逃進密林。

當布隆迪朝狼狽潰逃的獨眼和獨牙引頸高吼，吟唱勝利凱歌時，洛亞象群所有的雌象都自動圍上來，親暱地用自己的鼻纏住布隆迪的鼻；這是象社會特有的一種朝賀儀式，一種慶典禮節，慶賀布隆迪象酋寶座失而復得！雌象們的表情很真誠，眼光很迷戀，看得出來，牠們是發自心底歡迎布隆迪回來，重新成爲洛亞象群的最高統治者。

英俊與健美當然比醜陋與殘疾更討雌象們的歡心。

讓麥菲難以理解的是，這些雌象既然真心希望布隆迪重登寶座，希望獨眼和獨牙倒臺，爲什麼剛才布隆迪和獨眼、獨牙生死拚鬥時，卻無動於衷地在一旁瞧熱鬧。就算你們不長象牙，不便上陣廝殺，但你們長著嘴，吶喊助威總不成問題吧；當不了戰鬥隊，當啦啦隊也好啊；可你們個個噤如寒蟬，一聲不吭，也未免太溫順了吧。

布隆迪的表現也讓麥菲倒胃口，一點也不罪怪這些雌象先冷後熱與見風使舵，喜氣洋洋地接受牠們的頂禮膜拜。你也太豁達大度了些，任何原則都不要了。

最讓麥菲受不了的是，布隆迪沒完沒了地同洛亞象群的雌象們纏綿親暱，把牠冷落在圈外，不理不睬，似乎已把牠給遺忘了。

這算怎麼回事嘛，要沒有我的鼎力相助，你布隆迪能有現在的揚眉吐氣嗎？過河拆橋，真是糟糕。牠恨恨地大吼一聲，是埋怨，是提醒，也是指責。

差不多快被勝利沖昏了頭腦的布隆迪聽到吼聲猛地一驚，扭頭望著麥菲，愣了愣，半天才回過神來，臉上浮起一絲愧疚與不安，急匆匆地擠開圍著牠的雌象們，跑到麥菲跟前，用鼻繞起麥菲的鼻，兩根鼻同時高高擎起，在空中旋轉圓圈；這是一種抬舉與晉升的舉措；表明象酋承認牠麥菲在洛亞象群享有與象酋平起平坐的特殊地位。

麥菲鬆了口氣，牠不再是淪落天涯的孤象了，牠名正言順地成了洛亞象群的一員，而且是個引象注目的角色。

八、布隆迪痛失版圖

哺乳動物具有領土意識，象尤其如此。每群象都有自己固定的疆域，象酋一個很重要的責任，就是要經常巡視邊界，保衛領土的完整。

象的邊界線不像人類的邊界線，有界樁、鹿砦、崗樓、鐵絲網，象的邊界線要簡單得多，就是在樹樁、河邊或突兀地面的磐石上，塗抹象糞象尿，噴吐口涎鼻涕，蹭掉些皮屑毛髮，總之，留下有氣味的標記，就算是邊界線了。

這樣的邊界線，當然要經常修整，以防氣味丟失，引起邊界糾紛。

這天半夜，下了一場雨，雨水把邊界線上的氣味標記沖淡了，天一亮，布隆迪就履行象酋的義務，率領眾象來到戛洛河邊，一泡糞分成十幾次屙，一泡尿分成十幾次灑，在河邊的灌木叢裏加固著，或者說加濃著遭雨水破壞的邊界線。

也不知是誰定下的規矩，其他象的糞尿毛髮是不能做邊界線氣味標記的，只有象酋的糞尿毛髮才有資格構築邊界線。對象酋而言，這當然是一種特權，一種待遇，一種榮耀，但同時也是一種負擔，一種折磨，一種苦刑。要分十幾次才能拉完一次大便，要分十幾次才能撒完一次小便，沒有非凡的事業心和堅強的毅力，是難以做到的。

以小河為界，這邊是洛亞象群的地界，那邊是帕爪象群的地界。帕爪象群的象酋大白象，此時此刻也正在辛辛苦苦地用自己的糞便毛髮加固著邊界線。

布隆迪隔著小河，朝帕爪象群大白象長長地吼了一聲。那是一種威脅、一種聲明、一種警告，別覬覦我的疆土，不然的話，叫你吃不了兜著走！

大白象也回敬了一聲長吼，那意思在說，我也隨時準備用鮮血和生命捍衛我的神聖的領土！

然後，雙方小心翼翼地平行地向下游走去，更賣力地加固著邊界線。

就在這時，發生了一件足可以影響歷史的事。

帕爪象群的象酋大白象不知是勞累過度，還是昨晚沒睡好，在河灣行走時，一腳踩在一塊長滿青苔的卵石上，滑了一下。如果是身體輕巧的動物，像貓呀狗呀，別說在平坦的河灘上滑一下，就是失足從兩三丈高的陡崖上摔下來，也不會有什麼事，站起來抖抖灰，照樣跳躍奔跑。象就不行了，象身體龐大，抗摔倒的能力很差，一不小心就會傷筋動骨。這就叫大有大的難處。

大白象這一滑，瘸著了腳。如果是狼，別說瘸著一隻腳，就是被其他野獸咬斷了一條腿，照樣可以用三條腿行走並擒捉獵物。象就不行了。象有好幾噸重，瘸了一隻腳，靠三隻腳是很難支撐住全身重量的。大白象吊起那隻扭傷的左前腳，勉強蹦踏了兩步，重心不穩，身體一歪，眼看著就要摔倒，不得不伸出那隻扭傷的腳去支踩，腳掌剛一沾地，就像有一把鋼針戳到了心尖，滋——疼得倒吸了一口冷氣，忍不住嗽地發出一聲痛苦的呻吟。大白象的助手——那頭短鼻子公象，趕緊奔過去，用自己的身體扶住了大白象。

這一切，就發生在小河彼岸，僅三、四十米遠，布隆迪看得清清楚楚。刹那間，布隆迪激動得一顆象心都快要從象嘴裏跳出來了。

啊哈，天賜良機，老天爺要成全我了！

跟所有掌權的雄象一樣，布隆迪對擴張版圖開拓新領地，有一種抑制不住的衝動與貪心。對雄象來說，屬於自己的領地當然是越大越好，恨不得全世界都歸我所有，如果可能的話。領地是食物資源，領地是求偶資本，領地是繁殖資產，一句話，領地就是生命圈和生存權。一頭雄象如果擁有更大的領地，就意味著擁有更豐盛的食物，就意味著能吸引更多的雌象，就意味著能繁衍更多的後代，就意味著擁有了更廣闊的生存空間。只有傻瓜才會對擴張領地無動於衷。

布隆迪早就有吞併帕爪象群領地的企圖。多好的一塊土地啊，尤其是那條名叫野芋箐的河溝地，覆蓋著茂密的熱帶雨林，從未被人類糟蹋過，溪水淙淙，鳥語花香，泥土豐腴得一蹄子能踩出油來，十多里長的箐溝裏，密密麻麻地長著象最愛吃的又香又脆的野芋頭，就像壁虎的尾巴斷了還會長出來一樣，那野芋頭吃了長，吃了長，永遠也吃不完。

毫不誇張地說，野芋箐是個聚寶盆。牠布隆迪一年前曾偷偷越過邊界線，到野芋箐飽餐了一頓野芋頭，直吃得嘴角溢香，妙不可言。當時牠就產生這樣一個念頭：有朝一日能把這條野芋箐占爲己有，也不枉這一世「人」生了。

但布隆迪只是想想而已，沒敢真的這麼去做。各個象群的領地，都是在長期的爭鬥中逐步形成的。說穿了，領地的大小就是各個象群實力的大小，領地的劃分就是各個象群勢力的劃分。現有的邊界線，其實就是各個象群力量的均衡點。牠布隆迪，或者說牠的洛亞象群，和帕爪象群比起來，實力相差無幾，力量基本平衡，牠沒有能力一口吃掉帕爪象群，吞併讓牠垂涎三尺的野芋箐。

帕爪象群現有大小象十八頭，比洛亞象群還多了兩頭，總體實力略勝於洛亞象群。帕爪象群的象酋大白象雖然已四十五歲，象到中年，但並未衰老，身體仍很健壯，肌肉結實得就像用石頭雕成的，有一次，牠在一棵泡桐樹上蹭癢，驚動了樹梢的馬蜂窩，幾隻馬蜂衝下來螫腫了牠的眼皮，牠一怒之下，用身體拼命撞那棵泡桐樹，只幾下，就把那棵泡桐樹攔腰撞斷了。

再說，大白象還有一位夥伴，就是短鼻子公象，別看這傢伙鼻子比正常公象短了一大截，怪模怪樣，其貌不揚，兩支兩尺三寸長的象牙卻鋒利如劍，能輕易刺穿厚韌的象皮。牠布隆迪咬咬牙，能對付其中的一頭公象，但同時要對付兩頭，取勝的希望就像舉起長鼻去勾月亮一樣，實在太渺茫了。沒辦法，牠只好把吞併帕爪象群的野心，藏在肚子裏。

突然間，大白象瘸了腳，就像天上掉下了餡餅，太棒了！

大白象瘸著一條腿，連站也站不穩，當然不可能再有什麼戰鬥力。整個帕爪象群由於象酋負傷，群龍無首，象心渙散，亂成一鍋粥，很容易擊潰的。牠布隆迪雖然沒有雄性夥伴，但牠有個長著一副三尺寶牙的妻子，嘿嘿，絕不比普通公象差，這在奪回洛亞象酋寶座與獨眼獨牙那場殊死的拼鬥中，已得到了充分證實。現在要吞併帕爪象群的領地，簡直就跟吃豆腐那麼容易。牠只要大吼一聲，帶著麥菲衝過邊界線，帕爪象群的幾隻小公象就會不戰自潰，母象們會哀傷地捲鼻垂耳，分化成兩大類，不願做俘虜的會跟著小公象們逃之夭夭，願意改變「國籍」留在洛亞象群裏當順民的，會縮在大樹下等著被收容。唯一會奮起反抗的就是大白象和短鼻子公象，牠布隆迪對付短鼻子公象，相信是有取勝把握的；麥菲對付站都站不穩的大白象，也是綽綽有餘的。

沒什麼可猶豫的，布隆迪看了身邊的麥菲一眼，瀟灑地在空中揮舞了一下長鼻，相當於人類的君主揮了一下巨手，氣勢磅礴地吼了一聲，就往小河對面衝去。

爲了洛亞象群有更遼闊的版圖，前進！

大白象反應頗快，知道將要發生什麼，倏地一下把短鼻子公象從自己身邊撞開，迅速將那隻吊在空中的扭傷的腳放下來，雄赳赳氣昂昂地挺立著，似乎要證明自己並沒受什麼傷，完全可以同侵略者格殺一場。

這叫藏拙遮醜，這叫欲蓋彌彰，果然，牠只挺立了五秒鐘，就支持不住了，身體一陣哆嗦，臉皺成一團，那隻扭傷的腳不由自主地又吊了起來。

牠哀吼了一聲，鼻子死氣沈沈地垂了下來，耳朵像患了好動症一樣，不停地抽搐，顯示出其極度恐慌的內心。短鼻子公象也像患了瘧疾一樣，一陣陣顫抖。帕爪象群的其他小公象和母象更是像天就要塌下來一樣，驚慌地叫著，焦急地轉著圈。

世界末日真的來臨了，對你們帕爪象群而言。

布隆迪踩著淺淺的河水，對準短鼻子公象衝過去，並平舉鼻子，把鼻孔當高壓噴氣筒和高音喇叭，發出一聲雷霆震怒般地吼叫，高頻率的叫聲和強烈的氣流隔著二十來米遠，集束成團，直射短鼻子公象的腦門，好比扔過去一顆精神原子彈，炸得短鼻子公象靈魂出竅，倒退了兩步，側轉半個身體，很明顯，意志已經崩潰，就要轉身逃跑啦！

看來，形勢發展得比自己預料的還要順利，布隆迪得意非凡。原來設想短鼻子公象會殊死抵抗，現在看來，這傢伙已差不多嚇破了膽，沒有魄力前來對陣，最多虛晃一槍，就會逃跑的。

逃吧，逃吧，識時務者爲俊傑嘛！

布隆迪嘩嘩踩著水，很快就要越過小河，踏上彼岸了，突然，牠發現形勢似乎發生了微妙的變化，短鼻子公象收斂了轉身欲逃的姿勢，正面對著牠，好像出竅的靈魂又飛回來了；大白象的鼻子也恢復了生氣，彈彈跳跳，竟然豎直起來；帕爪象群的其他小公象和母象情緒也鎭定了許多，不再像無頭蒼蠅似地亂躥。

難道大白象扭傷的腳在這麼短的時間奇蹟般地不治而癒了？

不，不可能。布隆迪定睛望去，大白象仍吊著一隻腳。

布隆迪衝上了岸，離帕爪象群只有十來米遠了，奇怪的是，短鼻子公象膽氣似乎更壯了，貼到大白象身邊，四支象牙兩根象鼻一字兒排列，組合成一道屏障，那眼睛，早已沒了驚恐，竟然乜斜著望著牠，露出一副端睨鄙薄的表情。

這不能不讓布隆迪產生疑慮。

也許，毛病出在自己這一邊呢，布隆迪想。牠先用鼻尖觸摸了一下自己的身體，沒什麼變化，又撫摸了一下象牙，完好無損。然後，牠回頭望了一眼，這一望，謎底算是揭開了。

原來，麥菲根本就沒有跟著牠一起跨過邊界線來。這傢伙，還在悶著頭捲食著嫩竹葉，神態嫻靜，溫文爾雅，就好像什麼事也沒看見似的。麥菲在洛亞象群有著特殊的地位，牠不動，其他小公象和母象鬧不清究竟是怎麼回事，也都傻乎乎地站在原地看熱鬧呢。

怪不得大白象和短鼻子公象會突然變得不怕牠了，牠們看見牠布隆迪單槍匹馬，沒有追隨者，沒有同盟者，連頭助威吶喊的象也沒有，孤家寡人，勢單力薄，所以不把牠放在眼裏了。

嗷嗷——跟我來啊，打下江山，建立千秋功業！

布隆迪不得不停下腳步，扭頭朝麥菲喊叫。麥菲好像聾了一樣，任憑牠叫啞了嗓門，一點反應也沒有，仍然津津有味吃著竹葉。

一鼻難抵雙鼻，兩牙難抵四牙，牠顯然不是大白象和短鼻子公象的對手，儘管大白象瘸著一條腿。牠轉了個身，踩著河水往回跑。

嘔——嘔——呵——呵——背後傳來帕爪象群的譏笑與起鬨聲。

笑吧，笑吧，看誰笑到最後！

布隆迪氣急敗壞地回轉到麥菲身邊，一鼻子抽在麥菲的屁股上，連吼數聲：

——妳是存心要讓我出醜啊？

麥菲眼睛瞪得溜圓，驚訝地望著牠，好像不明白究竟發生了什麼。

到底是雌象，沒有進取意識，缺乏遠大的抱負。布隆迪學著大白象的樣子，瘸起一隻腳，然後鼻子大幅度地在空中掄了兩圈，以示自己的胸襟與氣魄。

——來吧，我們一起畫一幅洛亞象群宏偉的新藍圖！

——這樣不是挺好的，幹嘛要挑起一場領土糾紛呢？

——我帶妳到野芋箐去吃野芋頭，又香又脆，保妳滿意！

——你奪了帕爪象群的領地，你叫他們怎麼活呀？

——妳操這份心幹啥，妳又不是救苦救難的菩薩！

——我不希望看到殺戮與流血。

——妳這是婦人之仁，哦，對了，妳本來就是一頭雌象嘛。

——我們現在擁有的這塊領地，地域遼闊，食物豐盛，足夠養活洛亞象群十幾頭象了，何必還要大動干戈呢？

——嘖嘖，妳的目光怎麼這麼短淺？真是井底之蛙！我不跟妳在這裏磨嘴皮了，我是象酋，該聽我的，快快撅起妳那副三尺長的寶牙，跟我衝鋒陷陣！

布隆迪不耐煩地甩了一下鼻子，結束了關於是否該擴張領地的爭論。牠是象酋，牠有權決定洛亞象群的戰略方針。

都跟我走！布隆迪朝母象和小公象們揮動鼻子。不長象牙的母象和小象們雖然沒有什麼戰鬥力，但助威吶喊壯壯聲勢也是好的。

布隆迪再次氣壯如牛地跨過邊界線向小河對岸衝去。

麥菲不能理解布隆迪爲什麼那麼熱衷於領土擴張。是的，土地是生存的基本要素，沒有領地就意味著要過流浪挨餓的生活；是的，領地越寬闊，生活也就越富裕。但是，你該設身處地地爲被你剝奪了領地的其他象想一想啊，他們怎麼生活呢？那些帶著乳象的母象，一旦斷了食物的來源，還怎麼來給乳象餵奶？再說，世界上所有的領土併吞，都伴隨著一場殘酷的殺戮，讓許多無辜的生命死於非難，這值得嗎？每一頭象，都是一個母親生命的結晶；一頭象從受孕那刻起，十八個月懷胎，一朝分娩，歷盡千辛萬苦，乳象呱呱落地，哺乳期長達兩年，滴滴乳汁，都是母象生命的濃縮；除此而外，分分秒秒要守護在沒有自衛能力的小象身邊，嚴密提防食肉猛獸的襲擾。毫不誇張地說，養育生命的過程，是個複雜的系統工程，是個嘔心瀝血的艱難歷程，是個生命傳遞與接力的過程。

正因爲母親在養育生命的漫長過程中付出了如此巨大的心血，做出了如此重大的犧牲，因此，母性的本能就是厭惡一切形式的殺戮，從心底裏反對戰爭。對一頭心智健全的雌象來說，生命的價值超過了一切。

一場殺戮，將毀滅許多母親一生的心血、一生的希望、一生的寄託。

麥菲想起在非洲薩梅象群的日子。同洛亞象群一樣，薩梅象群也和另一群名叫薩英的象群毗鄰而居，以小河爲界。雖然彼此也用糞便與毛髮沿著河岸的灌木叢佈置邊界線，但兩群象友好相處，從來也沒發生過邊境磨擦。統治薩梅象群的是德高望重的老祖母梅蕊，統治梅英象群的是慈祥和藹的老母象英竇，出於對生命的愛惜，兩頭老母象就像關係融洽的老鄰居一樣，即使出了點什麼問題，也互相諒解。

有一次，薩英象群一頭翹翹牙公象私自越過邊界線，來到薩梅象群的地界，不知是出於淘氣還是出於想出「人」頭地的野心，竟然在薩梅象群最富饒的一塊草場，用糞便圈了一道氣味邊界，這是明目張膽的侵犯，薩梅象群二十多頭成年雌象和雄象把肇事者團團圍住，要是在雄性統領的獅群，這肯定會引起一場流血的毆鬥，但老祖母梅蕊只是輕描淡寫地在翹翹牙屁股上抽了兩鼻子，讓翹翹牙拔了一些草，把那些糞便蓋了起來，就算完事，放翹翹牙回薩英象群了。

爲什麼要擴張？爲什麼要殺戮？爲什麼不能真正的和平共處？

麥菲決意阻止布隆迪，當布隆迪第二次朝小河對岸奔去時，牠仍佇立不動。

布隆迪這一次謹愼了許多，剛跨過邊界線，就扭頭張望，見麥菲沒跟上來，便嗽嗽嗽嗽用短促連續的吼叫進行催促。

麥菲還是不予理睬，但洛亞象群兩頭嘴角剛剛吐出牙尖的小公象，揚起鼻子興奮地應了一聲，學著象酋布隆迪的樣子，撅起還十分稚嫩的牙尖，邁開還不十分結實的四蹄，要衝過河去。

唉，不懂事的小傢伙，你們是要去送死啊！

麥菲嗖地躥出去，搶在兩頭小公象下河之前，攔住了牠們。牠的長鼻子就像交通欄桿，禁止牠們通行。兩頭小公象無可奈何地停了下來。

就在這時，河對岸的帕爪象群吵吵嚷嚷似乎發生了什麼事，布隆迪定睛看去，五、六頭母象正在河灘一個冒著蒸汽的熱水塘裏，用鼻子挖掘濕泥巴，跑步送到大白象面前，堆在大白象那隻扭傷的象蹄下面，那幾頭母象就像消防隊員救火一樣，腳下生風，一趟又一趟跑得飛快，很快，大白象扭傷的那隻象蹄下，熱騰騰的濕泥巴壘得像座小山，大白象將那隻扭傷的腳插進熱泥巴裏，臉上的皺紋舒展了，看得出來，傷痛正在迅速緩解。

布隆迪心急如焚，牠知道，熱水塘挖出來的濕泥巴，含有高濃度的硫磺和其他礦物質，治療扭傷可說是具有立桿見影的療效，有可能半個小時，也有可能幾分鐘，傷痛便可治癒。一旦大白象能站穩了，過了這個村，沒有這個店，再也不可能找到併吞帕爪象群領土的機會了。

機不可失，時不再來，兵貴神速，成敗在此一舉！牠再次轉身往回跑，準備鼻子當鞭子，抽麥菲的屁股，趕著麥菲一起過界河。麥菲好像早就知道牠會來這一手，沒等牠趕到，就撒腿跑進叢林裏去了。

布隆迪追了一程，沒追上。回到小河邊一看，對岸的大白象那隻扭傷的腳已能定定地站在地上了。大白象的眼睛裏已沒有恐懼，相反，燃起一簇簇火星，不斷揮舞長鼻，發出高吭嘹亮的吼叫，那神態，那風采，那姿勢，無不在顯示牠的傷痛已經痊癒，可以和一切來犯者決一死戰了。

現在，即使麥菲願意幫助牠，也無法併吞帕爪象群那塊豐腴的土地了！

機會溜走，霸業成夢，空有一番凌雲壯志，唉！

看來麥菲雖然長著一副三尺長的寶牙，本質上還是一頭膽小怕事、胸無大志的雌象啊！

布隆迪十二分的懊喪，十二分的遺憾，十二分的惋惜。

九、發生齟齬

驅逐雪背，對布隆迪來說，是順理成章的事。

雪背是洛亞象群一頭十二歲的小雄象，不知是偷吃了靈芝還是遺傳基因特別優秀，這傢伙圓頭圓腦，四肢粗壯如柱，小小年紀就與成年雄象長得一般高大，兩支牙尖利細長，泛著冷凝的光；兩隻眼睛亮若寒星，桀驁不馴；皮毛若灰色瓷釉，十分刺目，背上還有一條白色斑紋，像披著一條雪帶。

布隆迪憑本能感覺到，雪背是牠潛在的威脅，是牠將來強有力的競爭對手。強壯的雄性決不會甘居另一個雄性麾下；一切雄性都是社會地位的角逐者。經驗告訴牠，要保住自己的地位，要避免將來的麻煩與劫難，應當現在就把雪背驅逐出洛亞象群。

說幹就幹，方顯示象酋的果敢與決斷。

那天傍晚，當雪背淘氣地從老母象貞貞鼻子裏搶走一塊野芋頭，布隆迪便以此爲理由，借題發揮，長鼻劈頭蓋臉朝雪背抽去；雪背嗷嗷哀嚎著，東躲西閃；布隆迪不依不饒，窮追猛擈，非把雪背趕出洛亞象群的地界不可。

雪背不知是天性倔強，還是年紀太小害怕單獨進密林，反正死活賴在象群裏不肯逃亡。布隆迪怒從心底起，惡向膽邊生，撅起牙，動真格的，嗖地一下，在雪背肚皮上犁開兩條一尺多長的血槽。

雪背的母象茱茱眼睛裏流出一串淚，走到布隆迪面前，噗咚一聲跪了下來。雌象和小象們驚恐不安地騷動起來，象群籠罩在恐怖的陰影中。

布隆迪不爲所動，按既定方針辦，繞過跪在面前的茱茱，繼續用牙尖和鼻花，用雷霆般的震怒，向雪背施加壓力。

事情發生時，麥菲正在一條小箐溝裏採食一篷野菜。開始，牠以爲布隆迪是在正常行使象酋的權利，教育調皮搗蛋的雪背；小傢伙沒大沒小，敢搶貞貞鼻子裏的食物，是該好好教訓一下。可漸漸地，牠發覺事情不對頭；布隆迪出手越來越重，嚴厲得不近情理，這哪像是在教育後代，分明是在打冤家嘛。

及至雪背的肚皮被犁開血口，牠才真正意識到事情的嚴重性；沒有刻骨仇恨，誰會下這樣的毒手呢。瞧，茱茱哭泣著跪下來求情了，老母象貞貞捲著那塊被搶走後又撿回來的野芋頭，到布隆迪面前，劈啪劈啪使勁扇動兩隻蒲葵似的大耳朵，用明晰的身體語言告訴布隆迪，希望能寬宥雪背的過錯，可布隆迪就像沒看見似的，仍瘋狂地向雪背進攻。

讓麥菲感到困惑的是，布隆迪和雪背之間能有什麼深仇大恨呢？布隆迪是長輩，雪背是晚輩，不可能有歷史舊賬；布隆迪是象酋，雪背是臣民，地位相差一大截，平時也不見有什麼摩擦；雪背雖然有點淘氣，有時會欺負年齡比牠小的幼象，但從未敢冒犯布隆迪的尊嚴與威勢……究竟是什麼原因使得布隆迪不顧雌象們的哀求與勸阻，不惜損害自己象酋的威望，對雪背大動干戈呢？牠探究的眼光在布隆迪身上全方位地掃描。

這傢伙齜牙咧嘴，滿臉嫉恨；目光陰沈，兇相畢露；步步緊逼，早有預謀。突然，麥菲腦子裏映顯出非洲獅群殘酷的清窩情景。

佔據著王位的雄獅嫉妒心很強，看到自己群內的小雄獅逐漸長大，心裏就不是滋味，特別是看到哪頭小雄獅發育良好，心智健全，長得出類拔萃，便會妒忌得牙齦流酸水；王位上的雄獅永遠害怕後來居上，害怕青出於藍而勝於藍；這種心態導致了獅文化的一大景觀——清窩行爲。

麥菲在非洲廣袤的稀樹草原多次看到獅群的清窩，利欲熏心的雄獅完全變了態，不顧種群親情，像咬羔羊似地咬在自己膝下長大的小雄獅；無辜的小雄獅根本不明白獅王爲何翻臉，牠們嗷嗷求饒，有的甚至在張著血盆大口的獅王面前翻滾戲耍，去捋獅王的鬃毛，試圖用幼獅的天真可愛重新搏取獅王的歡心；獅王不爲所動，毫無惻隱之心，窮兇極惡地撲咬小雄獅，必欲置死地而後快；慘遭清窩的小雄獅要麼被當場咬死，要麼被咬得遍體鱗傷後逃離家園；本來這些小雄獅都目光清澈無邪，心靈單純透明，經過清窩磨難後，就像在染缸泡過似的，永遠變了顏色，目光陰狠歹毒，心靈扭曲變形，精神永遠殘疾，不再相信世界還有光明美好的一面，頑固地認爲獅與獅的關係，就是你想算計我我想吃掉你的關係，牠們只爲一個目的活著，積蓄力量以期復仇！牠們一旦得逞，又會像老一輩獅王一樣，憂心忡忡地看著自己身邊一天天長大的小雄象……一代一代地傳播著仇與恨，循環輪迴，永無止休。

布隆迪此刻的眼光與神態，酷似清窩時的獅王，簡直是一脈相承，維妙維肖。再看雪背，強健的身軀，發達的象牙，光彩奪目。麥菲心裏豁然開朗，明白了眼前所發生的事，其實就是獅群清窩的翻版。

牠停止採食野菜，走出小箐溝，向已亂成一團的象群跑去。

牠是非洲雌象，不習慣、不贊成，也不能容忍這種把最優秀的小雄象排擠出群體的做法。牠覺得這是一種自毀種群的愚蠢。在薩梅象群，優秀的小雄象不僅不會受到排擠，還會受到特別的青睞和愛護；這是種群興旺發達的標誌嘛。牠生性耿直，還在薩梅象群時，每看到獅群發生清窩，同牠完全沒有關係，牠也要多管閒事，朝飛揚跋扈的獅王抗議式地吼幾鼻子。

再說布隆迪，毫不理會向牠求情的茱茱和貞貞，一意孤行，向雪背猛烈攻擊。雪背已多處負傷，嚇得魂飛魄散，只消再強化些白色恐怖，定能大功告成，拔去這眼中釘肉中刺。

做這種事，布隆迪並不覺得良心上有什麼不安；牠是在印度象群的文化熏陶下長大的；印度象群歷代象酋都這麼做，已成爲一種積澱在基因裏的傳統，很正常。妒賢嫉能，是種本能。想當初自己在十二、三歲時，也是這樣莫名其妙被老象酋驅逐出去的。

雪背的眼睛裏已流露出絕望的表情，驚慌失措地朝山丫口逃竄；出了山丫口，就是荒涼的古河道，就不屬於洛亞象群的地界了。

布隆迪暗暗高興，準備來個最後衝刺，將雪背後胯捅兩個血窟窿，留下永久的紀念，什麼時候回想起來都心驚膽顫、不寒而慄，這輩子再也不敢跨進洛亞象群的地界來。牠緊跑幾步，黏到雪背的身後，撅著牙剛要猛烈撞擊上去，突然，牠自己的胯部被一股巨大的力量頂了一下，身體不由自主地旋舞了半圈，牙尖刺了個空。

牠震驚地扭頭望去，是麥菲！

兩隻前蹄已跨出山丫的雪背趁機繞到麥菲背後，把麥菲當保護傘。

布隆迪平舉起長鼻，鼻尖抵住麥菲的眉心，威嚴地吼了一聲，喝令麥菲閃開。

——這裏沒妳什麼事，妳吃妳的野菜去吧。

麥菲執拗地佇立著，紋絲不動。

——你怎麼可以恣意妄爲，迫害無辜呢？

——雌象鼻子長見識短，妳懂個屁。

——雪背這小傢伙究竟犯了啥子罪，你要往死裏整他？

——罪？嘻嘻，在弱肉強食的叢林法則裏，出類拔萃就是罪。

——我不想跟你耍嘴皮；我覺得你這樣做，實在是毫無道理。

——我也不想跟妳費唇舌；實話對妳說吧，雪背的生命力如蒸騰的雲霞，對我來說，遲早都是個禍害；我現在不把他趕走，要不了幾年，他就會反過來把我給趕走。與其將來他把我趕走，不如現在我把他趕走。

——你這純屬子虛烏有的推測；退一萬步說，就算雪背將來有篡位的野心，到時光明正大地跟牠來一場衛冕決戰，爲時也不晚嘛。

——把一個對手養強大了再競爭，這不是在跟自己開玩笑嗎。

——不管怎麼說，雪背還是頭未成年的小象，我不允許你這樣殘酷地對待他。

——好了好了，別耍小孩子脾氣了；生存競爭本來就是很殘酷的，妳要真不忍心看，就閉起眼裝瞌睡。閃開吧，完事後，我請妳吃甜筍，從深土中掘出的鮮甜筍，清涼爽口，沁象心脾，味道好極了。

感覺好極了。

——你就放過雪背吧，我請你抹沙浴；箐底河溝裏的細沙，濕潤滑膩，清熱消暑，祛火驅邪，

——妳到底讓不讓開？我可是要翻臉了！

——有我在，你休想把雪背怎麼樣。

要是換了頭雌象，膽敢如此庇護雪背，布隆迪決輕饒不了牠；但對麥菲，牠不能不有所顧慮；麥菲救過牠的命，牠不好意思為這件事同麥菲翻臉；再說，動起武來，牠也未必是麥菲的對手；麥菲三尺長的寶牙平平撅起，牙尖滴著寒光。怎麼辦？怎麼辦？

就在布隆迪猶豫不決的時候，老母象貞貞和茱茱都跑到麥菲身邊來了；三頭雌象一字兒排開，結成了神聖同盟；布隆迪不由得打了個寒噤，自己要是繼續蠻幹，說不定立刻就會發生政變。可現在牠要是打退堂鼓，眾目睽睽下，牠象酋的臉往哪兒擱呀。進進不得，退退不得，愁煞牠也。

也不能永遠僵持下去。

突然，麥菲扭轉脖頸，朝小箐溝對面的山梁急促地吼叫起來。布隆迪順著麥菲的視線望去，原來是一群豺狗正路過山梁。來得正是時候，布隆迪狂吼一聲，撒腿向豺狗追去；牠是象酋，在領地內驅逐兇惡的食肉獸，責無旁貸。

象群的視線和注意力頃刻轉移。

對布隆迪來說，找到了一個最好的臺階下。

十、矛盾又起

癩皮爲何許象也？不看不知道，一看嚇一跳。

這是一頭年過半百的老公象，連眼皮上也褶皺縱橫，神情萎頓，永遠一副似睡非睡的模樣；低頭垂鼻，踽踽獨行，顯得老態龍鍾；鼻子早就失去了青春的靈巧與彈性，僵直呆板，像條冬眠的蛇；脊梁被苦難壓彎，向地面凹陷，像一輪即將沈落的下弦月；瘦骨嶙峋，肚皮卻出奇地大，裏頭絕對長著瘤子什麼的；兩支象牙萎縮得只有一尺半長，牙尖磨禿，牙面佈滿歲月沈澱的黃斑；尤其無法忍受的是，皮膚上的象毛差不多禿淨了，皮色濁黃，脖頸、脊背和肚皮上滲出大塊大塊膿血，一看就知道身患嚴重的疥瘡。

麥菲從未見過如此醜陋的老公象，因此，當癩皮轉過山岬，走近洛亞象群時，麥菲第一個反應是，趕快把牠噓走。

這裏用「噓」字，是有道理的。如此衰老病態的象，不必使用武力驅逐；轟牠走也不合適，轟帶有威脅恫嚇的性質，於心不忍；噓，帶有奉勸提醒的意味，讓牠知趣些識相些，快點走開吧，既表明了自己不歡迎的態度，又保留了一丁點兒的憐憫。

癩皮出現的位置離麥菲稍遠些，離布隆迪最近，麥菲想，布隆迪肯定更討厭又老又醜又有病的傢伙，馬上就會噓起來的。

癩皮似乎還有點自知之明，轉過山岬，與洛亞象群不期而遇後，抬起沈重的眼皮，昏黃的眼珠呆呆地看了看面前的布隆迪，很自卑地垂下頭，縮起頸，轉身欲走。

麥菲看見布隆迪朝正在轉身掉頭的癩皮揚起了鼻，牠自動離開，不噓也罷了，麥菲想。

布隆迪張開嘴，發出一聲吼叫；麥菲懷疑自己耳朵出了毛病，那吼叫聲不是噓，不是轟，更不是驅逐，音調柔和上揚，透露出一腔熱情，是在表示歡迎和挽留。

不不，這不可能，麥菲想，這一定是自己聽錯了；無論從哪個角度講，布隆迪都不可能歡迎癩皮的；同性相斥，這算一條規律吧，布隆迪和癩皮非親非故，也不用承擔道義上的責任，另外，群體裏多了一張吃食的嘴，對象酋來說，就多了一份生存壓力。還有，疥瘡不像皮癬，皮癬不會傳染，疥瘡是會傳染的，象酋有責任維護群體的衛生與健康。

麥菲將眼光投向四周的雌象，想從雌象們的反應中來證實自己確實是聽錯了。牠看見雌象們都瞪圓了驚詫的眼，神情迷惘地望著布隆迪。這麼說來，自己的聽覺還是正常的。

瞧癩皮，那雙佈滿眵目糊的混濁的眼睛撐得溜圓，一副懷疑自己聽錯了的驚訝表情。

這麼說來，是布隆迪叫錯了；把表示討厭的噓，誤叫成了熱情的歡迎。

誰都有失誤的時候，改了就好，現在改還來得及。

彷彿故意要證實自己的意向，彷彿故意要讓眾象驚訝得透不過氣來，一頭頭當場暈倒，布隆迪張嘴又朝癩皮充滿熱情地輕吼了一聲，還將長鼻在空中彎成魚鉤狀，一勾一勾的，在召喚癩皮到自己身邊來呢。

布隆迪這是怎麼啦，變態？慈悲？還是在惡作劇？麥菲如墜雲裏霧裏，百思不得其解。

對布隆迪來說，收留癩皮既非審醜意識心理變態，也非行善積德慈悲爲懷，更不是沒事找事玩惡作劇，而是有特殊理由的。牠要找個夥伴，找個能支撐牠象酋寶座的夥伴。牠憑著一種特殊的靈感，一眼就認定癩皮是個很合適的人選。

牠早就總結過了，自己之所以會被獨眼和獨牙輕易篡奪了王位，最根本的一條，是自己在老公象津巴死後，未能及時補充一個夥伴，以至在衛冕戰中形單影隻，寡不敵眾，輸給了對方。很難說，什麼時候叢林裏又會蹦踏出兩頭結成同盟覬覦牠象酋寶座的雄象來；牠可不能傻乎乎地讓悲劇重演。這段時間以來，牠做夢都想著能找個理想的夥伴。

從表面看，找個夥伴並非難事；森林裏有的是長象牙的成年雄象，洛亞象群裏，就有像雪背這樣只要稍加訓練就可上陣廝殺的雄性，可隨便撿一把來挑挑。其實，事情遠非如此簡單。

這絕對不是普通意義上的夥伴。這兒使用「夥伴」一詞，是因爲找不到更貼切的說法了，相對傳統的「夥伴」概念，這兒的「夥伴」，其內涵與意義得重新界定。這夥伴與牠布隆迪的關係，應當是這樣的：享受無份，患難與共；沒事是夥計，有事是夥伴；平時是主僕，危難時刻是戰友；只有忠心，沒有野心；只有忠誠的義務，沒有索取的資格。

不錯，森林裏有的是雄象，但符合上述條件標準的，就寥若晨星了。

再難找，布隆迪也不願降低標準。原則問題不能含糊。牠不能找個會同牠平分秋色的傢伙，更不能找個睡在身邊的野心家。假若稍有不慎，誤把野心家當夥伴找來了，這就不是在給自己找夥伴，而是在給自己找麻煩，給自己找彆扭。

布隆迪也曾物色過幾頭雄象，有的看起來慈眉善眼，誰曉得心眼裏流不流毒汁；有的表面上對牠挺恭順，誰曉得骨子裏有沒有反叛的基因；有的看起來本分老實，誰曉得一旦得勢會不會忘恩負義。象心隔肚皮，沒法先掏出來看看是紅還是黑。

尋尋覓覓，覓覓尋尋，好惱煞牠。

就在這時，牠瞧見了誤入洛亞象群領地的癩皮。

好一個癩皮！先看年齡，就最合適不過了；年齡和野心是成反比的，成年後的雄象，是年紀越輕，欲望越重，野心越大，年過半百的老象，日薄西山，氣息奄奄，生命如同一朵已枯萎的花，欲望自然減輕，野心也就隨之而減少。落魄潦倒得如同喪家犬，正好可讓牠布隆迪施展手腕，培養對方對自己的無限忠誠；不難猜測，癩皮因衰老、醜陋和骯髒，被過去所在的群體遺棄了，其他象群當然也不會收容牠，可以說已瀕臨絕境，這時候，牠布隆迪把牠收留下來，讓牠重過寧馨的家庭生活，等於把牠從水深火熱之中救了出來；救命之恩，恩重如山，終身難忘嘛，這忠誠也就有了很大的保險係數。

這滿身的疥瘡雖然看起來很噁心，倒是效果極佳的隔離層，完全可以放寬心，沒哪頭雌象會願意去接近牠，也就沒有成爲自己情敵的危險。身體瘦弱，就會對牠布隆迪強健的體魄無限崇拜；當象酋嘛，總要有點崇拜才行。還有一個附帶的好處，癩皮的衰老和醜陋、窩囊和渺小，是最好的陪襯，站在牠布隆迪身邊，會把牠襯托得更加光輝燦爛。

至於癩皮是否具備在戰場上獨當一面的能力，是否具備協助牠布隆迪管理洛亞象群的才幹，布隆迪覺得並不重要；只要在關鍵時刻，癩皮能豁出命來，幫牠糾纏住同時來犯的兩頭雄象的其中一頭，給牠爭取到各個擊破的時間，就足夠了；管理洛亞象群嘛，更不必癩皮操心，牠布隆迪閉著眼睛就能對付。

這麼理想的夥伴人選，打著燈籠也難找哇；現在送上門來了，豈能白白放棄？於是，布隆迪向癩皮頻頻招鼻（手），並連續發出盛情挽留的吼叫聲。

正如布隆迪所判斷的那樣，癩皮是被自己所在群體遺棄的可憐蟲，無論走到哪個象群裏，都毫無例外地被噓、被轟、被驅逐，牠做夢也沒想到，眼前這頭高大魁偉的象酋肯收容牠；這真是枯木逢春，絕路逢生，草叢裏一腳踢出一窩蜂蜜來；牠激動得渾身顫抖，兩行濁淚從眼眶裏漫流出來，顛顛地跑到布隆迪面前，伸出鼻尖就要去舔吻布隆迪的腳蹄。

按象群不成文的規矩，某象要投靠新群體，必須對象酋進行謁見儀式，一律用鼻尖舔吻；地位相當的，舔吻象酋的額頭；地位差一檔的，舔吻象酋的背脊；卑賤者，舔吻象酋的腳蹄。

癩皮不敢奢望舔象酋的背脊，只要讓牠舔著象酋的腳蹄，牠就心滿意足了。

布隆迪挪開了自己的前蹄，長鼻在空中彎了個圓，鼻尖指向自己的眉心；這個身體語言明確告訴癩皮，來吧，舔我的額頭。

癩皮怔怔地望著布隆迪，膝蓋一彎，撲通跪倒在地，長鼻左右摔打著自己的腦殼，嘴裏咿咿嗚嗚，唏唏噓噓，嘎嘎喔喔；這是象隆重的賭咒發誓，類似人類的歃血盟誓；癩皮泣不成聲的象的語言意譯成人類的語言，大意是這樣的：

王啊，您對我的恩情，比山重，比水深，比爹好，比娘親，我一定知恩圖報，肝腦塗地，碎屍萬段，在所不惜。

布隆迪雙目微閉，陶陶然一副恩公的面孔和表情，牠就是要對方感恩涕零。

癩皮抖抖索索爬將起來，小心翼翼地將鼻尖探向布隆迪的額頭。

那一邊，麥菲的肺都快氣炸了。洛亞象群又不是慈善機構，又不是養老院，幹嘛要弄個老廢物來養著？

更讓牠無法容忍的是，癩皮渾身是疥瘡，瞧一眼牠就噁心得想嘔吐，收留下來，天天見著，不就天天要嘔吐？永遠見著，不就永遠要嘔吐？這樣嘔吐下去，不把五臟六肺、腸腸肚肚全嘔出來才怪呢。

癩皮待在洛亞象群，大夥同吃同睡的，難免會把疥瘡傳染開；牠知道患疥瘡的苦頭，像有千萬隻螞蟻在身上爬，奇癢難受，食不知味，夜不能寐，只想在樹上蹭癢。假如聽任布隆迪胡來，留下癩皮，洛亞象群乾脆改名得了，改成疥瘡象群。

最叫牠無法理解的是，布隆迪還請癩皮舔吻自己的額頭，這意味著要把癩皮擢升爲與象酋共同掌管象群的夥伴，洛亞象群的第二號人物；這簡直是對包括牠麥菲在內的洛亞象群所有的象的人格的肆意踐踏和侮辱。這是無論如何也不行的。

癩皮的鼻尖眼看就要舔吻著布隆迪的額頭了，一旦完成謁見儀式，木已成舟，再糾正就困難了。說那遲，那時快，就在癩皮鼻尖快觸碰到布隆迪額頭的一瞬間，麥菲往前一躍，象牙格住癩皮的兩隻後蹄，猛扭脖頸；癩皮本來就衰老孱弱，昏聵顛倒，又沒防備，身體被騰空甩出一丈多遠，在草叢裏狼狽跌滾。

這真是大快象心，幾乎所有的雌象和小象都仰天翹鼻嗚嗚嗚哄笑起來。

布隆迪傻了眼，牠當象酋十幾年了，群內還從未有象敢這樣放肆地公開頂撞牠；這不是要造反嗎！牠真恨不得一鼻子把麥菲抽得像陀螺似地旋轉；可惜，牠沒有這麼大的神力。牠已經在雪背問題上栽了個筋斗，這次，牠無論如何也不能再讓步了。說到底，是牠布隆迪而不是麥菲當象酋，象酋象酋，群體之首，是絕對權威，掌握著洛亞象群的人事權，有權決定走誰留誰；即便癩皮真是豆腐渣，牠捧牠為一朵花，眾象也應該唯命是從，承認癩皮是一朵花，不然的話，這象酋還有什麼當頭。

牠怒從心底起，惡向膽邊生，撅著牙就朝麥菲撞去，牙和牙碰擊發出金屬般的脆響；麥菲並沒被嚇唬住，自己的牙齦倒被撞得生疼；要不，讓癩皮來幫忙吧，兩頭雄象對付一頭雌象，簡單，既可治治麥菲愛管閒事的毛病，又能造成收留癩皮當夥伴的既成事實，一箭雙雕，何樂不為。

牠扭頭尋找癩皮，突然像被兜頭澆了一盆雪水，全身涼透了；癩皮大概是被麥菲騰空一摔，摔得魂飛魄散了，瘸著一條腿，沒命地奔逃，慌裏慌張，活像條喪家犬。洛亞象群所有的雌象和小象都朝癩皮的背影噓起來，山坡上一片辛辣的噓聲。

布隆迪還有點不甘心，歐歐，想叫癩皮回來；我還沒取消收留你為夥伴的決定呢，你逃個屁呀逃！

癩皮像聾了似的，只顧逃命，連朝後瞅一眼都不敢，只恨爹娘少生了兩條腿。

真是一泡扶不起的臭狗屎。

唉，算啦，好雄不跟雌鬥，且饒麥菲一回。

十一、大權旁落

雌象尼娜要生產了，這在洛亞象群並不是什麼新鮮事，幾乎每年都有小象誕生，新生代謝，自然規律嘛。以往，哪頭雌象要臨盆了，會跑到牠布隆迪面前來，用長鼻撫摸自己隆起的肚皮，嗚嗚呀呀，訴說一番苦楚，以博取象酋的垂憐。

一般情況下，只要這頭雌象跟牠布隆迪沒有什麼過不去的地方，牠照例會指定一、兩頭有這方面經驗的母象去當接生婆，幫助那頭雌象分娩。擔當接生婆的母象陪伴在那頭雌象身邊，找個僻靜的角落權當產房，而牠布隆迪則帶領象群，該幹什麼還是幹什麼。

小象出世後，如果平安無事，雌象就會帶著自己的孩子，嗅著氣味尋著蹄印，來追趕象群。找到象群後，雌象就把剛出生的乳象領到牠布隆迪的面前，讓牠用鼻子在乳象的額頭上親吻一下，舉行一個簡單的認可儀式，事情就算全部結束。從此，那頭雌象就帶著那頭乳象和象群裏其他象一樣生活。

凡印度象群的象酋，都是這麼做的，習慣而成自然，所以，當雌象尼娜腹部一陣陣抽搐，跑到布隆迪面前嗚嗚哀叫時，布隆迪不假思索地抬起長鼻朝老母象貞貞和茱茱點了一下，鼻尖欽點，皇帝詔曰，妳們當接生婆，陪著尼娜去生孩子吧！

貞貞和茱茱一左一右陪伴著尼娜，就要往深箐裏走，突然，麥菲吼叫一聲，奔過去，用長鼻摟住尼娜的肩頭，不讓尼娜走。

這個好生事端的傢伙，又有什麼怪名堂了！布隆迪憂心忡忡地望著麥菲。

果然，麥菲扶著尼娜，來到牠站立的位置，呼呼，嘴裏吹著氣，用意很明顯，是要牠布隆迪挪出地方來。

此時此刻，布隆迪正站在山腳一片鳳尾竹林裏，腳踩厚厚的馬鹿草，頭頂綠油油的嫩竹葉，左邊是一條叮叮咚咚流淌的小溪，右邊是獨木成林的古榕樹；翠竹當牆，傘形的樹冠是綠色的穹窿；低頭可以吃青草，抬頭可以捲樹葉，溪水可以沐浴飲用，向前跨一步可享受明麗的陽光，向後退一步可鑽進乘涼的樹蔭，又有巨大的榕樹可以遮風擋雨，視野開闊，位置中心，是洛亞象群領地裏最好的一塊地方，牠把這塊風水寶地視爲皇宮，當作自己的統帥部，沒事的時候，就站在這裏棲息，望著散落在四周的臣民，享受權力的尊嚴和至高無上的榮耀。叫牠離開這裏，就等於要皇帝遷出皇宮，那怎麼行？

嗷嗷，嗷嗷。麥菲使勁用身體推搡牠，擠兌牠，要牠讓開。

——多理想的產房啊，讓寶寶在這裏降世吧！

誠然，無論從安全的角度，還是從舒適的角度，這裏都是最理想的產房，但是，能把皇宮做產房嗎？

布隆迪氣咻咻地打了個響鼻，擰著脖子不肯讓步。無奈麥菲的力氣比牠大，推推搡搡，擠擠兌兌，到底還是把牠給從皇宮傾軋出來了。

沒辦法，誰讓牠娶了這麼一位長著三尺寶牙的大力士妻子。

麥菲把身體臃腫、行動已經很困難的尼娜攙扶到柔軟厚實的草地上，長鼻子往上一撩，採擷幾片嫩竹葉，塞進尼娜的嘴，長鼻子往下一勾，拔起一蓬青草，又塞進尼娜的嘴去。

——吃吧，吃吧，吃飽了肚子，才有力氣把寶寶生出來！

貞貞、茱茱和其他幾頭老母象也都圍在孕象尼娜的身邊，有的用萬能的鼻子替牠摩挲痙攣的肚子，有的用鼻尖的指狀息肉輕輕替牠揩去眼淚和眵目糊，有的捲起一扇樹葉替牠驅趕成群嗡嗡飛舞的蒼蠅，有的用鼻勾吊起一串串晶亮的溪水，替牠澆在額頭上以緩解臨產前的陣痛……孕象尼娜儼然成了洛亞象群的中心。

布隆迪心裏極不是滋味。要是尼娜是牠寵愛的雌象，那倒還說得過去，可尼娜在洛亞象群從來是一頭不引「人」注目的普通雌象，有什麼資格享受中心地位？就因爲這頭雌象快要分娩了，就該一躍而成爲群體矚目的明星嗎？每頭雌象都要生小象，如果都像尼娜那樣到這塊風水寶地上來分娩，乾脆皇宮改名叫產院得了。

什麼叫象酋？象酋就是一群象的首腦、統帥、靈魂和中心。讓出皇宮，意味著被罷免被廢黜；中心轉移，意味著威信降低大權旁落。這是絕不允許發生的事情！布隆迪氣惱地打了個響鼻，不輕不重地朝尼娜吼了一聲，尼娜還算識相，聽到牠不滿的吼叫後，渾身顫抖了一下，驚恐地看了牠一眼，掙扎著要從皇宮出來。

出來吧，這叫識大體顧大局。

然而，麥菲又出來橫加干涉了，用鼻子攔住尼娜，非要讓牠待在皇宮裏不可。

這麥菲，如此踐踏象酋的尊嚴還嫌不夠，還採了一扇蒲葵，塞到牠布隆迪的鼻子裏，歐歐歐叫，好像在說，你閒站在那兒幹啥，來，幫幫忙，給尼娜搧搧涼，大熱天的，牠快熱死了。

要象酋當僕役，給一頭普通的孕象搧涼，虧妳也想得出來！布隆迪氣呼呼地把蒲葵甩進草叢，狠狠地瞪了麥菲一眼，歐——仰天大吼一聲，轉身往叢林裏走。

——走啊，我們到箐溝裏去採蘑菇吃！

牠不能傻待在這兒，繼續讓麥菲來戲弄踏褻自己。

麥菲怔怔地望著布隆迪，不明白自己做錯了什麼。在非洲的薩梅象群裏，哪頭雌象要分娩了，立刻就成爲整個象群的頭等大事，從老祖母梅蕊開始，所有的象眾星拱月般地圍著那頭孕象，好的青草、嫩的樹葉都先讓孕象吃飽，到河裏飲水沐浴，也總是讓孕象站在最上游，飲用未經污染的最乾淨的水，行進時，總會有兩頭年輕力壯的雌象護衛在孕象左右，以防身體笨重行動不便的孕象跌倒受傷。

到了孕象臨盆那一天，整個象群都動員起來，老祖母梅蕊親自給孕象找一個最安全最舒適的窩，全體雄象和雌象每個都摘一柄樹葉，四散開去，歐歐叫著，驅趕躲在樹林和草叢裏的爬蟲走獸，有的還捲起泥沙朝樹冠噴射，趕走不知趣的鳥，把喧鬧的樹林變成靜靜的產院。然後，所有的象在離產院幾百米遠的路口分頭把守，嚴防猛獸聞到血腥味後前來傷害剛出生的乳象。

在整個分娩過程中，最辛苦就是老祖母梅蕊了，自始至終陪伴在孕象身邊，如果孕象難產，牠就是最優秀的助產士，用鼻子把橫產的乳象拖出來，如果有食肉獸前來襲擾，牠就是英明果斷的指揮員，調度象群進行反擊。

乳象落地，剝掉胎衣後，最快也要在太陽底下靜靜地躺五個小時才能站起來吃奶走路。這五個小時，是象一生中最脆弱的時段，一隻狐狸都可以輕而易舉地來撕象肉吃。而剛產完乳象的母象，這時候疲憊地睡著了，老祖母梅蕊就寸步不離地守在乳象身邊，一隻蒼蠅也休想叮到乳象身上，一隻螞蟻也休想爬到乳象身上來。整整五個小時，老祖母梅蕊就這樣靜靜地站著，是名副其實的生命的守護神！

世界上，難道還有什麼比新生命的誕生更值得喜慶、更值得重視、更值得澆灌心血的事了嗎？牠麥菲不過是依樣畫葫蘆，學老祖母梅蕊的樣子在做而已。

再說布隆迪，吼了一聲，想帶領象群離去，但除了幾頭小公象，所有的雌象都像沒聽到似的毫無反應。牠不得不踅轉回來。

噯，妳們想造反還是怎麼著？

布隆迪肺快氣炸了，皇宮出讓，指揮失靈，發展下去會怎麼樣？

牠正想不顧一切地衝上去將尼娜、麥菲連同那些與麥菲一鼻孔出氣的那些個母象，每象五鼻子教訓一遍，然後統統趕走。就在這時，尼娜啊地慘叫了一聲，守候在尼娜身邊的老母象貞貞和茱茱手忙腳亂地給尼娜按摩。緊接著，飄來一股血腥味。哦，小象急不可耐地要出來了！

麥菲扔下布隆迪，轉身照料尼娜去了。尼娜是頭胎，又是難產，麥菲正在充當助產士的角色，萬能的鼻子當產鉗，幫助尼娜將乳象產下來。

唉，現在再發脾氣，去驅趕那些雌象，顯然是不合適了。皇宮已經變成產院了，這已成了無法更改的事實，布隆迪真的不知道自己現在該幹點什麼。

呦呦，嘶嘶。小象落地了，圍在四周的母象歡呼起來，有的使勁舞動長鼻，有的像跳舞似地扭了起來。

彩霞，彩霞！母象們望著天邊五彩朝霞，異口同聲地給那頭剛出生的小雌象起了個富有詩意的名字。

麥菲鼻子在空中一掃，制止了象們的喧嘩，然後，兩頭象一組，讓牠們東南西北四散開去，警戒站崗，保衛尼娜和那頭躺在地上的乳象。所有的象都愉快地服從著麥菲的調度，踏著碎步走遠了。

尼娜睏倦地睡著了，麥菲佇立在乳象身邊。沒誰來理睬布隆迪，牠好像被遺忘了。牠是象酋，洛亞象群的主子，任何時候、任何場合，都應當是群體的焦點、群體的中心，可現在，牠卻成了可有可無的角色！長此以往，如何得了！

牠用一種充滿仇恨的表情久久地望著麥菲。

第二天，當那頭乳象會走路後，尼娜遷出了那塊風水寶地，這塊地方又成了布隆迪的皇宮。表面看起來，像什麼事情也沒有發生過一樣，眾象照樣跟隨著布隆迪，布隆迪照樣是洛亞象群注目的焦點和圍繞的中心，但布隆迪對麥菲的恨意卻沒有隨之而消除。既然尼娜生小象時可以佔用牠的皇宮，那麼，其他母象分娩的話，也同樣可以佔用牠的皇宮。事情都是這樣的，有了第一次就有第二次。

不不，牠無論如何也不能讓這樣的事情再重複發生了！

十二、陰謀

一開始，布隆迪是很感激麥菲的，要是沒有麥菲，牠恐怕已被獵人擊碎頭顱，鋸掉象牙了；要是沒有麥菲，牠這頭被廢黜的象酋是不可能東山再起的。這種救命與再造之恩，將永遠銘記心底。可是，這種感激之情過了一段時間後，慢慢地變得寡淡稀薄了，似乎還變了味。

按印度象群的傳統，一頭好雌象，一個好妻子，應當把自己的前途、命運和生活都無條件地寄託在雄象身上；仰雄性鼻息，唯雄性是從；以雄象的意志爲意志，以雄象的好惡爲好惡，以雄象的心願爲心願。雌象與雄象的關係，好比綠葉與紅花的關係，好比星星與月亮的關係，好比彩霞與紅日的關係。

假如麥菲保持和發揚印度雌象那種令雄象賞心悅目的傳統美德，溫婉柔順，對雄性百般依從，布隆迪相信，自己的感情不但不會變質，不會寡淡，不會稀薄，反而會越來越濃烈。遺憾的是，麥菲似乎不知道什麼叫綠葉、什麼叫星星、什麼叫彩霞，配角常常演成主角，喧賓奪主，主意大得讓雄象不能不憤慨，與傳統美德相去甚遠。

在要不要驅逐雪背和是否收留癩皮的問題上，布隆迪猶如長鼻鑽進了兩隻老鼠似的不舒服。類似的事還在不斷發生。

那天下午，雌象們聚集在溪邊一片雜草叢中採食鮮嫩的水蕨芨，突然一匹膽大妄爲的雲豹竄出來，朝剛出生幾天的乳象彩霞撲去。象娘尼娜驚恐萬狀，許多雌象也都亂了方寸。

按習慣做法，布隆迪和另兩頭半大的雄象就在離雜草叢僅五十米的小樹林裏，雌象們應失聲尖叫，高呼救命，雄象在牠布隆迪的率領下，雄糾糾氣昂昂趕將過來，撅起象牙把雲豹擊敗或趕走。當雄象凱旋時，雌象當驚魂甫定，表現出一種要暈倒的嬌弱狀，更有效地襯托雄象的英武勇猛，給勝利添一圈美妙的花絮。

然而，麥菲卻還沒等其他雌象發出驚叫，便氣宇軒昂地撅著象牙朝雲豹奔去。

那匹雲豹本來就體態瘦小，衰老得連鬍鬚都焦黃曲捲，正由於年老體衰，逮不到麂子馬鹿這樣善於奔跑跳躍的動物，這才鋌而走險來襲擊動作蹣跚的乳象的。一匹雲豹當然不是一頭長著一副三尺長的寶牙的成年象的對手。結果，三下五除二，那匹老豹子額上掛彩逃跑了。

本來可以充分展示象酋風采、大出雄象風頭的機會，卻讓麥菲給攪和了。這真是大殺風景。

雄性的自尊心是很脆弱的，接二連三發生諸如此類不愉快的事，布隆迪對麥菲的感激之情便慢慢地被沖淡了。

還有讓布隆迪感到十分惱火的是，麥菲還很愛吃醋，不讓牠親近其他雌象。過去，在洛亞象群，凡牠布隆迪中意的雌象，一律都是妃子，牠是象酋，牠有這個特權。雌象們並沒什麼意見，習慣成自然嘛。而麥菲現在卻整天廝守在牠身邊，那副三尺長的寶牙，嚇退了那些想和牠布隆迪春風一度的雌象，也使得牠布隆迪尋花問柳前，不能不有所顧慮。

有一次，日落黃昏，布隆迪看見那頭名叫白尾的雌象單獨在小樹林裏徘徊，春天好時光，暖融融的草坪，和煦的春風，草絲拔節，貓叫春，狗踩背，正是萬物配對繁衍的好時機。布隆迪心也癢癢、情也切切，像被一根無形的繩牽住了鼻子，身不由己地朝白尾走去。

正當牠和白尾交頸纏綿之際，突然，麥菲氣沖沖跑過來，憤慨地大吼大叫，白尾瞄一眼麥菲那副三尺長的寶牙，渾身觳觫，飛也似地逃走了。布隆迪氣得差點吐血。

布隆迪曾經對麥菲那兩根三尺長的象牙十分讚賞；假如麥菲是頭土生土長沒有象牙的雌象，是無法挑開柔韌牢實的尼龍繩，把牠從捕獸網下救出來的，也不可能出奇制勝幫牠把篡權奪位的獨眼和獨牙擊敗的。但事過境遷，那兩根象牙已失去了作用，反而成爲多餘和累贅，成爲牠布隆迪一看見就煩惱和討厭的東西。

最要命的是，洛亞象群裏其他雌象好像挺羨慕麥菲那種雌性雄化、獨立無羈的特質，布隆迪親眼看見有兩頭雌象用鼻尖久久地摩挲麥菲那副寶牙，眼光中流露出欽慕與嫉妒的表情。

陰盛陽衰，乾坤倒掛；這樣下去，如何得了。

要是麥菲現在變成一頭沒有象牙的雌象，那該多好哇！可惜，那是不可能的。唉，要是突然發生一個偶然事故，麥菲不小心牙磕在堅硬的岩壁上折斷了，或者患一場病牙自動脫落了，倒也不錯。

當然，這只是想想而已。

十三、落入陷阱

如果不是因爲肚子裏懷了小寶貝，增加了身體的負重，使動作變得遲緩；如果不是因爲妊娠反應太大，想吃酸東西，跑去採擷掛在樹梢上的酸多依果，麥菲是不會掉進這該死的陷阱的。

挖陷阱捕捉活的動物，是當地獵人傳統的狩獵技藝。這是一個挖得很巧妙、僞裝得也十分巧妙的捕獸陷阱，位置極刁鑽，在一棵枝椏低垂的多依果樹背後，上面蓋著厚厚一層枯枝敗葉，還有幾坨乾結的牛糞，乍一看，似乎是塊牛踩踏過的牢靠的地面。

象的智商再高也敵不過人。

麥菲走在林間小道上，路過這裏時，微風送來一股淡淡的清香。象的嗅覺很靈，麥菲翹起盤在牙彎上的鼻子，翕動鼻端，很快聞出是酸多依果的味道。

酸多依果是一種味道極酸的野果子，妊娠期的雌象十分愛吃。麥菲喜出望外，便離開小道，岔進密匝匝的樹叢，沒走幾步，便看見了那棵枝繁葉茂的多依果樹。

這棵多依果樹樹幹很粗，矮胖矮胖，稀稀疏疏結著一些果子；六、七月間的多依果青翠的表皮已隱隱透露出一層成熟的枯黃。

開始，麥菲還十分小心，按象的習慣，凡進入陌生地界，兩隻眼睛便盯著地面，只要瞧見蛛絲馬跡的不正常，便會停步，一面走，還一面用鼻子敲打地面，唯恐遭遇不測。

牠一直走到樹下，也沒發現什麼危險。

牠的鼻子剛剛能勾到最下層枝椏上綴結的果子。牠把正面幾顆果子都採吃了，越吃越愛吃，便圍著樹慢慢旋轉，一路吃過去。牠吃得太高興了，忘了這是一塊未經象蹄踏勘過的陌生土地，應該不斷用鼻子敲打地面；牠的鼻子要採擷，嘴要嚼咬，眼睛還要在枝葉間搜尋篩選，委實忙不過來，無暇去顧及地面上的動靜。

事故就在完全沒有預料的情況下發生了。

牠望見一顆碩大澄黃的多依果，高高懸掛在一根橫丫上，便直立兩條後腿，兩條前腿騰空，身體呈四十五度豎起，總算把果子採下來了；牠的兩隻前蹄重重落回地面，突然，兩隻前蹄彷彿踩到雲霧上了，虛虛地往下墜，重心猛地前傾；當牠意識到危險，想收回兩條前腿，已來不及了，轟隆一聲巨響，整個身體不由自主地往下掉。

牠掉在一個陷阱裏，枯枝敗葉和泥沙蓋了牠一身。

開始，牠有一種絕望的恐怖感，但很快便鎮定下來。這口陷阱並不是專門用來捕捉大象的捕象陷阱；也就是說，這口陷阱對象來說，不算大也不算深。大概是用來捕捉麂子馬鹿的吧。洞約一丈長，一丈半深，剛剛容得下牠龐大的身體。

洞底也沒有蘸過見血封喉毒汁的竹籤，掉下去時，四條腿先著地，只是左前蹄扭了一下，有點疼，但並沒有傷著筋骨。最幸運的是，肚子沒有磕碰著，腹中的小寶貝安然無恙。

牠翹起長鼻，朝天發出一聲聲吼叫。坑壁筆陡，靠牠自己是爬不出去的；象蹄沒有尖爪，不像松鼠和靈貓，能在如此陡峭的坑壁上靈巧攀爬。牠要把布隆迪叫喚來，把洛亞象群叫喚來，幫助自己脫離險境。

牠接連不斷地吼叫著，呼救著。

幸虧象群離得並不遠，不一會，寂靜的林子裏傳來藤蔓被綳斷、樹枝被折斷的聲響。又過了一會，陷阱四周站滿了象。

麥菲抬頭望去，洞口那塊圓形的碧藍的天，映現出布隆迪、雪背、白尾等許多隻象的腦袋。麥菲一顆心落了地。

假如是麂子馬鹿山羊或白腳桿野牛掉落入這陷阱，是絕無生還的希望了。但象就不同，象能簡單地使用工具，能用靈巧的長鼻創造出奇蹟來；離多依果樹不遠有一片亂石灘，還有一片小樹林，只要象們用鼻子捲來石塊和小樹，順著坑壁溜進坑底，多辛苦幾趟，就會逐漸把陷阱墊高；好比水漲船高，牠就能慢慢從死亡陷阱裏升浮出來。

牠朝布隆迪輕柔地叫了一聲；哦，來吧，動鼻吧，也算是給你一個獻殷勤的機會。

布隆迪仍將頭伸在陷阱口，居高臨下望著牠，臉上的表情很奇怪，有幾分遺憾，也有幾分輕鬆，說不清是悲還是喜。

哦，這傢伙肯定是看我雖掉入陷阱，但有驚無險，所以不但不著急，還想跟我開個玩笑哩，麥菲想。

你不急，我更不急呢，反正我明白你的心思，即使赴湯蹈火，也會把我救出去的。再說，搬運石塊和小樹來填陷阱，談不上什麼赴湯蹈火的危險買賣，無非累累筋骨罷了。麥菲不再叫喚，閉目養神，誰不會開玩笑呀。

等了半晌，上面還沒動靜，麥菲忍不住重新睜開眼，抬頭望去，布隆迪仍站在陷阱邊，目不轉睛地望著牠。

這玩笑也開得太拙劣了，一點也不好玩。麥菲氣惱地從坑底捲起一粒小石子，輕輕彈射到布隆迪臉上；玩笑開夠了吧，該幹正經的了！

布隆迪如夢遊患者，兩隻眼睛像死魚般呆板，一副惘然若失的表情。

麥菲又添了氣惱。平時布隆迪挺聰明的，怎麼現在就不開竅了呢？搬運石頭和小樹來填陷阱，並非高妙絕倫、需要很高智商才能想得出來的主意；還傻等什麼，快快動鼻吧。

突然，布隆迪翹起長鼻，仰天長吼一聲；那聲音悲悲切切，淒淒慘慘，彷彿在哀嘆老天爺的冷酷無情。

麥菲忍不住打了個寒噤。這是怎麼回事，幹嘛要悲慟傷感得如同喪葬？或許這傢伙急昏了頭，急糊塗了，急癡呆了，急遲鈍了，一時間沒想起救牠的辦法。好吧，那就給牠個提示。

麥菲用鼻尖捲起一根小樹枝，輕輕往上一抬，樹枝抬出地面，又落回陷阱，牠一隻蹄子踩上去，脊背猛地聳動，身體朝上升浮起一截；唔，懂了吧，扔物填洞，越墊越高，救我出來。

這套身體語言清晰簡明，通俗易懂，再笨的象也該開竅了。布隆迪英俊的象臉上並沒有茅塞頓開的醒悟，也沒有轉憂爲喜的激動；牠照舊哭喪著臉，照舊木呆呆似乎遇到了不可抗拒的天災人禍。

麥菲失望極了。難道說，你的腦袋是榆木疙瘩做的？

又一件讓麥菲無法置信的事發生了。

布隆迪一掄鼻子，在樹上採了一隻多依果，扔進坑來。其他象見象酋如此動作，也依樣畫葫蘆，跟著動起來，有的採樹葉，有的採竹筍，有的摘芭蕉花，有的撕芭蕉芯，紛紛拋進陷阱。多依果、嫩樹葉、芭蕉花和芭蕉芯都是象喜愛的食物，看上去，這是象群對麥菲的關懷，可麥菲的心劇烈地搐縮起來，一種從未體驗過的恐怖感襲上心頭。

此情此景，似曾相識。即將臨終的老象滑下象塚後，象群也這樣往下拋撒食物的。

象的死亡風俗與叢林裏大多食草動物有所不同。其他種類的食草動物基本沒有喪葬習慣，因爲牠們面臨眾多的天敵，生存壓力巨大，極少有壽終正寢，一般在青壯年時期因身強體壯，頭腦靈活，反應敏捷，容易逃脫天敵的追捕，進入暮年後，體質弱了，頭腦木了，反應也遲鈍了，幾乎無一例外變成兇猛的食肉獸的腹中餐；對這些食草類動物來說，死亡即遇難，喪葬即被吃，無風俗可言。象就不同了，象成年後直到死，除了人類外，在這個蔚藍色的地球上幾乎沒有天敵，除了少部分雄象爲爭配偶、爭領地、自相殘殺，死於非命外，大多數象都能平安進入晚年，最後無疾而終。這就使得象與人類一樣，有了死亡風俗和喪葬文化。

象的喪葬頗爲奇特。不知是出於一種留戀故土的情結，還是出於一種對祖宗墳塚的敬畏，抑或出於一種不願曝屍荒野、被輕薄的人類剝皮割牙、被可惡的鬣狗撕扯得七零八碎，不願被同伴看到死神降臨時的淒涼與痛苦，象養成了一種十分獨特的習俗，即在臨死前半個月，就前往象塚待斃。

每個象群都有自己的傳統象塚，祖祖輩輩都在一個象塚裏。象塚或者是地震留下的深坑，或者是寬寬的雨裂溝，在人跡杳然的深山密林，遙遠而神秘。得到死亡預感的老象一旦下到象塚裏，不可能再攀爬出來。送葬的象們便從四周的樹林裏採擷一些食物，扔進象塚，實行一種奇特的象道主義，給待斃的老象留數日口糧，不至於馬上變成一具餓殍。

麥菲覺得眼前的情景，就好像是在為一頭滑進象塚的老象在送最後的晚餐。

不不！這一定是搞錯了。麥菲心急如焚，衝著布隆迪憤憤地吼了一聲：發豬瘟的，怎麼關鍵時候就長了隻豬腦袋？你要看清楚，我並沒有陷落絕境，你作為象酋，是有能力把我從這該死的陷阱裏救出去的！

布隆迪彷彿沒長耳朵，眼神呆滯，只管站在陷阱邊默立致哀。

我不需要什麼哀悼，這簡直是在胡鬧嘛！

象酋沒採取拯救措施，其他象當然也就不敢違背象酋的意志。各類品種不同的食物紛紛被拋灑進坑內。

麥菲張嘴想繼續朝布隆迪發出提醒式的吼叫，突然，牠看見布隆迪那輪分明肉感很強的嘴角邊，泛起一絲不易覺察的褶皺。這無疑是一種得意的表情，一種奸計得逞後的微笑。

麥菲只覺得兩眼發黑，金星亂跳，整個身體像被踩破的豬尿泡，軟癟癟萎縮下去。牠站不穩，咕咚跌跪在地。

牠什麼都明白了，絕非布隆迪急火攻心、犯了糊塗，想不出拯救牠的辦法，也絕非象酋長著豬腦袋智商偏低，而是要借這個機會，置牠於死地。

這是典型的見死不救。不，這是典型的落井下石。

麥菲震驚得快暈死了。牠一直以為自己和布隆迪是患難夫妻，是生死之交，是珠聯璧合。沒想

到，自己一腔深情竟供在臭狗屎上；還以爲愛情是朵鮮花，卻不料是條毛毛蟲。天底下竟然有這樣的混蛋，見妻子掉入陷阱能救不救，反而落井下石的。牠在布隆迪身邊生活了一年多，竟然絲毫沒有察覺到布隆迪的蛇蠍心腸。牠覺得自己簡直是天字第一號傻瓜。

看來，布隆迪想擺脫牠、除掉牠的念頭　非現在才有，而是蓄謀已久，只是苦於沒找到機會罷了。

牠憤懣，悲傷，欲哭無淚；哀莫大於心死，天哪，這世界上到底還有沒有公理，有沒有真情？捫心自問，假如現在位置倒錯，牠站在土坑上，布隆迪掉落陷阱裏，牠絕不會有半點遲疑，半點猶豫，立即會驅使眾象搬運石塊和小樹，把布隆迪救出來的。哪怕布隆迪是掉在巨大的捕象陷阱裏，牠麥菲也不會放棄拯救的努力；有一線生的希望，牠都會竭盡全力去爭取的。夫妻之間，生死與共，哪能眼睜睜看著對方遭殃而袖鼻（手）不管呢。退一萬步說，要是真的沒辦法救了，牠麥菲也會帶著象群在陷阱邊安營紮寨，守候到對方在陷阱裏咽下最後一口氣。

就算拋開感情不說，欠帳還債總是天經地義的事吧；是牠麥菲把牠布隆迪從獵人的捕獸網下救了出來，是牠麥菲幫助牠布隆迪重新登上象酋寶座，現在救還一次，也是完全應該的。

牠實在想不通，布隆迪爲什麼要借機除掉牠。

牠真想晴朗的天空滾下一個桔紅色的球狀閃電來，把陰險毒辣的布隆迪擊下陷阱，讓牠也嚐嚐在困境中得不到援救的痛苦。

布隆迪翹起長鼻，柔軟的鼻尖在空中掄了個鞭花，所有的象便不再採擷食物，都慢慢地向陷阱圍攏來，以陷阱爲軸心，密匝匝圍了幾圈。

布隆迪神情淒然，用喑啞的嗓子長吼了一聲。所有的象都跟著齊聲長吼。

這好比人類在遺體前宣讀冗長的悼詞。

麥菲不寒而慄，也不知從那裏來的力氣，一個躍動從地上爬了起來；牠不能無所作爲地接受悼詞。牠不想死，牠也完全可以不死。牠要設法讓布隆迪回心轉意。牠在緊急關頭冒出一個靈感，一個或許能讓布隆迪重新考慮是否該救牠的靈感。

牠兩條前腿騰空，兩條後腿直立，亮出自己的腹部，肚皮圓鼓鼓像隻球，裏面有生命在蠕動。牠肚子裏孕育著一個嶄新的生命。

過去，牠認爲這是牠和布隆迪愛情的結晶，現在才弄明白，不過是貌合神離的產物。愛情的結晶也罷，貌合神離的產物也罷，有一點是肯定的，牠肚子裏正在蠕動的小寶貝是布隆迪的種，是布隆迪的親骨肉。象社會雖然沒有父親的概念，但血緣相襲的親情還是存在的。

牠朝高高在上的布隆迪顛動圓鼓鼓的肚皮，瞧瞧，你不爲我著想，你總該爲你自己的親骨肉想想吧；你不願救我，總該救救自己的親骨肉吧。

牠發現，布隆迪朝下凝望的那雙陰沈的眼睛裏，閃過一道不易覺察的哀痛，龐大的身體似乎被電擊般微微顫慄了一下。

總算天良還沒喪盡，看來事情會有新的轉機。麥菲更加起勁、更加柔順、更加嫵媚、更加用心良苦地一次次踮腳直立，搖晃那圓鼓鼓的肚皮。

救了我，其實也就是救了你自己的親骨肉。

麥菲發現，牠每一次踮腳挺肚，布隆迪那根長鼻便神經質地彈跳幾下，眼裏便泛起一片淚光；

四隻象蹄煩燥地舉起來又踩下去，心緒紊亂，已無法保持鎮定。看來，這一招還是挺靈驗的；布隆迪扭曲的靈魂歹毒的心腸、沈睡的天良，將很快甦醒。

還欠點火候，還須繼續表演挺肚皮舞。

不妨表演得更藝術些。牠在後腿直立的同時，長鼻下勾，鼻尖在自己隆起的腹部摩挲了兩下；深情的舔，溫馨的吻，希冀能啓動布隆迪麻木不仁的心靈。

在牠用鼻尖摩挲腹部時，兩支象牙和一縷陽光碰撞，閃跳起一道銳利刺目的光。

真正是適得其反。布隆迪眼睛裏那點淒涼那點傷感遽然消失，冷峻代替了恍惚，狠毒代替了軟弱，長鼻在地面大幅度擺甩了數下，像在甩落一種名叫「黏娘娘」的討厭的草籽。然後，粗壯的腰沈沈地一扭，就想開溜。

葬禮結束，悼詞也念畢，該拜拜了。

象群一旦離去，就等於把牠麥菲給活葬了。牠撕心裂肺般地吼起來：

布隆迪，你不能走，你不能走啊！

布隆迪停頓了一下，眨巴著眼睛，滾出一串淚；淚水漫過眼瞼，漫過鼻翼，滴下陷阱，滴進麥菲的嘴唇，鹹津津的。

但流淚歸流淚，走歸走。布隆迪長鼻一揮，象群很有次序地開始撤離陷阱。

麥菲狂暴地長吼亂叫，試圖尋找那顆失落的心，然而，布隆迪沒再理睬牠，也再沒回轉來。

象群走遠了，密林一片沈寂。

十四、麥菲脫險

整整一個白天，麥菲跪臥在陷阱裏，沒吃一點東西。雖然滿坑都是可口的食物，但牠沒有食欲；氣都氣飽了，還能吃什麼？再說，牠也不想延長活受罪的時間，注定要死，還不如早死；吃了東西，活又活不成，死又不能速死，那滋味肯定更不好受。只求死神快快降臨。

日落日出，牠餓了一天一夜，卻並沒斷氣。牠本來就身強體壯，既沒患病，也沒衰老，要死還不是那麼容易的事。倒是肚子越餓越難受，胃囊一陣陣痙攣。

這麼活受罪幹嘛呢，牠想，不吃白不吃，當飽死鬼總比當餓死鬼強，吃！吃飽了肚子再說。牠開始大口吞嚼堆積在身邊的食物。肚子一塡飽，想死的念頭就更淡了。腹中的小寶貝不時地蠕動著，求生的願望也就越來越強烈。

牠幹嘛要白白等死？牠想，牠應當設法從這死亡的陷阱裏脫生，找忘恩負義的布隆迪算帳，一肚子窩囊氣不能爛在這陷阱裏。

牠仔細察看陷阱，雖然離地面不算太高，但坑壁陡峭，象笨重的身體是無法攀爬上去的。唯一可能的求生方法，就是發揮象力大無窮的優勢，搗毀這陷阱。

這方法雖說很笨，卻適合象來幹。牠試著用象牙在坑壁上掘了一下，土坷垃唏哩嘩啦往下掉。牠心頭一喜，看來，這兒土質鬆軟，屬沙性土壤；天乾物燥，土層龜裂，不難挖掘。倘若換頭印度雌象掉入陷阱，土質再鬆軟，也休想逃生，印度雌象不長象牙，也就沒有挖掘工具，用鼻抽，用腳踢，用頭撞，都無濟於事的。可麥菲就不同了，牠是長象牙的非洲雌象，三尺長的寶牙是鋒利的挖掘工具。

牠挑了一面土質最鬆軟的坑壁，用力挖掘起來。兩支象牙就像挖土機，挖了兩個多時辰，坑壁被攔腰挖出個大洞，坍塌的沙土在坑底形成一塊斜坡。牠又踩著斜坡往高處挖。

天快黑時，挖著挖著，突然遇到一塊埋在土裏的大石頭，象牙再鋒利，也無法將大石頭撬動。前功盡棄，牠又氣又累，沮喪極了；算栽了，不挖了。重選坑面，萬一再遇到大石頭，豈不又要白白辛苦一場；辛苦死，還不如安樂死呢。牠躺在坑底，萬念俱灰。

啓明星升起來了，亮得就像一隻眼；不，啓明星就是老天爺的眼睛；那隻寒光四射的眼眨巴著，冷冷地凝望著牠，在嘲笑牠的無能，在指責牠的軟弱。肚子裏的小寶貝大概也被那隻天眼看醒，淘氣地動彈著。

牠怎能無所作爲地白白等死？牠有權糟蹋自己的生命，但無權輕賤肚子裏小寶貝的生命，哪怕只剩半絲生的希望，牠都應該全力以赴，讓希望變成現實。牠一躍爬起來，換了個方向，繼續挖掘。餓了，啃幾口竹葉，渴了，舔舔露珠。第三天中午，牠終於在陷阱裏挖出一道斜斜的甬道，掙扎著爬了出來。

一出陷阱，牠累得渾身像散了骨架，口吐白沫，癱倒在地，一直躺到月上樹梢，這才算恢復了點力氣，搖搖晃晃順著草地上的象蹄印去追趕洛亞象群。

十五、結束苦難

麥菲是憋著一口惡氣追趕洛亞象群的。牠要弄明白，自己純潔的情感爲何會換來歹毒的陷害，牠要向布隆迪討還公道，牠要復仇，牠要申冤，牠要同布隆迪拚個你死我活；既然反目成仇了，那就索性來它個玉石俱焚。

很快，牠就在黃竹林裏見到了洛亞象群。

牠見到的情景讓牠感覺極不舒服。布隆迪精神抖擻，神采飛揚，獨自佇立在一座隆起的小土坡上；布隆迪本來就身軀魁偉，站在高處，益發顯得氣宇軒昂。雌象和小象們則嫺靜地站在地勢較低的兩側，低眉順眼，極像一片片綠葉，襯托著布隆迪這朵孤傲的紅花。

不時地有一頭雌象撒著嬌跑上小土坡，用鼻尖替布隆迪驅趕營營嗡嗡的蒼蠅與牛虻，或者撮起泥沙揚在布隆迪身上，殷勤地爲象酋泥浴。布隆迪則凝然不動，驕傲得像尊神。

印度雌象的溫婉柔順，是牠麥菲望塵莫及的。

最讓麥菲覺得刺眼的是，布隆迪左後側，平時牠麥菲站的位置上，站著牠十分厭惡的癩皮；而那頭英俊的小雄象雪背則看不見了。毫無疑問，布隆迪趁牠掉落陷阱的機會，反攻倒算，把被牠麥菲趕走的癩皮重新請了回來，把上次未能趕走的雪背重新趕走了。

麥菲徹底醒悟了，布隆迪爲何如此歹毒，對牠見死不救，是討厭牠多管閒事，是討厭牠主持公道和正義，是討厭牠不能像印度雌象那樣逆來順受，一句話，是討厭牠那兩根象徵著力量能與雄象媲美匹敵的象牙。

天哪，好心全被當作了驢肝肺！老天有眼，牠麥菲驅趕癩皮也好，庇護雪背也好，都是爲洛亞象群的整體利益著想，絕沒有要貶低布隆迪的意思。想不到雄性的心胸會如此狹隘。

布隆迪聽到動靜，從小土坡上奔下來，見到麥菲，眼光驚詫而迷惘。

你想不到我還會活著從陷阱裏逃出來吧！

布隆迪眼睛裏沒有絲毫慚愧與內疚，相反，卻有無限仇恨；牠撅著兩支象牙，攔住麥菲的去路，很明顯，是想來番廝鬥。

麥菲真恨不得能用象牙將布隆迪挑個透心涼，來牠個白牙進紅牙出的。牠低吼一聲，雙腿微微彎曲，準備竭盡全力朝對方衝刺。牠雖然沒有把握能一下子把布隆迪刺倒在地，但牠絕不會輕易輸給布隆迪的。牠身體健壯高大，不比布隆迪遜色；牠的兩支象牙長達三尺，比布隆迪更長、更粗、更尖利，占著優勢，拼它個魚死網破、同歸於盡是沒問題的。

讓負心郎自食惡果！

就在牠要向布隆迪猛烈衝刺的一瞬間，突然，腹中的胎兒抽搐了一下，牠驀地一驚，那復仇的衝動雪崩似地消散了。自己死尚不足惜，腹中的小寶貝不能死。牠與布隆迪拼個你死我活又有什麼實際意義呢？出口惡氣而已。

佛爭一炷香，人爭一口氣，象卻不同，象的最高原則卻是生存，是活下去。與布隆迪惡鬥一場，即使能取勝，把布隆迪捅死或打殘廢了，牠自己也不可能安然無恙。瞧，老公象癩皮顛顛地繞到牠背後來了，牠一個對兩個，腹背受敵，就算能僥倖獲勝，十有八九自己也會送命，起碼會身負重傷，必然會傷及肚子裏的寶貝。

罷罷罷，就忍下這口氣算啦。

麥菲恢復了嫻靜佇立的常態。牠慢悠悠地晃了晃身子，表示想和解。過去的事情就讓它過去吧，牠想歸隊，重新回到洛亞象群。

布隆迪卻仍不依不饒地攔在牠面前，兩支象牙仍撅得筆直，那模樣，再蠢的象也看得出來，是把麥菲視作異己，要趕牠走。

麥菲心裏很清楚，自己嘴裏只要仍長著鋒利的發達的象牙，象酋布隆迪是不會再容許牠皈依洛亞象群的了。

對人來說，女子無才便是德；對象來說，雌象無牙便是德。

擺在麥菲面前有兩種選擇，要麼扭頭離去，走出洛亞象群的領地，成爲浪跡天涯的孤象；不向世俗低頭，不向傳統屈服，頑強地保存自己那對漂亮的象牙，保持「象」的獨立無羈的品性。要麼設法去掉那對惹布隆迪討厭的象牙，入鄉隨俗，使自己也變成不長象牙的印度雌象。

假如選擇前者，雖然保住了尊嚴，然而，牠很快就會面臨分娩與育兒的艱辛。就算牠是順產，不用別的象幫忙就可以把小寶貝平安生下來，但要獨自把乳象撫養長大也非易事。細皮嫩肉的乳象是虎豹豺狼覬覦的美食，生活在群體中間，存活率也只有百分之七十左右，要讓一頭雌象單獨撫養，恐怕只有百分之三十的希望能活下來。

不錯，牠有健壯的體魄，有鋒利的象牙，但是，畢竟勢單力薄，沒有依傍，沒有靠山，產後虛弱，很難萬無一失地保護自己的小寶貝。再說，牠也無法在短時間內尋找到一塊既遠離人類，又食物充盈，又沒有其他象佔據的領地。顛沛流離的苦楚牠早就嚐夠了。牠希望自己肚子裏的小寶貝一出世就有個安定的環境，有個和睦的大家庭。對雌性動物來說，後代的利益高於一切。

爲了未出世的小寶貝，牠情願自己受苦受難受罪受委屈，哪怕進煉獄！

布隆迪一步步朝牠逼近，滿臉殺氣，眼睛閃爍著狠毒的光。

麥菲曾見離黃竹林不遠的地方，有一塊隆出地面約有四米高的巨石，石面光滑，一道道橫稜清

晰可見，是質地十分堅硬的花崗岩。牠斜竄過去，撅起象牙，朝巨石猛力撞去；喀嚓一聲響，牠只覺得腦袋一陣暈眩，嘴裏一陣巨痛，兩根象牙被連根撞斷了，巨石震得微微發抖。大團大團的血沫從牠嘴腔裏噴湧而出。

整個象群都被牠瘋狂的舉動驚呆了，圍攏來，神情莊嚴肅穆，像在舉行什麼儀式。

布隆迪眼裏的敵意頓時消失，變得溫柔而有情，很快從灌木林裏採來一把具有止血鎮痛療效的金盞草，小心翼翼地塞進麥菲的嘴。麥菲咀嚼著藥草，嘴腔裏刺心的疼痛才稍稍得以緩解。

說也奇怪，兩支象牙撞斷後，霎時間，麥菲魁偉健壯的身軀萎縮了整整一圈，英武的神態冰消雪融，除了毛色還有些微差異外，幾乎與土生土長的印度雌象沒什麼兩樣了。

牠已經是沒有象牙的雌象了，牠已經向世俗低頭屈服，牠已經與傳統同流合污，牠已經沒有什麼特殊的東西招別的象怨恨了。

一切苦難的淵源，就是那兩支潔白鋒利的象牙，象牙已斷，苦難也就可以自動結束了吧！

布隆迪走過來，親暱地用鼻尖摩挲牠的脊背，哦，象會同意牠皈依洛亞象群了。牠心裏說不清是悲還是喜。

象塚

巴婭走到牠身旁，撲通一聲跪了下來，溫熱的身體緊緊貼著牠。太陽伸出千百隻金手臂，把霧撒碎了。陽光溫柔地照亮了牠們寬闊的額頭。兩條長鼻久久地纏綿在一起。

幾隻禿鷲在高空盤旋，黑色的翅膀撲搧著，不耐煩地囂叫著，投下一塊塊巨大的死亡的陰影。

一、面對死亡

牠佇立在危崖上，揚起長鼻，悲憤地吼叫一聲。巨大的聲浪像股龍捲風拔地而起。頭頂茂密的枝葉本來像綠色的穹窿，遮斷了光線，這時突然被聲浪衝開個口子，明媚的陽光泄下來，陰暗的樹林霎時間變得亮堂堂，樹葉像密集的雨點灑落下來。

牠面前是個巨大的深坑，坑底被雨水漚黑的落葉和腐草間，鋪著一具具大象的殘骸。牠們的皮肉和內臟也許是腐爛了，也許是被禿鷲或烏鴉啄光了，也許被蟻群吞噬了，只剩下球形的髓髏和灰白的骨架。

坑內瀰漫著一股死亡的氣息。只有上百條珍貴的象牙仍然潔白，在陽光下泛著迷人的光澤。毫無疑問，討厭的獵人還沒發現這塊神秘的象塚，不然的話，這些象牙早就被掠奪光了。這要感謝四周密不透風的葛藤荊棘，猶如一道道天然的屏障，隔斷了人的蹤跡。

這是地震形成的凹陷，大地的一塊傷疤，從亙古時代起，就成爲西雙版納邦嘎山上這群野象天然的墳塚。牠們嚴格遵循祖宗遺傳的獨特的習性，除非意外暴死，絕不肯隨隨便便倒斃在荒野的；只要預感到死神迫近，無論路途有多麼遙遠，老象也要趕到這兒來咽下最後一口氣。神聖的象塚是牠們永恆的歸宿。

過去，牠茨甫率領著象群，好幾次伴送臨終前的老象到這兒來。今天，終於輪到牠自己了。

大象和一切生物一樣，也留戀生命。牠站在坑沿的危崖上，猶豫著。坑內兩丈多深，四周石岩陡立，只有靈巧的猿猴或岩羊才能攀援而上，身軀笨重的大象只要下去了，就再也不可能活著出來。要是牠是自然衰老，牠會心甘情願跳下坑去的。

連飛鳥都逃得無影無蹤了，森林裏一片死寂。牠不用回頭都曉得，身後樹林裏五十多頭大大小小的象正注視著牠，等著爲牠舉行隆重的葬禮。誰也沒有逼牠到這裏來。是牠自己當眾宣布得到了死亡的預感。牠不能再猶豫了，猶豫意味著對死亡的恐懼，會被恥笑的。此刻，是牠最後一次表現頭象英勇無畏氣概的機會了。

牠舉起兩條前腿，小心翼翼地踏上坑內石壁，然後慢慢將沈重的身軀往前傾斜，轟地一聲巨響，牠滑到了坑底；坑沿紅色的沙土被牠龐大的身體拽進坑去，像條金色的瀑布掛在黛青色的石壁上，塵埃飛瀉，久久不息。

前幾天剛落過一場大雨，坑底潮濕泥濘，有股刺鼻的霉味。牠踩著沒膝的泥漿，艱難地走到土坑中央，用鼻子挪開祖先的殘骸，清掃出一塊空地，然後面朝著大陽升起的地方，撲通一聲跪下去，閉上眼睛。

一根嫩竹，連同翠綠的竹葉從坑上扔下來，落在牠鼻子前。接著，又有許多美味的竹筍、雞嗉果、椿樹葉紛紛揚揚落到牠的周圍。牠曉得，這是象群按照古老的規矩，在給牠採擷足夠牠吃十天半月的食物。牠們不會讓牠在坑裏活活餓死。一般來講，這些食物是能維持到死神來臨的。

這確實是很別緻的象道主義精神。

牠抬起頭來，想給牠熟悉的象群投去一個感激的眼光。正巧，隆卡剛好捲著一隻蜂窩，出現在坑沿。四目碰撞，牠的心頓時涼成冰塊。要是沒有隆卡這傢伙蠻橫地奪走了牠的王位。牠相信，自己不會這麼早就得到死訊的。雖然牠已活了六十個春秋，漸入老境，但亞洲象的壽命有高達八十歲的。牠是被氣死的，被痛苦折磨死的。

瞧，隆卡這傢伙的眼光，透射出驕傲和得意，蒲扇似的耳朵也在幸災樂禍地搧動。這傢伙當然要得意，年輕輕就登上了頭象的寶座。牠怒視著隆卡，隆卡卻並不在意，長鼻一甩，椰子形狀的蜂窩滾到牠嘴前，黃澄澄的蜂蜜漫流出來，飄起一股罌粟花的清香。牠舔了舔，卻品出無限的苦澀味。

臭水塘小得可憐，而且呈葫蘆狀，嵌在山谷林立的岩石間，狹長的進口每次只容得下一頭大象進去喝鹽鹼水。誰都想往前擠，以補充體內大量消耗的鹽份。牠威嚴地呵斥了一聲，混亂的象群平靜下來，閃出一條走道。

牠茨甫是頭象，按照以往的規矩，牠先進去喝個飽，然後守在進口處，乳象、母象第二輪喝，末尾才輪到成年公象。大象的社會也很講究秩序的。牠從容不迫地行使著頭象的權利和義務。

臭水塘含有濃重的鹽鹼，水面白晃晃，好似漂著一層冰霜。牠剛把鼻子探進水，才嗅到那股親切的鹽味，突然，屁股上被狠狠抽了一長鼻，火辣辣疼。

牠驚訝地回身一望，是隆卡，正撅著長牙怒視著牠。牠心裏很清楚，這一挑釁行爲，具有犯上作亂的性質，揭開了又一次爭奪王位的序幕。牠噴出一口粗氣，跟著隆卡跑到一塊空曠的草地上。

象群閃進旁邊的樹林裏，乳象嚇得鑽到母象腹下。

牠心裏混雜著憤慨與悲哀兩種情緒。對爭奪王位，牠並不感到驚奇。象群中的王位既不是終身制，也不懂得禪讓，更不會搞什麼世襲。牠們遵循著野蠻的叢林法則，弱肉強食，憑聰慧的頭腦和健壯的體魄奪取頭象的地位。牠茨甫已在王位上煊赫了二十多年，經歷了多少風風雨雨，幾乎每隔一兩年就會碰上一個覬覦王位的傢伙。過去每逢這樣嚴峻的時刻，牠心裏只有一種情緒：憤慨。

現在牠悲哀，是因爲牠絕沒有想到隆卡會來和牠爭奪王位。在所有的年輕公象中，牠最喜歡隆卡。也許隆卡與牠有著父子血緣關係。不過，野象社會裏是沒有父親這個概念的，當然也不可能有什麼父愛的天性。但牠確確實實對隆卡有一種特殊的感情，這種感情早在二十多年前隆卡出生的第一天就滋生起來了。

那天，母象巴婭腆著大肚子走在象群的最後面。牠茨甫忠誠地守護在巴婭身旁。巴婭懷孕已達二十二個月，就要分娩了。黃昏，來到一棵古榕樹下，突然就發現巴婭的身體奇怪地抽搐了一陣，乳象粉紅色的腦袋已從母親體內鑽了出來，只要巴婭再用點力，一個新的生命就完美地誕生了。

這時，巴婭的力氣已經耗盡了，虛汗淋淋，搖搖晃晃，連站都站不穩，那條長鼻耷拉在地，痛苦地呻吟著。牠眼看巴婭快支持不住了，就用自己靈敏的長鼻輕輕勾住乳象的脖頸，用力一拉，乳象平安降世了。

大象天生是世界第一流的、絕妙的助產士。

巴婭虛弱地靠在榕樹上喘息。牠茨甫得意極了，讓乳象騎在自己的鼻端，小傢伙像叫松鼠似的吱吱亂叫，豬嘴似的可憐的短鼻和柔嫩的蹄子頑皮地在牠鼻子上亂搔，癢酥癢酥的，突然間，牠心裏湧起一股無端的柔情，一陣奇異的快感，一種從未體驗過的喜悅。牠用長鼻，用耳朵，用舌頭，盡情撫愛著乳象，直到巴婭憤怒而又委屈地吼叫起來，牠才把乳象送到媽媽的腹下去吮奶……

這頭乳象就是隆卡。

牠偏愛隆卡，還有一個十分重要的原因，是牠特別喜歡巴婭。而隆卡是巴婭的寶貝。

怪不得牠會悲哀。牠恨不得即刻將隆卡挑翻在地。但牠畢竟是個久經沙場的老公象了，懂得搏

鬥中最重要的是要保持沈著。牠和隆卡長牙對著長牙，在草地上兜著圈。牠瞇起眼睛，冷靜地打量著對方。

難怪隆卡敢跳出來和牠爭奪王位，這傢伙長得小山似地壯實，瓦灰色的皮膚上泛著油光——這是青春期公象特有的標誌。而牠自己，皮膚乾燥皸裂了，上了年紀的老公象都是這樣的。隆卡那副象牙，也長得挺帥，如同彎月那樣又尖又亮；而牠自己的長牙由於幾十年來掘土覓食，和熊虎格鬥，鋒利的牙尖早磨禿了，左牙還斷了很長一截。牠是在用一根半老牙對付兩根新牙啊。毫無疑問，對方占著極大的優勢。

怪誰呢？只能怪自己心慈手軟，太愚蠢了。

一般來講，公象長到二十歲左右，開始發育成熟時，頭象便要用武力把牠們驅趕出象群；特別是對那些體格超群的傢伙，更要毫不留情地趕出領地，讓牠們成爲天涯盡頭孤獨的流浪漢。隆卡長得這樣俊美，早就是牠潛在的威脅了，但牠總捨不得趕牠走。牠不忍心去傷巴婭的心。再說，隆卡一直對牠必恭必敬，遇上虎豹這樣的天敵，隆卡總是寸步不離地跟在牠身旁。牠一直把隆卡看作自己忠實的助手。

牠太善良了，在熱帶叢林野蠻的動物世界中，善良是要受到懲罰的。

現在，後悔也晚了，牠面臨挑戰，牠只有兩種選擇，要麼逃之夭夭，自動放棄頭象的寶座，要麼決一死戰。牠寧可倒在血泊中。

不，牠要讓隆卡倒在血泊中。牠已瞧出隆卡的弱點來，求勝心切，冒冒失失，是個魯莽的缺乏實戰經驗的傢伙。牠突然間充滿了信心，自己能贏得這場衛冕之戰的。

果然，隆卡沈不住氣，搶先發起攻擊，蹦跳著，用長牙朝牠胸部刺來。

牠扭身避開了。

隆卡一定以爲牠膽怯了，攻得更急，長牙連連刺擊，鼻子呼呼掄打，嘴裏還發出惡狠狠的吼叫，毫無意義地耗費大量體力。

牠不還擊，一味地退讓著。

隆卡終於累了，寬闊的嘴巴裏噴著唾沫星子，站在草地上歇氣。

牠絕不會讓隆卡有機會養精蓄銳的。牠突然朝前一跳，掄起長鼻，啪地一聲重重抽在隆卡的耳根上。牠隨即跳開了。

隆卡被激怒了，眼睛裏透著殺機，瘋狂地朝牠撲來。

牠畢竟老了，動作沒有過去年輕時那麼靈巧，有幾次躲慢了半步，隆卡鋒利的長牙劃破了牠的下顎和頸項，殷紅的鮮血滴滴嗒嗒濺落在綠茵茵的草地上。牠仍不還擊，繼續耐心地等待著。

這場惡戰，從日頭當頂一直持續到日落。隆卡攻擊的速度越來越慢，腳步也變得踉踉蹌蹌。長鼻子剛才還硬得像根鐵棒，現在已軟得像根藤條。

象群散落在四周的樹叢裏，靜靜地觀看著這場爭奪王位的搏殺。

是時候了。牠慢慢把隆卡引到一棵高大的菩提樹前，當隆卡再次撅著長牙筆直朝牠刺來時，牠敏捷地一跳，閃過鋒芒，突然一轉身，踩到隆卡左側。

隆卡想扭轉身來，但已來不及了，右側那棵菩提樹擋住了退路，整個左腹全暴露在牠面前。牠撅起那副長短不齊的象牙，朝隆卡腹部刺去；牠把壓抑著的憤慨與悲哀，全凝聚在這一擊上，速度快得連自己都感到驚奇。

牠的牙尖已觸到隆卡汗浸浸的皮膚，就在這一瞬間，牠彷彿看到了巴婭艾怨的目光。牠這兇猛的一擊，毫無疑問是致命的，隆卡即使不立刻被挑破心臟死去，也一定會終身殘疾，成爲一頭廢物。

不過，牠僅僅猶豫了半秒鐘。隆卡是自作自受，牠今天不把這傢伙置於死地，還有幾頭成年公象說不定就會跟著蠢蠢欲動。牠必須殺一儆百。復仇的火焰，嗜血的衝動，想要保住王位的原始欲望，使得牠不顧一切，悶著頭朝隆卡柔軟的腹部狠狠刺去……

二、背叛

深坑裏的食物已堆成兩尺厚。隆卡神氣地吼叫一聲，立刻，象群乖乖地排起長隊，順時鐘方向繞著深坑轉圈。所有象都垂著長鼻，低著腦袋，耷拉著耳朵，神態傷感，煞有介事。

這是象葬的一種儀式，繞塚三匝，靜默致哀。完畢後，五十多頭象齊嶄嶄地站在坑沿，隨著隆卡一聲號令，所有象的鼻子都高擎在空中，整個象群吼叫起來。

那吼聲真是壯觀，如山崩，如海嘯，好似火山爆發，好似江河決堤。樹嚇得東搖西晃，靈魂出竅。這是象葬最隆重也是最後一個儀式，有點類似人類的向遺體告別儀式。

當然，牠茨甫還活著。

牠無動於衷地看著這場精彩的表演。也許，那幾頭上了年紀的老象悲戚的感情是真實的，牠和牠們畢竟共同生活了五、六十年。但那些年輕的象，特別是那些年輕的母象，不過是在逢場作戲罷了，牠們的眼睛裏沒有同情和憐憫。隆卡取代牠當了頭象，牠們很快活哩。

牠們並不稀罕牠的離去，生死惜別都沒有絲毫哀惋，這使牠感到很痛心。過去，牠們對牠是那樣的恭敬，俯首貼耳，唯命是從，爭著來巴結牠，討好牠，什麼時候都有母象用鼻子捲起葵蒲或巨蕉，給牠搧涼驅蚊撵蠅搔癢，有時還會爲爭奪牠的寵愛而互相鬥毆。也許，牠們早就在暗地裏討厭牠了，牠想，牠們過去只不過是懾於牠的威勢，不敢表露罷了。

是的，牠們早就對牠不滿了，記得兩個月前，有一次，一群豺狗黎明前偷襲象群，按理說該由頭象擔任警戒，牠已熬了個通宵，精力有些不濟，黎明前竟然迷迷糊糊的睡著了，直到小象一聲慘叫，這才驚醒，但已太晚了，一頭五歲的小象已被豺狗活活撕成碎片……

這難道能完全怪牠嗎，誰擔任頭象會保證不出一點差錯呢。但從那以後，牠隱隱約約感覺到，那些年輕母象對牠投來的目光，浸透了失望、哀怨和憂傷，猶如獵人蘸過毒汁的弩箭，刺得牠骨髓疼。

象群的吼聲持續了好幾分鐘，隨後，排成一路縱隊，順著來時的路，撤離深坑。山谷裏厚重的葛藤荊棘間，被象隊鑽開一個巨大的口子，形成一條漂亮的甬道，猶如一隻綠色的巨獸，一口一口把整個象隊都吞吃掉了。

其他象都走光了，巴婭還佇立在危崖上，默默望著牠。巴婭眼睛裏流著一顆顆淚珠，滴進坑裏。牠望著巴婭，心裏湧起一種非常複雜的感情。愛，是沒有了；恨，又很勉強。

牠的牙尖剛挑破隆卡的皮，突然，牠覺得身體受到猛烈撞擊，牠根本沒防備，腿一仄，被撞得歪歪斜斜。隆卡趁機從牠的長牙前竄逃出去。

是誰敢同牠作對，幫助隆卡脫離險境死裏逃生？牠勃然大怒，扭頭一望，頓時像遭了雷擊似的，全身麻木。

是巴婭！

這不可能是真的。這一定是夢中的幻覺。

牠怎麼也不能相信，在這生死攸關的時刻，巴婭會去幫助隆卡，儘管巴婭是隆卡的母親。

牠和巴婭遠遠超出一頭公象與一頭母象相加的那種關係。巴婭是牠最忠實的伴侶。三十年前，牠還是被頭象驅趕出象群浪跡天涯的孤象時，巴婭經常在半夜三更待頭象睡熟後，悄悄溜出來與牠相會。

那天，牠受到野性的呼喚，貿然向頭象挑戰，企圖把那頭已佔據王位幾十年的老公象趕下臺。打得好激烈啊，牠的後腿被老公象的長牙刺中了，逃命時，又被該死的野牛藤絆了一跤。就在危急時刻，巴婭衝過來，用鼻子捲起一團團沙土，劈頭蓋臉朝老公象甩過去，甩得老公象睜不開眼，牠反敗爲勝了……

牠突然覺得胸部一陣刺痛，筋骨的斷裂聲，皮肉的撕裂聲，血漿的迸濺聲攪和在一起。牠沒看見隆卡是怎樣給牠致命的一擊的。牠已失去了知覺，失去了反抗，整個精神全崩潰了。牠的胸部被隆卡捅開兩個血窟窿，血流成河，牠都沒扭頭去望隆卡一眼。

牠癡癡地望著巴婭，直到實在支持不住，癱倒在地……牠鼻子裏嗅到一股血腥味、草腥味和土腥味混合的怪味。昏昏沈沈間，牠彷彿聽見象群擁戴隆卡登上王位的歡呼聲。牠覺得大地在下陷，剛剛升起的橘紅色的月亮壓得牠喘不過氣來。

牠料定自己必死無疑，牠有點遺憾，自己沒能死在象塚，卻倒斃荒野。

三、永遠的纏綿

隆卡已走出山谷，這時又踅回深坑，圍著巴婭焦急地嗚嗚直叫。隆卡是在催促巴婭趕快離開這兒。

巴婭仍然默立在危崖上。

牠茨甫憤慨地搖搖頭，短促地吼了兩聲。牠也希望巴婭快點離開。看到巴婭，牠就感到痛苦。快走吧，還磨蹭什麼呢，誰曉得妳流的淚哪幾滴是真誠的，哪幾滴是虛假的？看不見妳，我心裏才好受些。

巴婭的淚流得更猛，像兩條洶湧的小溪。牠猜不透，巴婭是因爲緬懷過去牠們在一起時美妙的時光，而對訣別感到悲痛在流淚呢，還是對自己孟浪而又荒唐的叛逆行爲有所反悔在哭泣？而牠茨甫，倒確實後悔四年前不該冒著生命危險去救巴婭的。

那天，牠們到莫霞山去吃野穀子，半路上，巴婭不小心掉進獵人的陷阱。這是一種專門捕捉野象的陷阱，口窄底寬，差不多有兩丈深，上面蓋著一層草皮，還有一串黃澄澄的香蕉。巴婭不曉得香蕉是誘餌。野象的智慧怎麼敵得過人類？按過去的處置辦法，象群圍著陷阱吼叫一天一夜，把附近農民種的包穀、旱稻踩平搗毀以示報復，頂多再給掉入陷阱的倒楣鬼扔進一些食物，然後悲憤地離去。牠絕不能失去巴婭。

牠突然想出個絕妙的辦法，往陷阱裏塡土、塡石塊、塡樹木。牠指揮象群幹了起來。

偌大的陷阱，什麼時候能塡得滿呢？再說，那些聞訊而來的獵人躲在周圍的大樹上，鳴槍、放炮、擊鼓，成群的獵狗在狂吠，企圖把牠們嚇跑。有幾頭懶惰的公象受不了沈重的苦役，想逃離陷阱；有幾頭膽小的母象被槍炮聲嚇破了膽，想逃往密林。牠毫不客氣地用鼻子抽打牠們的屁股，迫使牠們堅持幹下去。

牠自己瘋狂地掘土，左牙不愼撞在一塊埋在土裏的花崗岩上，斷了一截。連續幹了兩天兩夜，象群終於塡滿了獵人的陷阱，把巴婭營救出來了。

要是那次牠不救巴婭，那麼今天牠茨甫就不是跪在象塚裏，而是高坐在頭象的寶座上。

一切後悔都等於零。

隆卡用龐大結實的身軀擠著推著巴婭，想迫使牠離開深坑。巴婭掙扎著，哀嚎著，但終於拗不過隆卡，一步步後退，走進了那藤蔓間綠色的甬道。

巴婭，妳爲什麼要幫隆卡打敗我，現在卻又那麼傷心？

牠渴極了，彷彿太陽騎在牠背上，渾身燠熱難受。牠睜開眼，樹冠朝下，地在天上，整個世界都在無情地旋轉。牠又閉起眼。

突然間，有一條小溪從雲端飄來，倒進牠嘴裏，清泠泠，甜津津，喝得好痛快。頓時，傷口的楚痛減輕了許多，昏眩的腦袋也變得清醒過來。牠重新睜開眼睛，不是什麼小溪，是巴婭用鼻子汲來山泉水餵牠喝呢。

隆卡的長牙沒刺中要害，牠又活過來了。

牠的記憶恢復了，想起自己爲什麼會躺在草地上，恨不得立刻把巴婭挑個透心涼。可是，牠已流血過多，虛弱得站不起來了。牠只好暫時放棄報復的打算。

整整半個月，巴婭寸步不離地守護在牠身邊，餵水找食，還到溫泉去挖來熱泥巴，敷在牠傷口上。野象習慣用溫泉裏的熱泥巴來治療跌打損傷。

半個月後，牠傷口癒合了，終於能站立起來，顫顫巍巍地跟在象群後面。牠發現，短短半個月時間，牠從雲端跌進泥潭，由皇帝變成乞丐。昔日俯首聽命的夥伴再也不理睬牠，甚至不願賜給牠一個同情的、憐憫的目光。

望著隆卡發號施令那股威風勁，牠妒嫉得牙齦流酸水。望著那幾頭美麗的母象團團圍住隆卡獻媚爭寵的模樣，牠真恨不得再去和隆卡拼個你死我活。但牠明白，自己被打傷致殘，這輩子休想東山再起了。

整個象群中，只有巴婭還像過去那樣形影不離地伴隨著牠。巴婭甚至還把牠當頭象來伺候，用鼻子捲起蒲葵或巨蕉，給牠搧涼驅蚊攆蠅搔癢，揚起沙土替牠泥浴……巴婭越是這樣精心伺候，牠越是怒火中燒。要不是這頭母象壞事，牠能這樣落魄潦倒嗎？在野流亡的滋味確實不好受哇。

有一天，巴婭正捲起根刺毛竹替牠搔癢時，牠再也忍耐不住，看看象群離得尙遠，就出其不意地撅起長牙，一下把巴婭抵在大樹上。

牠想牠會呼救，會哀求，會掙扎逃命的。牠死死抵住牠的肋骨，象牙在牠肋骨之間柔軟的地方形成個深深的凹陷，只消再用一陣猛勁，就能戳破牠的皮，刺進牠的胸膛；牠茨甫不愧是久經沙場的老手，部位選得特別準，正對著巴婭的心臟；牠聽見巴婭的心在咚咚跳。奇怪的是，巴婭既不叫喚，也不掙扎，任憑牠擺佈。

要是巴婭呼救或反抗，牠會毫不猶豫將長牙刺透牠心臟的。但巴婭這種放棄掙扎抵抗的態度，反而使牠很難下狠心。

牠猶豫了。這時，巴婭扭頭望了牠一眼，眼光中沒有恐懼，沒有譴責，也沒有哀傷，顯得很平靜，甚至還帶點笑意，彷彿在鼓勵牠：你來刺吧，我願意死在你犀利的長牙下。

突然之間牠心軟了，那股復仇的勇氣冰消雪融。牠是愛巴婭的，牠捨不得殺死牠。牠嘆息一息，後退一步，放掉了巴婭。

牠想巴婭會立刻離開凶境，離開牠這個渾身燃燒著復仇毒焰的老公象。然而，牠又想錯了，巴婭站穩後，用鼻子從大樹下撿起那根刺毛竹，繼續給牠搔癢；巴婭刷得那麼均勻，那麼仔細，篦下許多虼蚤和白虱；唰唰唰，柔情飽滿，富有音樂的節奏感……

第二天，牠心力交瘁，終於得到了死亡的預感。

夜晚，星星是沈默的；白天，太陽是沈默的。只有幾隻不懷好意的禿鷲，在牠頭頂盤旋。牠已在坑底跪了整整兩天兩夜了，牠不知道死神什麼時候才能降臨。牠只知道只要自己雙眼一闔，討厭的禿鷲就會用尖硬的嘴殼啄開牠的皮，用尖利的爪子掏空牠的內臟。

有一隻大膽的禿鷲甚至俯衝下來試探，被牠不客氣地抽了一鼻子，抽落兩根漆黑的羽毛，這才悻悻飛走。

牠凝視著被象群通行鑽出來的綠色甬道，象蹄踩倒的斑茅草又頑強地伸直了腰。用不了半個月，甬道就會被迅速蔓生的植物封死，重新成爲密不透風的屏障。

甬道穿過山谷，通向遙遠的邦嘎山。也許，象群此刻正在芭蕉林裏聚餐。牠們早把牠忘了。巴婭也會忘掉牠的。要等許多年，某頭老象得到死亡預感後，象群才會重新來到這裏。那時候，牠早已變成一堆白骨。巴婭肯不肯對著牠的白骨流幾滴清淚呢？

牠越想越淒涼，恨不得能早點結束生命。那滿坑的食物，牠一口也咽不進去。

天又亮了，樹林裏塞滿了濕淋淋的白霧。一隻火紅的小松鼠豎起蓬鬆的大尾巴，從樹丫那只稜形的洞裏爬出，輕巧地爬向樹梢。兩條蜥蜴順著牠茨甫的長鼻往上爬，蜥蜴的尾巴有金色的環紋，挺漂亮的；牠一動不動，牠太孤獨了，那怕有個小生命與牠作伴也好啊。

蜥蜴爬上牠的眼瞼，牠才眨巴了一下眼睛，蜥蜴突然驚慌地掙斷尾巴，逃進草叢去了。兩條尾巴活蹦亂跳，金色的環紋刺得牠眼花撩亂。牠想，假使只有一條蜥蜴尾巴，尾巴也會覺得孤單的。

牠面前橫著一根金竹，青翠的竹葉被露水壓彎了腰，晶瑩的露珠緩慢地順著葉脈滾動著，跌在一塊卵石上，摔開一朵朵蓮荷形的小水花；一顆，兩顆，三顆……牠寂寞地數著，消磨時光。

突然，那綠色的甬道盡頭，傳來異樣的響動。牠警覺地抬起頭來，凝神諦聽。葛條被扭曲的呻吟，樹枝被折斷的哭泣，斑茅草被踩倒的慘叫聯成一片，哦，牠聽出來了，是同類的聲音。晨風徐徐吹來，牠嗅出一股汗味，那麼熟悉，那麼親切，那麼甜蜜，不會錯，這是伴隨牠幾十年的巴婭玉體散發出來的那股獨特的芬芳。

牠貪婪地嗅著，熱切地叫著。

巴婭小跑著從緩坡上衝下來，到了坑邊，踩上危崖，並不停頓，撲通一聲滑進坑底；坑沿那紅色的沙土被拽進坑去，黛青色的石壁上掛著一條金色的瀑布，塵土飛瀉，久久不息。

牠想阻止，已經來不及了。

甬道靜悄悄，見不到其他象。牠明白了，巴婭是獨自從象群中溜出來的。巴婭的壽數還遠遠未盡，起碼還可以再活十年、二十年。

巴婭踩著泥淖，一步步朝牠走來。這兩個月來，巴婭明顯瘦了，衰老了。過去巴婭的鼻子豐滿而有彈性，甩起來姿態優美，常常把公象挑逗得神魂顛倒。如今，那條鼻子上佈滿了深深的皺紋，失去了青春的彈性。巴婭過去的眼睛像兩潭秋水，波光四射，如今瞳仁有層灰濛濛的陰翳，那是因爲流的淚太多了。

巴婭走到牠身旁，撲通一聲跪了下來，溫熱的身體緊緊貼著牠。牠聽到巴婭健康的心臟在激烈地跳動。

太陽伸出千百隻金手臂，把霧撒碎了。陽光溫柔地照亮了牠們寬闊的額頭。牠茨甫心中鬱結的冰塊化成了暖融融的春水。兩條長鼻久久地纏綿在一起。

幾隻禿鷲在高空盤旋，黑色的翅膀撲搧著，不耐煩地囂叫著，投下一塊塊巨大的死亡的陰影。

金絲猴的王冠

牠謝絕救援！牠情願溺死！

褐尾巴雌猴緊緊地抱住麻子猴王，雙腿停止了踩水，兩隻猴子一起沉了下去。咕嚕嚕，咕嚕嚕，水面冒起一串珍珠似的氣泡。

麻子猴王為了整個猴群的安寧，為了群體的利益，痛苦地選擇了死亡……

一、麻子猴王

我是因爲看不慣殘忍的殺戮，才出手救了麻子猴王。

那天清晨，我和藏族嚮導強巴划著一條獨木舟，在怒江邊游弋，想找幾隻江鷗蛋改善生活。突然，江邊一座名叫猿嶺的山崖上，傳來呦呦呀呀猴子的驚叫尖嘯聲，透出讓人心悸的恐怖，一聽就知道發生了不同尋常的事。我趕緊讓強巴將獨木舟停下來，舉起隨身攜帶的望遠鏡，哦，就是我已經跟蹤觀察了半個月的那群滇金絲猴，聚集在陡岩上。

一隻我給牠起名叫黑披風的雄猴，正摟住褐尾巴雌猴的腰，強行調笑。褐尾巴雌猴拼命掙扎，發出淒厲的呼救聲。坐在二十米開外一塊巨大的蛤蟆形磐石上的猴王毛髮豎起，齜牙咧嘴，大聲咆哮。

滇金絲猴俗稱反鼻猴、仰鼻猴、黑猴，生活在高黎貢山靠近雪線的針葉林帶，是中國特有的珍稀動物。滇金絲猴喜群居，每群達百隻左右。我野外考察的重點研究項目之一，就是想揭開金絲猴群社會結構之謎。我幾乎每天都用望遠鏡對這群金絲猴進行長時間的觀察，對猴群的生活習性、權力構成及幾隻頭面「人物」的基本情況，已有了一個粗略的瞭解。

統治這群金絲猴的，是一隻頸下長著灰白毛叢的的老年雄猴，臉上佈滿紫色斑點，我給牠起了個渾名叫麻子猴王。褐尾巴雌猴臀毛油亮，年輕風騷，是麻子猴王最寵愛的王妃。黑披風雄猴背毛厚密，就像披了一件黑色的大氅，是這群金絲猴的「二王」，地位僅次於麻子猴王。

我早就注意到，黑披風雄猴野心勃勃，一直想搞政變，自己當猴王。這傢伙比麻子猴王年輕幾歲，年富力強，頭頂的毛髮高高聳起，就像戴著一頂漂亮的皇冠，好像天生就是當猴王的料。五天前，我在望遠鏡裏看見這樣一幕：黑披風雄猴在一棵樹上找到一隻蜂窩，按照慣例，猴群裏無論是誰找到了香甜可口的蜂蜜，都應當首先進貢給麻子猴王，這是臣民的義務，也是猴王的特權。但黑披風雄猴非但沒把蜂蜜獻給麻子猴王，也不躲進茂密的樹冠裏偷偷享用，而是抱著蜂蜜跳到麻子猴王對面的那棵樹上，嘎嘰嘎嘰毫不忌諱地大嚼大咬，蜂蜜撲鼻的醇香隨風飄進麻子猴王的鼻孔，響亮的進食聲也毫無疑問鑽進麻子猴王的耳朵。

照理說，遇上這種大逆不道的行爲，猴王必定要興師問罪，搶奪蜂蜜，並給予嚴厲的懲處。但我發現，麻子猴王在看到黑披風雄猴嚼咬蜂蜜的一瞬間，頸毛唰地一下豎立起來，一副怒髮衝冠的模樣，但一秒鐘後，豎立的頸毛就像花謝花落一般地閉合起來，臉上憤怒的表情轉換成一種無可奈何的表情，眼睛一派憂傷。

黑披風雄猴越發張狂，吃得手舞足蹈，還吸引了好幾隻嘴饞的雌猴，圍在牠身邊伸手乞討。這等於是在和猴王爭面子搶風頭，唱對臺戲。我看見麻子猴王頭別轉過去，裝出一副什麼也沒看見的樣子，過了一會兒，索性垂下頭、彎下腰，縮起肩打起了瞌睡，只是每隔幾秒鐘，身體便控制不住地一陣顫抖，顯示牠內心極度的憤懣與悲哀。

識時務者爲俊傑，麻子猴王算是聰明的，曉得自己年老力衰，不願爲區區一點蜂蜜而去冒丟失王位的風險。

但此時此刻在猿嶺上發生的事情，已經不是普通的冒犯，而是一種明目張膽的挑釁。當著你的面調戲你最寵愛的王妃，你還能裝聾作啞嗎？如果麻子猴王默認了這種侵犯，就是尊嚴喪盡的活烏龜，必然威信掃地。任何一個還有點血性的雄猴，都無法容忍這種奇恥大辱的，更何況是心高氣傲的猴王。

果然，麻子猴王咆哮著從岩石上跳了下來，一場王位爭奪戰爆發了。

「唉，這兩隻雄猴，今天肯定有一隻要死掉了！」藏族嚮導強巴嘆了口氣說。

無論是文獻記載還是目擊者的陳述，都強調這樣一個事實：猴群每一次王位更替，都伴隨著一場殘酷的殺戮，不是挑戰者死於非命，就是老統治者駕崩歸天，政權就是生命，權力之爭好比水火之爭，永遠也不會調和的。

黑披風雄猴放掉褐尾巴雌猴，獰笑著前來迎戰麻子猴王。

按照傳統習慣，其他猴子都默不作聲地散落在四周，作壁上觀，或者說坐山觀虎鬥。要等到勝負已成定局時，眾猴才會有所表現。

麻子猴王和黑披風雄猴心裏都清楚，這是一場生死攸關的搏鬥，因此，一開始，雙方就使出了渾身解數，扭打、噬咬、撕扯、踢蹬、揪抓、撞擊，一時間，戰塵滾滾，吼聲連天，猴毛飛旋，血肉橫飛。

黑披風雄猴到底年輕，幾個回合下來，便占了上風，把麻子猴王壓在底下，一嘴一嘴將麻子猴王的腹毛拔下來，也不曉得是不是存心想製造一隻裸猴。麻子猴王體力雖然不濟，膽魄卻不比黑披風雄猴差，摟著黑披風雄猴，從陡峭的山崖上滾落下來。

轟隆隆，飛砂走石，啪啦啦，雙猴下滑。一面在陡坡上翻滾，一面還互相啃咬呢。好一場惡戰，天昏地暗，日月無光，江河嗚咽，大地失色。兩隻雄猴從一、兩百米高的山崖一直滾落到江隈的沙灘上。

麻子猴王畢竟上了年紀，腰腿不如黑披風靈巧，從山崖到江邊，一路磕磕碰碰，估計扭傷了腰腿，扭打的動作變得遲鈍。而黑披風雄猴卻愈戰愈勇，兇猛凌厲地連連出擊。麻子猴王只有招架之功，沒有還手之力，哀哀叫著，且戰且退。

很明顯，大局已定，勝負只是個時間問題了。

黑披風雄猴再一次把麻子猴王打翻在地後，呦——扭頭朝山崖發出一聲長嘯。

呦呦——呦呦——呦呦——

蹲在岩石上觀戰的猴群齊聲嘯叫起來，歡呼勝利，高奏凱歌，爭先恐後地從山崖上衝下來，加盟到黑披風雄猴一邊，撲向麻子猴王。

真是牆倒眾人推啊。麻子猴王只得落荒而逃。

這壁廂，麻子猴王眾叛親離，隻身逃竄，渾身血跡斑斑，披頭散髮，身上黏滿了碎石泥屑，狼狽得像個逃犯。那壁廂，幾隻雌猴簇擁著黑披風，用舌頭舔盡黑披風身上的血跡，含情脈脈地為黑披風整飾梳理皮毛，黑披風挺胸昂首，冠毛高聳，一派王者風度，指揮眾猴圍攻麻子猴王。

真應了人類一句俗話，成者為王，敗者為賊。

據我半個月的觀察，麻子猴王雖談不上是位德才兼備的明君，但也不是什麼荒淫無度的暴君，牠和正常的猴王一樣，擁有三、五隻王妃，擁有首先享用美食的特權，同時，也為群體的食物宿營等問題操心盡力，排解群內爭紛，抵禦外敵侵犯，率領猴群外出覓食，遇到敵害組織眾猴進行抗擊或撤退……除了黑披風雄猴，誰也沒有公開對牠的統治提出過異議。

可現在，除了褐尾巴雌猴外，所有的成年猴子，都義憤填膺地吶喊，咬牙切齒地追殺，彷彿正在倉皇逃竄的麻子猴王與每一隻猴子都有著不共戴天的深仇大恨。

麻子猴王逃到江邊一塊磯石上，想喘一口氣，還沒等牠坐下來，一隻屁股紅得像貼著一塊大紅布的雄猴嗖地躥上去，窮兇極惡地在麻子猴王的大腿上咬了一口，還擺了個武術中和尚撞鐘的架式，悶著腦袋，一頭撞在麻子猴王的懷裏，把早已喪失了鬥志的麻子猴王從磯石上撞落下來。

就是這隻大紅布雄猴，三天前的中午我在望遠鏡裏看見，牠把一隻剛剛逮著的小鳥，用牙齒拔掉羽毛，送到麻子猴王嘴裏，麻子猴王大概是吃飽了，只撕了一條鳥腿，把剩下的大半隻鳥扔在了地上，大紅布雄猴趕緊撿起來，呼呼吹去黏在上面的塵土，再次送到麻子猴王的嘴裏，那神態，謙恭諂媚，阿諛奉承，極盡討好之能事。

麻子猴王七拐八彎逃到一塊礁石背後，把身體擠進石縫，想用躲貓貓的辦法躲過眾猴的圍追，不幸的是，一隻耳毛乳白色的雌猴恰巧站在礁石上，看見了麻子猴王，呦呦報警，眾猴聞訊趕來，麻子猴王又挨了一頓好打。

我認識這隻白耳朵雌猴，就在昨天，猴群到一片松樹林吃松籽，牠趁褐尾巴雌猴不在跟前，盪鞦韆似地從另一棵樹梢飛躍到麻子猴王待的那棵樹上，爲麻子猴王整飾皮毛。我在望遠鏡裏看得清清楚楚，牠甜膩膩地依偎在麻子猴王身邊，用爪子飛快翻動麻子猴王身上的長毛，不時將嘴吻伸進毛叢去吮咂，不知道是在幫麻子猴王捉身上的蝨子，還是在表達傾慕和愛意。當麻子猴王也伸手幫牠整飾皮毛時，牠臉上浮現出一種受寵若驚的表情……

包圍圈越縮越小，麻子猴王無處可逃，只好跳進怒江。這段江面地勢險峻，水流湍急，起了個奇怪的地名，叫葬王灘。金絲猴雖然會泅水，但游泳的本領很一般，無法游過江去。麻子猴王在與黑披風雄猴的搏鬥中受了傷，爲逃避眾猴的追殺又耗盡了體力，在水裏泡了幾分鐘後，便支持不住，想爬上岸來。

眾猴沿著江邊的礁石巡邏追撵，痲子猴王游到哪裡，牠們追到哪裡。痲子猴王剛上一塊礁石，身上的水還沒有瀝乾，黑披風雄猴便帶著一幫猴子趕到了，連撕帶咬，迫使痲子猴王重新跳進水裏。

痲子猴王游到一堵懸崖下，前爪攀住突兀的石稜，企圖休息片刻。懸崖筆陡，追趕的猴群無法接近痲子猴王，猴們大概怕被痲子猴王抱住後一起沈到江底餵魚，誰也不敢跳到江裏來，我想，痲子猴王雖然像坐水牢似地身體泡在水裏，但總算可以歇口氣了。不料，七、八隻猴子你抱住我的腰，我勾住你的腿，像軟梯似的從懸崖上掛下來，乒乒乓乓又自上而下進行有效攻擊。

我不明白猴子們爲啥如此起勁、如此賣力、如此充滿仇恨地圍攻痲子猴王，也許，是想趁機發洩發洩，也許，是要在新統治者面前表現表現，以討取新統治者的歡心和青睞。

痲子猴王靠不得岸，也游不過江，在水裏泡了半個多小時後，漸漸游不動了，腦袋一沈一沈，快要不行了。

「你知道這裏爲什麼叫葬王灘嗎？」強巴問我。

「大概是歷史上某位君王在這塊險灘殉難，所以起了這麼一個帶有凶兆的名字。」我按一般的邏輯進行推理，答道。

「不不，葬王灘裏所指的王，不是人類社會的君王，而是猴群裏的猴王。猴王沒有退休制度，年紀一大，就會被其他年輕強壯的雄猴推翻。被趕下王位的倒楣的猴王，無一例外都會被從猿嶺推下怒江淹死，所以叫葬王灘。」

我心裏格登了一下，這麼說來，眼前這情景，不過是歷史的重演！

黑披風雄猴仍帶著猴群在江邊監視，那架式，必欲置麻子猴王死地而後快。

上百隻大大小小的金絲猴中，唯有褐尾巴雌猴，也就是麻子猴王最寵愛的王妃，沒加入這場集體行兇。牠孤伶伶地待在江邊一座礁石上，揪自己身上的毛髮，頓足捶胸，不斷用頭去撞石頭，一副柔腸寸斷心兒欲碎的痛苦狀。

排浪打來，把麻子猴王蓋沒了。過了好一會兒，牠的腦袋才在離我們獨木舟不遠的江面露出來。牠的唇吻勉強抬到水面之上，艱難地呼吸著，四爪費力地划拉，失神的眼睛茫然四顧。

牠漂過一塊魚嘴形的礁石，突然就看見了我們的獨木舟。當時我們的獨木舟離牠約五十來米遠，牠扭頭看看站在魚嘴形礁石上嚴陣以待的猴群，順著江水慢慢向我們游來。

麻子猴王游到離我們獨木舟還有三、四米遠的地方，力氣耗盡了，四肢再也划拉不動，腦袋沈進水裏，咕嚕灌了一口水，好不容易又浮了起來，用一種悽楚的眼光望著我，一隻爪子伸出水面，無力地朝我招了招。我們人也是從靈長類動物演化而來的，許多身體語言與猴子大同小異。麻子猴王的招手——不不——應該說是招爪動作，我一看就明白是在向我求救。

「不能理牠，不然的話，我們別想安寧了！」藏族嚮導強巴勸我說。

「我們總不能見死不救吧！」我一把奪過強巴手裏長長的竹篙，朝麻子猴王伸去。

呦——歐——呦——歐——猴群在魚嘴形礁石上惡狠狠地吼叫起來。黑披風雄猴朝我齜牙咧嘴地咆哮，彷彿在警告我：別管我們猴子的閒事，不然的話，我跟你沒完！

我不由得猶豫起來。我早就聽當地獵人介紹過，滇金絲猴是一種很難纏的動物，誰得罪了牠們，會遭到哭笑不得的報復。有一個山民用尼龍捕獸網逮著一隻小猴，賣給了動物園，結果，他種的二十畝包穀地年年到抽穗灌漿的時候，猴群便會不請自來，將秸稈連根拔起，將剛剛長成形的玉米棒掰下來扔得到處都是。有一個駕駛員用鳥槍打瞎了一隻雌猴的眼睛，結果他每次開車經過這段路，總會被山上扔下來的石塊砸壞汽車。

我這不算是見死不救，我想，牠不是人，牠只是隻猴子，人類的道德標準不適宜套用到猴子身上的。我沒有害牠，是牠的同類在要牠的命，這與我無關。我是個動物學家，我理應純客觀地觀察和研究野生動物的生活形態，而不應當隨意干涉野生動物的生存規律，就好比我們人類，一個國家不應當干涉另一個國家的內政一樣。我的職業要求我恪守中立，而不是去扮演什麼道德法官。竹篙離麻子猴王還有幾寸遠，我不需要做什麼，只消輕輕地把竹篙從牠爪子前抽回，牠立刻就會沈落江底，我就算從這場是非糾紛中抽身出來了。

我試著抽回竹篙，可竹篙彷彿有千斤重。

真的，黑披風用調笑王妃的辦法進行挑釁，也實在太卑鄙了！

真的，大紅布雄猴和白耳朵雌猴向勝者唱讚歌、向敗者唱輓歌的投機嘴臉，也實在是太醜陋了！

真的，褐尾巴雌猴柔腸寸斷心兒欲碎的神情，也太讓人同情了！

我雖然是個動物學家，但我是個人，我的是非觀念、道德標準、感情投射和價值觀念，是與我的生命融為一體的，不可能像電腦一樣，敲擊某個鍵盤就能把這一套系統從記憶體中卸掉或取消的。我承認我的腦子有點發熱了，我將竹篙送到麻子猴王的懷裏，牠抓住竹篙，借著浮力，整個腦袋從水裏抬了起來。

歷史可以重寫，規律可以更改，葬王灘以後要改名叫救王灘了！

在黑披風雄猴歇斯底里般的嘯叫聲中，我把奄奄一息的麻子猴王拉上了獨木舟。

在猴群一片訾罵聲中，我划著獨木舟飛快向下游駛去。

二、報復

黑披風雄猴果然對我們進行了猛烈的報復。

我在怒江下游離猿嶺約兩公里的山腳下，支了一頂帳篷，作爲我的野外考察工作站。麻子猴王傷得不算重，我把牠抱回工作站後，餵了點米湯，烤了烤火，便逐漸恢復過來。

翌日晨，我和強巴要到高黎貢山主峰去觀察一種名叫黑耳鳶的山鷹。爲了防止萬一，臨出門時，我把麻子猴王鎖在一隻結實的鐵籠子裏。傍晚，我和強巴回到離工作站還有一、兩百米遠的地方，就聽見咿哩哇啦群猴的吵嚷聲。

我們趕緊奔過去一看，差點沒暈倒，黑披風帶著猴群把我們的工作站洗劫一空。帳篷被掀翻了，鍋盆瓢碗、油鹽醬醋，瓶瓶罐罐被砸得稀巴爛，我的書籍和資料本也被撕碎了，被褥被踩得一塌糊塗，還在上面撒了許多猴尿猴糞。以黑披風爲首的一群雄猴圍在鐵籠子前漫罵嘯叫，不斷地將爪子從縫縫伸進去，撕打麻子猴王。大紅布雄猴還用一根樹枝拼命往鐵籠子裏捅。可憐的麻子猴王，抱著腦袋，蜷伏在籠子中央，忍受著來自四面八方的凌辱和毆打。

我氣極了，抽出左輪手槍，嘩啦子彈推上膛，要不是看在滇金絲猴是國家一級保護動物的份上，真想一槍把黑披風雄猴的腦袋炸飛掉。我朝天開了兩槍，震耳欲聾的槍聲和強烈的火藥味總算把黑披風雄猴的囂張氣焰給壓下去了，牠驚恐地看了我一眼，一聲呼嘯，帶著猴群逃之夭夭。

我把痲子猴王從鐵籠子裏放出來，牠遍體鱗傷，尤其是背部，橫一道豎一道血痕，慘不忍睹。

我也大失血了，花了好幾百塊錢重新添置生活必需品。爲了防備猴群的再次侵襲，我還雇了當地的農民在帳篷四周挖了一道寬兩米深三米的塹壕，在塹壕前，用碗口粗的圓木紮了一道結實的籬笆，還在籬笆上掛了一道鐵絲網和鐵蒺藜。

在以後的幾天裏，猴群又多次光顧我的工作站，被鐵絲網和鐵蒺藜扎得哇哇亂叫，吃了幾次虧後，終於明白了牠們是無法衝破障礙接近痲子猴王的，這才放棄要想再次進到我們的帳篷來搗亂行兇的企圖。

但報復卻遠遠沒有結束。

我和強巴進山考察，躲在樹上的猴子冷不防會扔下雨點般的樹枝和堅果砸在我們頭上，或者居高臨下向我們拉屎撒尿，淋在我們身上。

有一次，我趴在高黎貢山主峰一塊平臺上，用望遠鏡觀察母鷹給雛鷹餵食的情景，跟往常一樣，我隨手把隨身攜帶的那只黃帆布挎包掛在身旁一棵小樹的枝丫上。鷹巢裏，母鷹用一條四腳蛇作誘餌，讓三隻黃嘴雛鷹不斷地撲到牠身上來爭搶，這既是一種餵食，又是一種技能訓練。

我正看得入迷，突然，身旁的小樹嚓喇喇一陣響，我舉目望去，又是討厭的黑披風雄猴，從岩壁跳到小樹上，飛快地躥下來，伸手去摘我掛在枝丫上的黃帆布挎包。

我驚得目瞪口呆，強巴反應比我快，跳起來想阻攔，但已經遲了，黑披風雄猴雙腳勾在樹冠上，身體仰翻，一個倒掛，玩了一個精彩絕倫的仙人摘桃的動作，我的黃帆布挎包就到了牠的手裏，身體一點沒停頓，轉了個圓，收腹上躥，一眨眼的工夫就躍上樹冠，輕盈地一跳，跳回岩壁，很快就逃得無影無蹤了。

好身手，可惜是個強盜。

我的黃帆布挎包裏除了乾糧和水壺外，還有一架價值上千元的理光相機，最珍貴的是那本厚厚的觀察日記，裏頭記載了我好幾個月的心血和努力。

我頓足叫苦，卻也無可奈何。

傍晚，我剛剛吃好晚飯放下碗筷，便聽到外頭有猴子的吵鬧聲，走出帳篷一看，又是該死的黑披風雄猴，頭頸裏掛著我的黃帆布挎包，在離工作站約二、三十米遠的草叢裏躥來躍去。

開頭我還以爲牠是在對我炫耀、向我示威呢，但仔細望去，發現我的判斷有誤。牠臉上沒有輕浮的得意，沒有廉價的驕傲，沒有挑釁的張狂，恰恰相反，臉上愁緒萬端，神情萎頓，眼光哀哀殷殷，死死盯著我，像在向我乞求什麼。

這時，麻子猴王也聽到了同類的叫聲，從帳篷鑽出來看熱鬧。黑披風雄猴一看見麻子猴王，唰地一下，全身的毛齜張開來，從脖子上摘下黃帆布挎包，高高舉起，朝我抖動揮舞，嘴裏咿哩哇啦也不知道在說些什麼，那副模樣，極像集市上的小販在急切地兜售商品。麻子猴王看到黑披風雄猴如此動作，突然撲到我身上，緊緊地抱著我的腿，渾身觳觫，好像生怕被黑披風雄猴搶了去似的。

我的腦子一亮，哦，黑披風雄猴是要同我做交易，用黃帆布挎包換麻子猴王！

這主意很聰明，也很卑鄙！

「換了吧，麻子猴王活不長了，遲早都要死的。」強巴低聲勸我。

我曉得麻子猴王生命不會太長久了，牠被我從怒江裏救起來差不多已兩個星期了，身體的傷雖然治好了，但心靈的傷是無法癒合的，牠憂傷沈淪，萎靡不振，整天縮在帳篷陰暗的角落裏，像木偶似地一動不動。牠吃得極少，瘦得肩胛都支楞出來了，皮毛光澤消褪，頸毛變得灰白，生命就像溜滑梯似的迅速滑向衰老。昔日叱吒風雲的猴王風采蕩然無存，倒像是一隻無依無靠、生命燭光行將熄滅的老年乞丐猴。

可我能把麻子猴王交出去換回我的黃帆布挎包嗎？如果我這樣做了，我就是屈服於黑披風雄猴淫威的懦夫，就是甘願被敲榨、被勒索、被挾持的膽小鬼。雖然面對的是金絲猴，但我如果同意交換，我一輩子良心也不會得到安寧的。

我打心底裏對黑披風憎惡痛恨，幹嘛非要挖空心思置麻子猴王於死地呢？你想當新猴王，你的野心已經實現，你已經如願以償，你難道不能表現一點勝利者慈悲爲懷的胸襟，放麻子猴王一條生路嗎？現在就是最愚蠢的猴子也應該看得出來，麻子猴王從肉體到意志都差不多崩潰了，是不可能再捲土重來復辟王位的。

這個黑披風雄猴，一定是個心理變態者，是個嗜血成性的惡魔！我是決不會同牠做什麼交易的，儘管我很想要回黃帆布挎包裏的照相機和日記本。

爲了表示我不妥協、不退讓、不出賣良心、不同流合污的決心，我大吼一聲，撿起一塊拳頭大的石頭，狠狠地朝黑披風雄猴扔去。

我雖然未能擲中牠，但我的用意已經表露無遺。石頭落在黑披風前面約五、六公尺遠的地方，連牠的毫毛也沒碰著一點，牠卻奇怪地慘叫一聲，身體縮了下去，重新把黃帆布挎包掛在脖子上，轉身離去。牠步履沉重，垂頭喪氣，好像受到了什麼致命的打擊一樣。

「我總擔心會出什麼大亂子。」強巴憂心忡忡地說。

「會出什麼亂子？我們這兒堅固得就像碉堡！以後外出，我們多加小心就是了。」

「我不是指黑披風雄猴會對我們怎麼樣，我是說這群金絲猴可能會遇到什麼麻煩。」強巴眉頭緊蹙，望著暮靄沈沈的蒼穹，低聲說道。

三、挑釁

不幸被我的藏族嚮導強巴言中了，當天夜裏，寂靜的森林裏，傳來一陣緊似一陣的金絲猴嘈雜的嘯叫聲，尖厲嘶啞，令人頭皮發麻。這恐怖的嘯叫聲持續了整整一夜，我和強巴躺在床上輾轉難眠。

「也許牠們是在開會商量怎麼對付我們。」我猜測說。

「叫得那麼嚇人，說不定是山豹或狼獾闖進猴群裏去了。」強巴判斷說。

麻子猴王的反應令我們吃驚，激動得渾身發抖，呦呦低聲叫著，在帳篷裏躥來躥去，兩隻瞳仁綠瑩瑩地閃亮。有兩次，牠還跑到床邊來搖晃我的腿，嗚哩嗚嚕叫喚，看來牠是知道猴群究竟發生了什麼，想要告訴我，可惜我聽不懂金絲猴的語言。

東方的天際出現了第一道魚肚白，我和強巴就起來了，在晶亮的小溪邊匆匆漱洗完畢，立刻就趕往猿嶺。這是一個沒有霧的早晨，空氣清新透明，能見度極高，我們悄悄鑽進山頂一片小樹林裏，不用望遠鏡，就能把五六十米外猴群的一舉一動看得清清楚楚。

看得出來，所有的金絲猴都一夜未寐，隻隻猴眼佈滿血絲，紅彤彤的，神經位於高度的亢奮狀態。我注意到，猴群裏好幾隻雄猴已經掛了彩，有的頭皮被抓破了，有的頸毛被拔脫了，有的腳爪被打跛了……

毫無疑問，昨天夜裏猴群發生了一場混戰。

和我往常所看到的不同，眾猴不再以黑披風雄猴爲軸心，而是三五隻猴子一夥，五六隻猴子一群，散落在四周。黑披風雖然還佔據著崖頂那塊巨大的蛤蟆形的磐石，但身邊只有白耳朵雌猴和另一隻在猴群中地位很低的老年雄猴，給人一種沒落君王眾叛親離的印象。猴子們各自爲政，像盤散沙，你朝我嘯叫漫罵，我對你齜牙咧嘴，誰也不服誰。

呦嗚，呦嗚。黑披風雄猴朝眾猴連聲叫喚，聲音低沈，淒涼哀傷。那神態，已完全沒有君臨天下的威儀。猴們對黑披風的叫喚無動於衷，沒聽見似的。

突然，從一棵小松樹上跳下一隻猴子來，蹦蹦跳跳來到黑披風雄猴佔據的那塊磐石前，怪模怪樣地嘯叫一聲，一個轉身，亮出一隻紅彤彤的屁股來，對著磐石上的黑披風雄猴顛動搖晃。

哦，原來是大紅布雄猴！

我多少懂一點猴子的身體語言，大紅布雄猴這個動作，無疑是表示一種輕慢，一種嘲弄，一種侮辱。

黑披風雄猴憤怒地長嘯一聲，從磐石上跳躍下來，撲向大紅布雄猴。兩隻雄猴扭成一團。看來這種打鬥已持續了整整一夜，雙方都已精疲力盡，拳打腳踢一陣後，動作便顯得有些綿軟，抱在一起大口喘息。

一隻面目猙獰醜陋，頭上的毛髮一塊塊脫落的癩痢頭雄猴嗥叫著衝過來，抓了黑披風雄猴一把，又踢了大紅布雄猴一腳。

又湧上來七、八隻雄猴，加入這場打鬥。奇怪的是，參與進來的這些雄猴，既非大紅布的盟友，也不是黑披風雄猴的支持者，牠們誰也不幫，而是獨立作戰，一會兒你跟我撕扭，一會兒我跟牠踢打，一會兒黑披風雄猴夥同大紅布雄猴，把癩痢頭雄猴掀翻在地，一會兒癩痢頭雄猴又與大紅布雄猴聯手把黑披風雄猴追得滿地到處奔逃，追著追著，癩痢頭雄猴又與大紅布雄猴火拼起來……

完全沒有章法，亂得像一鍋粥。

「也許，這群金絲猴吃了什麼迷幻藥，全體都發瘋了。」我說。

「五年前，這群猴子也發生過類似的混鬥。」強巴若有所思地低聲說道，「那一次，猴王被一夥偷獵者一槍打死，群猴無首，誰也不服誰，每一隻身強力壯的雄猴都想自立為王，結果引發了一場長達半年的混戰，不少雄猴死於非命，許多雌猴攜帶著幼猴離群出走，猴群的數量從一百多隻一下子減到了四、五十隻，後來麻子猴王經過十幾場苦戰，終於擺平了所有的雄猴，混亂才算了結，這群猴子才又慢慢發展起來。」

動物學家早就得出過這樣的結論：在具有群體意識的哺乳類動物中，一切雄性都是社會地位的角逐者，果然是至理名言。

我無法理解的是，黑披風雄猴已經當上了新猴王，猴群並沒出現權力真空的現象，怎麼會無端爆發爭權的混戰呢？

據我所知，金絲猴群的王位更替有一個周期表，除了特殊的意外，一般每五、六年發生一次，這和金絲猴生命峰值是相一致的。金絲猴的壽命大概在二十歲左右，十歲到十五歲是黃金年齡階段，這一年齡階段的雄猴，閱歷最開闊，經驗最豐富，精力最旺盛，體力最強壯，權力欲也最膨脹，毫不誇張地說，處在生命的巔峰。

據好幾位動物學家考察，金絲猴群的猴王差不多都是在十歲左右接管政權，登上王位的。新猴王上臺後，由於生命還處在上升期，威勢日隆，通常不會受到其他雄猴的挑戰，地位穩固，如日中天。但到了十五歲左右，生命由巔峰開始走下坡路，極盛而衰，碰頂回落，其他野心勃勃的雄猴就會覬覦王位，萌生出篡權奪位的念頭，猴群社會就會由穩定期進入動盪期。

只有一種解釋，黑披風雄猴雖然當政才短短幾天，但出於某種原因，威信掃地，指揮失靈，地位不穩，統治根基發生了動搖，誘發了其他雄猴的勃勃野心。

混亂的打鬥愈演愈烈，癩痢頭雄猴的一隻眼睛不知給誰摳了一下，血汪汪的，眼珠似乎也被摳出來了，疼得牠慘嚎一聲，拚命蹦踏踢蹬。不知是血模糊了牠的視線，還是劇痛使牠喪失了理智，牠重重一爪子蹬在一隻在旁邊看熱鬧的不滿半歲的小猴身上，小猴呀地叫了一聲，從兩、三丈高的陡崖上仰面摔下去，剛巧後腦勺砸在石頭上，一下就摔死了。

小猴子的母親——一隻眉心間有一粒紅色疣痣的母猴，披頭散髮，發瘋般地撲上去，揪住癩痢頭雄猴撕打啃咬。另兩隻單身雌猴大概也非常憎恨虐殺幼猴的殘暴行徑，跑上來幫眉痣母猴的忙，三隻雌猴揪住癞痢頭雄猴，你抓一把，我踢一腳，癞痢頭雄猴的另一隻眼睛也給抓瞎了，摸著黑，跌跌撞撞地奔逃，一腳踩空，從幾十丈高的筆陡的懸崖摔了下去。

半空中傳來一聲撕心裂肺的慘叫，數秒鐘後，懸崖下傳來物體砸地的訇然聲響。所有攜帶幼猴的母猴，都緊緊地把自己的小寶貝摟在懷裏，驚恐不安地蜷縮在石旮旯裏。

那些混鬥的雄猴，也許是被突如其來的死亡鎮住了，也許是力氣耗盡再也打不動了，各自散開，回到自己的小團體裏去，但看得出來，彼此的仇恨並沒有消彌，氣咻咻地你瞪著我、我瞅著你，不時發出一兩聲威脅的嘯叫。

這不過是暫時的休戰，分裂和混戰將會像瘟疫似地蔓延和繼續。

眉痣母猴爬下陡崖，抱起已僵冷的小猴的屍體，用一種冰涼的眼光打量了猴群一眼，向遠方的樹林走去。顯然，牠對混亂的大家庭厭倦了，絕望了，情願去過孤獨寂寞的流浪生涯。

假如猴群仍然沒完沒了地混鬥下去，毫無疑問，將會有更多的雌猴步眉痣母猴的後塵，離群出走的。

猴群究竟爲什麼會出現如此嚴峻的分裂局面？怎樣才能使這群珍貴的金絲猴重新過上安寧的生活？我是動物學家，我有責任找到答案和解決問題的辦法。

四、反常的舉動

我有午睡的習慣，放下碗筷，正準備倒在床上，突然傳來籬笆牆喀啦喀啦的搖晃聲。我撩起帳篷的門簾，看見籬笆牆外站著一隻金絲猴，曲線優美的身段，烏黑閃亮的皮毛，與眾不同的褐色尾巴，哦，是褐尾巴雌猴！

我大吃一驚，大白天的，牠怎麼就跑來了呢？

麻子猴王早已失去了權勢，被從王位上趕了下來，靠我的救援才倖免一死，在人類的帳篷裏苟延殘喘，根本看不出有任何東山再起的希望。在麻子猴王的世界裏，地位、權勢、身分，什麼都變了，唯一沒有變的，就是褐尾巴雌猴對牠的一往深情。在短短半個月的時間裏，褐尾巴雌猴已經是第四次光臨我們工作站了。

褐尾巴雌猴到我們工作站來看望麻子猴王，是要冒極大風險的，一旦被黑披風雄猴知道，輕則被驅逐出猴群，重則處死。我十分欣賞褐尾巴雌猴這種甘冒殺身之禍前來與麻子猴王相會的行爲。我覺得這稱得上是一種偉大的愛情。別說動物界，就是人類社會，又能找出多少這種至死不渝的愛情呢？

褐尾巴雌猴前三次到這裏來看望麻子猴王，行動都特別小心，特別謹慎，挑的都是惡劣的壞天氣。第一次來的時候，天下著傾盆大雨；第二次來的時候，是沒有月亮、沒有星星，伸手不見五指的漆黑的深夜；第三次來的時候，是大霧濃得像牛奶幾步之外就什麼也看不見的黎明。

牠一般並不直接靠近籬笆牆，而是躲在我們工作站後面那片灌木林裏，詭秘地發出一兩聲低嘯，麻子猴王聽到褐尾巴雌猴的叫聲，就像聽到了來自天堂的福音一般，死氣沈沈的臉立刻變得異常生動，吼叫著從帳篷的角落裏躥出來，撲向籬笆牆，我剛拉開柵欄，還沒放穩吊橋，牠就攀住吊橋上的繩索，縱身一躍跳出防護溝去。

而這一次，褐尾巴雌猴卻大白天跑來，不僅不隱蔽自己，還徑直來搖晃工作站的籬笆牆，這不能不說是一種反常。別說我，就是麻子猴王，也頗覺意外，瞪起一雙驚詫的眼睛呆呆地望著褐尾巴雌猴出神。

我拉開柵欄，放下吊橋，牠還沒回過神來，仍站在我身邊發呆呢。我拍拍牠的肩頭說：「老夥計，去吧，別辜負人家的一片深情！」牠這才發出一聲含混的嘯叫，從吊橋上走了過去。

兩隻猴子一前一後鑽進工作站後面那片灌木叢，隱沒在一片被陽光照亮的翠綠間。

我當然不會去窺視牠們甜蜜的幽會。

按前幾次的經驗，麻子猴王這一去，起碼要兩個時辰才會回來。我午睡起來，差不多剛好是牠回來的時間。我躺在床上，隨手翻開一本最近翻譯出版的一位美國動物學家寫的《靈長類動物的權力構成》，其中有一句話跳入我的眼簾：

「對生性好鬥的金絲猴群來說，任何一頂耀眼的王冠都是用血染紅的；如果有一頂王冠出於某種偶然的原因，沒有被鮮血浸染過，那麼可以斷言，這頂王冠終將黯然失色。」

不知道爲什麼，我面對這段文字，一陣心悸，朦朦朧朧有一種感覺，我快找到金絲猴群爲什麼會發生分裂和混戰的答案。

就在這時，我聽見籬笆牆外傳來麻子猴王呦呦歐歐的嘯叫聲，我翻身起床跑出帳篷一看，麻子猴王正在防護溝外朝我舞動前爪，顯然牠想進來。這又是一個反常的現象，牠出去才十分鐘都不到啊！

我一面放吊橋開柵欄，一面朝灌木林張望，哦，褐尾巴雌猴鑽在草叢裏，目不轉睛地望著麻子猴王呢。

這也是過去牠們幾次相會從未出現過的情景。以往幾次，當幽會不得不結束時，麻子猴王都要把褐尾巴雌猴送到離我們工作站兩百米遠的小土崗上，戀戀不捨地舉目相送，一直要到褐尾巴雌猴走得看不見了，牠才會回工作站來。

麻子猴王踩著吊橋跨過防護溝和柵欄，我注意觀察，牠神情沮喪，縮著肩勾著頭，像一株被霜凍砸蔫的小草，眼睛紅紅的，似乎還蒙著一層淚光。牠哧溜從我腳邊躥過去，頭也不回地鑽進帳篷。

情侶拌嘴？夫妻反目？還是發生了什麼其他糾紛？

整個下午，麻子猴王縮在帳篷我們堆放雜物的角落裏，喊牠出來牠也不出來，餵牠東西牠也不肯吃。到了晚上，江邊的樹林裏又傳來猴群的尖嘯吵嚷聲，麻子猴王豎起耳朵諦聽，也不時發出一兩聲低嚎，喑啞粗濁，像是嗚咽，像是呻吟，像得了嚴重的瘧疾似的，身體一陣陣顫慄。

我真以爲牠病了，想天亮後帶牠到鎮上的獸醫站替牠看看。

我和強巴被麻子猴王如泣如訴的低嚎聲吵得一夜沒闔眼，第二天一早，我們就起來了，匆匆吃過早飯，在麻子猴王的脖頸上套了一根細鐵鏈，準備帶牠到鎮上去找獸醫。

到鎮上去的方向和到猿嶺去的方向剛好相反。我們出了工作站，才走了一百多米，麻子猴王突然抱住路邊的一棵小樹，死活不肯再走了。我以爲牠是病得走不動了，想抱牠，牠卻死死抱住小樹不撒手，還發瘋般地拉扯脖子上的細鐵鏈，直拉得皮開肉綻，猴毛飛旋；看看拉不斷，又拼命用牙齒咬，直咬得唇破齒爛，滿嘴是血。

這隻瘋猴，會把自己折磨死的啊。我沒辦法，只好替牠解開鐵鏈子。

牠這才鬆開摟抱著小樹的爪子，捋了一把草葉上的露珠，洗掉嘴唇上的血絲，先跳到強巴跟前，抱著他的腿輕輕一跳，一伸爪子，把黏在他衣襟上的一根草葉打掉了，又跳到我跟前，用嘴吻舔淨我皮鞋上沾著的一塊泥斑。

從沒有過的親暱，從沒有過的感情流露。

「牠要幹什麼呀？」

「不曉得。牠的神態好像不大對頭。」

我和強巴面面相覷，鬧不清是怎麼回事。

突然，痲子猴王奔到一棵大樹前，動作有點遲鈍地爬上樹冠，在牠向另一棵樹飛躍的時候，停頓了一下，扭頭朝我們望了一眼，那眼光，充滿了一種依戀。然後，牠攀住柔嫩的樹枝用力一晃，四爪一蹬，身體彈射出去，落到幾丈外的另一棵樹上，就像跳遠一樣，很快消失在蔥鬱的樹林裏。

「牠好像是要回金絲猴群去。」

「快，我們乘獨木舟到葬王灘去看看。」

五、葬王灘

我們划著獨木舟順流而下，到了葬王灘，我讓強巴把船停在淺水灣裏，舉起望遠鏡朝猿嶺觀察。

猴群散落在陡岩上，雄猴們瞪著血紅的眼睛，情緒亢奮，在岩石間上躥下跳，不時朝其他雄猴發出威脅的嘯叫；雌猴們抱著幼猴，抖抖索索地躲在一邊，滿臉驚恐；黑披風雄猴在那塊蛤蟆形的巨大磐石上，焦躁不安地踱來踱去。

半山腰一棵樹上，蹲著一隻受了重傷的雄猴，滿臉是血，發出一聲聲可怖的哀號。

顯然，分裂和內鬨在加劇，情況比昨天更糟糕。

突然，大紅布雄猴趁黑披風雄猴不注意，躥上磐石，從背後猛地一推，把黑披風雄猴從磐石上推了下來，黑披風雄猴勃然大怒，落地後轉了個圈重新躥回磐石，拳打腳踢又把大紅布趕了下去。

好幾隻雄猴磨拳擦掌，躍躍欲撲。又一場混戰拉開了序幕。

就在這時，突然，麻子猴王從山腰一片小樹林裏跳了出來。牠用一種木然的表情端睨著猴群，呦——發出一聲平靜的嘯叫，好像在向猴群通報：我來了！

剎那間，吵吵嚷嚷的猴群安靜下來，個個變得像泥胎木雕一般，紋絲不動，望著麻子猴王發呆。我調整焦距，將視線集中到黑披風雄猴身上。這傢伙嘴張成O型，驚愕得就像看見了鬼魂一樣。

流亡的君主又回來了，這自然會引起新猴王的震驚。

呦呀——寂然無聲的猴群裏突然傳出一聲幽幽的哀嘯，我趕緊將望遠鏡移過去一看，原來是褐尾巴雌猴蹲在石頭上，雙爪捂住臉，很悲傷、很悔恨、很無奈的樣子。

麻子猴王徑直走向黑披風雄猴，走向那塊歷來由猴王享用的蛤蟆磐石。一場衛冕決鬥，或者說一場復辟與反復辟的鬥爭，不可避免地爆發了。

毫不誇張地說，這是一場雞蛋碰石頭式的較量。麻子猴王本來就年老體衰，又曾經被黑披風雄猴打輸過一次，精神上與體力上都處於明顯的劣勢。僅僅兩個回合，麻子猴王就被黑披風雄猴一個大背包摔出去，像皮球似地從高高的陡崖上滾落下去，一直滾到江隈的沙灘上。黑披風雄猴連奔帶跳地撲下來，衝到一半，扭頭朝觀戰的眾猴長嘯了一聲，眾猴興奮地吶喊著，一起從陡崖上衝了下來。

在這短暫的兩三分鐘的過程中，黑披風雄猴失落的威信奇蹟般地走出了低谷，強勁反彈，又成了一呼百諾的君王。

麻子猴王抵擋不住也逃脫不了眾猴兇猛的攻擊，只好從礁石上躍入怒江。

歷史畫了一個小圓圈，又回到了半個月前的起點。

麻子猴王艱難地沿著江岸游動，黑披風雄猴率領猴群沿江追逐。

黑披風雄猴神氣地站在岸邊的礁石上吆五喝六，一會兒將猴群調到東邊封鎖水域，一會兒將猴群調到西邊以防備麻子猴王登岸。

整個猴群中，只有褐尾巴雌猴孤零零地抱住肩，用一種淒涼的眼神注視著這一切。

一切都跟半個月前一樣。唯一不同的是，麻子猴王上一次被打下水後，驚恐萬狀，聲嘶力竭地嘯叫，一次又一次試圖登上礁石喘息，而這一次，麻子猴王卻相當平靜，目光安詳，沒發出任何慌亂的叫聲，也沒向近在咫尺的礁石強行攀爬。

我突然有一種奇怪的感覺，麻子猴王是飛蛾撲火，自投羅網，自取滅亡！

爲什麼要這樣？爲什麼要這樣？

才游了五、六分鐘，麻子猴王就精疲力盡了，身體一點點往下沈。

在水流的沖擊下，牠一點一點朝我們的獨木舟漂來，很快，就漂到離我們只有兩、三米遠的地方了。牠畢竟同我們在一個帳篷裏共同生活了半個月，我不忍心看著牠就這樣淹死，便嗽地叫了一聲，將長長的竹篙朝牠伸去。

呦呦——呦呦——黑披風雄猴喪魂落魄地嘯叫起來。

竹篙伸到麻子猴王的面前，牠伸出一隻前爪，我以爲牠會像撈救命稻草一樣地攥住竹篙不放的，任何快要溺死的動物在水裏都有一種抓住身邊東西的本能；讓我震驚的是，牠的爪子觸碰到竹篙後，指關節並沒有向裏彎曲，並沒有抓捏的意向，而是用掌心緩慢地且是堅決地將竹篙推開了；隨著推篙的動作，牠齜著牙，對我輕輕叫了一聲，我熟悉牠的表情，是在對我表示謝意。

牠謝絕救援！牠情願溺死！

推掉竹篙的動作耗盡了麻子猴王的最後一點力氣，牠的身體猛地往下一沈，咕嚕，灌了兩口江水。牠掙扎著又浮出水面，舉目向岸邊的猴群望去。

牠拼命划動四爪，在猴群中尋找。牠的視線在褐尾巴身上定格了。牠久久凝視著牠，眼光溫柔，蘊含著惜別之情。牠的身體一寸一寸地往下沈，江水漫過了牠的下巴，漫過了牠的嘴唇……

突然，呦——岸邊的陡崖上傳來一聲淒厲的長嘯，哦，是褐尾巴雌猴，牠高昂著頭，向著冉冉升起的太陽做了個擁抱的姿勢，後爪在岩石上用力一蹬，從幾丈高的懸崖上跳了下來。

我還是第一次看見猴子跳水，姿態優雅，技藝高超，在空中連翻了七八個觔斗，唰地鑽入水中，水面只冒起一朵小小的水花，如果有資格參加奧林匹克跳水比賽，牠是可以穩拿冠軍的。

一會兒，褐尾巴雌猴從我們獨木舟旁的水面露出頭來，有節奏地划動雙臂，奮力向麻子猴王游去。岸邊的猴群幾十雙眼睛注視著褐尾巴雌猴。

褐尾巴雌猴游過去一把托住麻子猴王，兩隻猴子在江中攙扶著，摟抱著，隨著波浪一沈一浮。麻子猴王把頭靠在褐尾巴雌猴的肩上，閉著眼睛喘息。呦呦，嘰嘰，呀呀，牠們互相叫著，傾吐著柔水般的情愫。

褐尾巴雌猴的力氣漸漸用盡，兩隻猴子又一點一點往下沈。突然，麻子猴王睜開眼睛，好像清醒過來是怎麼回事，用力從褐尾巴雌猴的手臂間掙脫出來，惡狠狠地嘯叫一聲，粗暴地把褐尾巴雌猴從自己身邊推開。

牠不願意讓褐尾巴雌猴陪著牠一起死！

褐尾巴雌猴被推出一公尺多遠，麻子猴王最後留戀地望了褐尾巴雌猴一眼，四爪停止划動，身體像秤坨似地沈了下去，只露出頭頂烏黑的長毛順著水波飄蕩。

這時候，褐尾巴雌猴面對著岸，離岸邊僅十來米遠，雖然很疲乏，但游到最近的那塊礁石還是不成問題的。黑披風雄猴帶著猴群佇立在那塊礁石上。

不知是出於一種什麼心理，黑披風雄猴望了望在水中掙動的褐尾巴雌猴，收斂起齜牙咧嘴的恫嚇，扭身往後退了七、八米，眾猴也跟著牠後退，騰出一塊空地來。再明顯不過了，黑披風雄猴做出了一種寬恕的姿態，同意褐尾巴雌猴游回岸來。

褐尾巴雌猴卻並沒朝岸邊游去，牠毫不猶豫地單臂划水，旋轉身體，堅定地朝麻子猴王游去。牠又一把抱住了麻子猴王，麻子猴王的臉最後一次露出水面，仍想把纏在牠身上的褐尾巴雌猴推開，但牠力氣已全部耗盡，只是象徵性地動了動手臂……

呦嘰，呦嘰。黑披風雄猴朝褐尾巴雌猴連聲哀嘯。

褐尾巴雌猴年輕貌美，自身條件是相當不錯的，黑披風雄猴早就對牠垂涎三尺，牠完全可以搖身一變，成爲新猴王的愛妃，重新享受榮華富貴。然而，牠卻癡心不改，甘願爲愛情殉葬！

這是一種超越權勢、超越功利、超越生命的偉大的愛情！要不是親眼所見，我真不敢相信，動物界也有如此專情的雌性！

我沒有再把竹篙伸過去，我斷定，牠們是不會接受我的援救的。

褐尾巴雌猴緊緊地抱住麻子猴王，雙腿停止了踩水，兩隻猴子一起沈了下去。咕嚕嚕，咕嚕嚕，水面冒起一串珍珠似的氣泡。

不知爲什麼，我腦子裏像放幻燈片似地跳出一組畫面：猴群在陡崖上混戰，瘌痢頭雄猴死於非命；眉痣母猴抱著小猴的屍體離群出走；褐尾巴雌猴大白天跑來工作站與麻子猴王相會；麻子猴王縮在帳篷的角隅一夜悲嘯……我突然覺得有一條邏輯線可以把這幾幅畫面連綴在一起。

由於我的干預，半個月前那場王位爭奪戰中，黑披風雄猴未能將麻子猴王趕入葬王灘裏淹死，也就是說，「王冠沒有被鮮血染紅」，新生的政權埋下了被顛覆的危機；黑披風雄猴三番五次跑到我們工作站來，企圖徹底解決問題，但結果卻一再碰壁，無法如願；雄猴們對黑披風雄猴產生了信仰上的動搖，猴群內鬨迭起，陷於混亂，瀕臨分裂；褐尾巴雌猴知道，唯有麻子猴王的生命才能拯救整個猴群，於是，牠大白天光臨我們工作站，並非是和麻子猴王情侶幽會，而是向麻子猴王通報了猴群的情況；麻子猴王爲了整個猴群的安寧，爲了群體的利益，痛苦地選擇了死亡……

這或許是我的主觀臆測，但如果不是這樣的話，又有什麼理由讓麻子猴王拖著衰老的身體隻身前往猴嶺，向黑披風雄猴進行雞蛋碰石頭式的挑戰呢？

這絕不是普通意義的自殺，而是一種輝煌的就義！

嫩黃的江水雖然不很清澈，但還是有一定的透明度。褐尾巴雌猴抱著麻子猴王漸漸往下沈，沒有掙扎，也沒有鬆開，彼此緊緊相擁，橫臥在綠色的水草間，一群淘氣的小魚在牠們四周洄游嬉戲……

猴群佇立著，沈默著，凝視著……

第二天早上，我起床鑽出帳篷，一眼就看見籬笆牆上掛著一隻黃帆布挎包，哦，就是我那只被黑披風雄猴搶去的挎包。我摘下來一看，照相機、日記本和水壺完好無損，只是乾糧被吃掉了。

下午，我和強巴進山採集白堊紀劍齒虎的化石，路過猴嶺，看見那群金絲猴正在橡樹林裏覓食。黑披風雄猴威嚴地坐在最大的一棵橡樹的枝椏上，不時有雄猴或雌猴跑過來，貢上最好的堅果，替牠整飾皮毛。猴們專心採擷樹上的果子，沒有爭吵，也沒有打鬥，整個猴群秩序井然，一派祥和寧靜。

打開豹籠

再清楚不過了，牠就是要我打開豹籠！

我的心一陣顫動。想當初，我把這兩隻雪豹關進籠子時，這些紅崖羊高興得就像過節一樣，灰鬍子還舔我的鞋子，對我感恩戴德，僅僅過了十個月，這些紅崖羊卻用武力威逼我打開豹籠。

誰都知道，對紅崖羊而言，打開豹籠，意味著什麼。魔鬼出洞，死神蒞臨，血腥的屠宰重新開始！然而，牠們卻像請神一樣，要請回這兩隻雪豹。

一、紅崖羊之謎

普通崖羊都是灰褐色的，高黎貢山的崖羊體毛卻深褐泛紅，到了冬天，毛色鮮紅亮麗，在鋪滿白雪的山上奔跑跳躍，宛如一團團燃燒的火焰。紅崖羊性情溫和，毛色奇特，是世界上獨一無二的品種，因此極其珍貴。

遺憾的是，紅崖羊的數量太少，只有孤零零一小群，生活在狹窄的納壺河谷。當地山民也知道紅崖羊是世界級的珍稀動物，從不加以傷害；母羊一年生兩胎，每胎產兩、三頭小羊羔，繁殖力在牛科動物中算是高的；但不知爲什麼，紅崖羊的數量就是發展不起來。據我請來的嚮導——藏族獵手強巴告訴我，他爺爺年輕時曾仔細數過，這群紅崖羊有六十六頭，前幾天我在動物觀察站用望遠鏡數了一遍，不多不少，也是六十六頭。

半個多世紀過去了，紅崖羊的數量一頭也沒增加，這不能不說是個悲慘的謎。

我連續跟蹤了半個多月，終於找到了紅崖羊之所以發展不起來的癥結所在。罪魁禍首就是兩隻貪得無厭的雪豹。

這是一對豹夫妻，雄豹體長約一米五，雌豹體長約一米三，飾有美麗斑紋的豹尾差不多和身體一樣長。雄豹體色灰褐，豹臉佈滿黃褐與黑色交雜的條紋，銀白色的豹鬚閃閃發亮，顯得威風凜凜；雌豹體色銀灰，兩隻銅鈴大眼藍得像納壺河的水，嘴角棱角分明，矯健而又秀麗。這對雪豹的窩，就在高黎貢山的雪線附近，與納壺河谷的直線距離只有三英里。牠們平均五天就要下山來狩獵一次。

不知道是養成了偏食的習慣，還是紅崖羊的肉特別好吃，這兩隻雪豹挑食挑得很厲害，只捉紅崖羊。

有一次我親眼看見，牠們快下到納壺河谷時，迎面碰見一頭鬃毛高聳的野豬，那野豬一隻前腳受了傷，一瘸一拐，走得很慢，對身手敏捷的雪豹來說，捉這頭野豬就像甕中捉鱉，況且又是兩個對付一個，簡直就是從天上掉下來的肥肉嘛。可是，這兩隻雪豹對送上門來的野豬一點興趣也沒有，雄豹只是懶洋洋地朝毫無戒備的越走越近的野豬吼了一聲，蹺腳野豬嚇得屁滾尿流地逃走了，兩隻雪豹像什麼也沒發生似的仍然走自己的路。

我好幾次在望遠鏡裏目睹了雪豹捉羊的場面，那真是一場血淋淋的屠宰。當領頭的那隻灰騷子老公羊聞到了雪豹的氣味，舉起前蹄橐橐橐急促地敲擊岩石——向羊群發出危險逼近的警報後，羊們喪魂落魄地跟著頭羊灰騷子奔逃，每一頭羊都知道，這是一場生死攸關的賽跑，都竭盡全力想跑得快些，羊蹄飛濺，山坡上煙塵滾滾，就像是決了堤的潮水。

雪豹跟在羊群後面緊追不捨。雖然頭羊灰騷子很有經驗，及時地發現敵情，及時地報警，逃跑的路線也選得恰到好處，繞山爬坡，走能發揮崖羊跳躍優勢的陡峭山道，但跑了一段後，總會有隻體衰的老羊或瘦弱的小羊越跑越慢，掉離了群體，被雪豹兇蠻地撲倒在地，一口咬斷了脖頸。

牠們把死羊拖回雪線，飽啖一頓後，把剩下的羊肉拖到雪坡，挖個雪坑掩埋起來，就像人類把食品放進冰箱冷藏櫃裏保鮮一樣，什麼時候餓了刨出來再吃。五天後，一隻羊被吃得只剩下幾根骨頭，於是，同樣的悲劇又會重演一遍。這對可惡的雪豹，就好像這群紅崖羊是牠們豢養的家畜，就好像牠們有什麼專利權似的，什麼時候想吃就什麼時候去捉。

死亡的陰影籠罩在頭頂，隨時都要防備雪豹的突然襲擊，每時每刻神經都處在高度的緊張狀態，五天就要經歷一次恐怖大逃亡，日子過得就像泡在苦水裏，還能指望紅崖羊大量繁殖嗎？就算紅崖羊們習慣了這種劫難，頻繁的屠殺也會使牠們的種群難以發展。這其實是一道並不複雜的算術題，這對雪豹平均五天吃一頭羊，一年就要吃掉七十多頭羊，足以把母羊的繁殖能力抵消得乾乾淨淨。

我的研究題目之一，就是要讓這群珍貴的紅崖羊發展壯大起來，但我不能簡單地把這對雪豹一槍打死，雪豹也叫艾葉豹，也是國家一類保護動物。我想了好幾天，想出一個既能驅散籠罩在紅崖羊群頭頂死亡的陰影，又能不傷害兩隻雪豹的兩全其美的辦法來。

二、雪豹被關進牢籠

我和強巴用碗口粗的栗樹樁，在野生動物觀察站旁一塊月牙形的懸崖下，紮了一座結實的獸籠。然後，我們埋伏在納壺河谷紅崖羊經常出沒的山坡上。翌日黃昏，當那對雪豹同往常那樣兇猛地追攆羊群時，我用麻醉槍射中了牠們。牠們順著慣性跑了五十幾米醉步，便一頭栽倒在草叢裏。

機靈的紅崖羊們在對面的小山坡上停止了潰逃，好奇地朝我們張望。我和強巴先將昏睡不醒的雄豹抬進獸籠，然後又去抬雌豹。這時，頭羊灰鬍子帶著幾隻膽大的公羊，跑到離我們只有十多米的地方來看熱鬧。

由於當地的山民從不捕獵紅崖羊，牠們對人一點也不懼怕。我爲了能近距離地和牠們交流，經常在觀察站用犛牛皮縫製的帳篷前潑鹽水，吸引牠們來舔，幾個月下來，牠們和我已像老朋友似地十分熟悉，敢走到我面前來讓我撫摸牠們的角。此刻，當我們把癱軟得像一坨泥巴似的雌豹搬上擔架往觀察站抬時，頭羊灰鬍子率領羊群跟在我們後面，一直跟到帳篷後面的獸籠前，看著我們把雌豹關進籠去並上了鎖。

灰鬍子很聰明，牠好像知道我們已制服了這兩隻雪豹，小心翼翼地靠近獸籠，挑釁似地朝關在籠裏的兩隻雪豹長長地咩了一聲，剛剛開始甦醒的雪豹有氣無力地躺在地上，吐著白沫，呼嚕呼嚕喘息。

經過一番試探，灰鬍子證實了兩隻雪豹已是階下囚，無法衝出牢籠來施展淫威，就扭頭朝散在帳篷四周的羊群叫了數聲。羊們便走攏來，圍在獸籠前，一隻接一隻咩咩叫著。叫聲淒涼哀惋，尤其是犄角短小的母羊們，身體顫抖，淚光盈盈，叫得如泣如訴。那陣勢，極像是翻身農奴在開控訴會，控訴雪豹的殘暴。牠們受雪豹多年的迫害，苦大仇深，每一隻羊都有自己的「親人」葬身豹腹，心裏都有一本血淚賬。

這時，雪豹已完全甦醒過來，受了羊的奚落，在籠子裏上躥下跳，吼叫撲咬。我怕牠們受的刺激太大，會在木樁上撞得頭破血流，趕緊把羊群哄出觀察站。雖然雪豹代表惡，紅崖羊代表善，但我不是除暴安良的法官，不是來替紅崖羊報仇雪恨的。我是個動物學家，我是在進行一項科學實驗，我有責任確保雪豹的安全。

羊群興奮地咩咩叫著，回納壺河谷去了。牠們高唱勝利的凱歌，迎接和平安寧的新生活。灰鬍子經過我身旁時，伸出舌頭舔舔我的鞋子，溫柔地咩咩叫了兩聲，我知道，牠是在代表紅崖羊們對我表示深深的謝意。在以後很長的一段日子裏，牠們只要一看見我，就唱讚歌似地朝我柔聲咩叫。我爲牠們制服了惡魔似的雪豹，牠們把我當作大救星了。

納壺河谷歷來是雪豹的勢力範圍，沒有其他的食肉獸敢來染指。雪豹被我囚禁後，紅崖羊唯一的天敵不存在了。明媚的陽光屬於牠們，碧綠的草地屬於牠們，清清的河水屬於牠們。牠們的繁殖力大大提高，到了夏天，母羊們這一胎一共產下四十來隻小羊羔，存活率達到百分之八十。而過去雪豹在的時候，羊羔的存活率不足百分之十。

僅僅過了半年，這群紅崖羊就由六十六頭發展到一百多頭。實驗如此順利，我心裏很高興。

三、灰鬍子威信降低

慢慢的，我發現，紅崖羊的行爲發生了令人擔憂的變化。首先是頭羊灰鬍子的領導權威在迅速下降。灰鬍子牙口大概十歲左右，這年齡對紅崖羊來說，已經不算年輕了，可劃歸中老年行列；灰鬍子的身體並不特別健壯，犄角也不比其他大公羊更寬厚堅硬，牠之所以被眾羊擁戴爲頭羊，依賴於牠的視覺、嗅覺和聽覺特別靈敏，幾乎每一次雪豹偷襲，都是牠最早發現，第一個用羊蹄敲擊岩石向羊群報警；牠還具有很豐富的逃亡經驗，熟悉地形道路，從來不會把羊群帶到無路可逃的懸崖或選錯逃跑路線被雪豹兜頭攔截；就因爲這兩大優勢，灰鬍子在羊群中享有很高的威信，牠走到哪兒，羊群就跟到哪兒，從來沒有誰會不聽牠的指揮。

可自從雪豹被我關起來後，灰鬍子的指揮逐漸失靈，有時牠跑到河邊去喝水，有的羊仍留在山坡上玩耍；牠喝完水回山崗去了，有的羊卻在河灘玩到天黑才歸群。

表現得最突出的，要算那隻五歲齡的公羊大白角了，這傢伙身材高大，長得特別結實，腿上的腱子肉像樹瘤似地一塊塊凸突出來，頭上的犄角與眾不同地呈乳白色；牠好像特別愛與灰鬍子鬧彆扭，灰翳子到牧場裏吃草，牠偏要鑽進樹林啃樹皮，灰翳子帶著羊群在一個溶洞裏過夜，牠偏要攀登到懸崖那塊馬鞍形的巨石上去睡覺。

有一次，羊群行進到一個三岔路口，灰翳子站在路口像交通警似地履行頭羊的職責，讓羊們有秩序地往左拐，到我的帳篷前來舔鹽巴水，突然，大白角從隊伍裏斜刺躥出來，擠到灰翳子站立的位置上，用牠漂亮的犄角，威逼兩隻母羊和幾隻小羊朝右拐，和羊群背道而馳，往對面山頂那片紫苜宿地走。

這是一種對權威的公開挑戰，明目張膽的叛逆，灰翳子氣得渾身哆嗦，搖晃著犄角，用一種粗俗的聲音朝大白角咩咩吼叫，大概是想教訓教訓大白角，以挽回被嚴重損害的威望。大白角根本不吃這一套，也亮出頭頂那兩支又寬又厚的白角，擰著脖子要和灰翳子一比高低。灰翳子望望比自己高大結實的大白角，大概自知不是對手，淒厲地咩了一聲，縮回羊群去。大白角得意洋洋地脅裹著兩隻母羊和幾隻小羊，在紫苜宿地裏玩了個痛快，三天後，才返回群體。

唉，天敵雪豹不在了，羊們已不再需要及時的報警和豐富的逃亡經驗，頭羊灰翳子賴以統治和駕馭眾羊的兩大長處失去了作用，也難怪會出現離心傾向。

夏天出生的那胎羊羔長大後，情況變得更糟糕，牠們從沒體會到雪豹的兇殘和厲害，從沒經歷過被雪豹偷襲、被雪豹追得走投無路的危險境況，自然也從沒領略過灰翳子出類拔萃的反應能力和高超的逃亡藝術，因此，根本不把灰翳子放在眼裏，桀驁不馴，我行我素，經常招呼也不打一聲就離開群體。

到後來，只有七、八隻上了年紀的老羊還忠心耿耿地跟著頭羊灰翳子。紅崖羊群名副其實地成了一盤散沙。

第二個最顯著的變化，就是紅崖羊的性格越來越粗暴了。過去，牠們溫柔得就像天使，我觀察了牠們那麼長的時間，從未發現牠們之間有誰認真地打過架。牠們總是靜靜地吃草，靜靜地曬太陽，群體和睦相處。尤其讓我感動的是，當牠們終於逃脫了雪豹的捕殺，危險解除後，群體所有的成員便會聚攏在一起，你嗅聞我的臉頰，我摩挲你的脖頸，咩咩柔聲安慰著對方，互相慶賀死裏逃生，那情景，親密得就像兄弟姐妹。

我和不少種類的崖羊打過交道，平時還顯得溫順，但一旦爲食物和配偶發生了矛盾，公羊之間便會大打出手，用犄角互相頂撞，打得頭破血流，一方負傷而逃，這才罷休。而紅崖羊即使在發情求偶期間，公羊之間爲爭奪同一隻母羊，彼此間也只是互相炫耀頭頂的角，炫耀發達的肌肉，進行一場文明的較量，稍弱的一方便會知趣地退卻。在其他種類的崖羊裏，你經常可以看到獨眼羊、獨角羊，那是頻繁地打架鬥毆所產生的傑作。而在紅崖羊群裏，我從沒發現傷痕累累的殘疾羊。

遺憾的是，自從雪豹成了囚犯，紅崖羊群和睦的家庭氣氛每況愈下。牠們不再受雪豹的捕殺，不再有死裏逃生的驚喜，也不再有劫後餘生的害怕，當然也就不會再出現互相安慰、互相慶賀的親密動人的情景；籠罩在牠們頭頂的死亡的陰影消除了，同生死共患難的友誼也隨之而淡薄。

牠們變得越來越像其他種類的崖羊，不，脾氣粗暴得簡直比其他種類的崖羊有過之而無不及。爲了爭奪一小塊鮮嫩的野薺菜，兩隻母羊會怒目相視，吼叫漫罵；爲了擠到上游的方向喝到更乾淨的河水，兩隻公羊會用犄角鬥得你死我活；就連剛剛長出嫩角的半大小羊，也動不動地你撞我我搡你，扭成一團，鬧得天昏地暗。從早到晚，都能聽到納壺河谷裏傳來紅崖羊吵吵嚷嚷的叫聲和羊角乒乒乒乒的撞擊聲。

大約兩個月後的一天早晨，我在納壺河邊與紅崖羊群擦肩而過，我驚訝地發現，羊群裏有兩隻公羊變成了斷角羊，有三隻公羊變成了獨眼羊。頭羊灰鬍子走到我面前後，再也不柔聲咩咩地對我唱讚歌了，牠乜斜著羊眼，用一種憂傷焦慮的眼光看了我一眼，垂著頭匆匆而過。

或許，紅崖羊同其他種類的崖羊一樣，本性中既有溫柔的一面，也有粗暴的一面，過去因爲時時處在外敵的威脅中，爲了生存，粗暴的性格被有效地抑制住了，現在，死亡的警鈴不再拉響，隱性的粗暴便成爲顯性。

四、大白角發動政變

紅崖羊群大規模的分裂發生在初冬季節。

雪花飄舞，雪線下移，納壺河谷封凍了，草坡蓋了厚厚一層積雪，食物匱乏，羊們只能啃食樹皮維繫生計。

過去，紅崖羊群都是以集體縮食的辦法渡過高黎貢山嚴酷的冬天的，牠們在頭羊灰鬍子的率領下，從一片樹林轉到另一片樹林，每隻羊都自覺地吃個半飽，有限的資源平均分配，雖然吃不飽，倒也沒有餓死的，一個冬天下來，每隻羊都掉膘，都瘦了整整一圈，但極少發生凍死餓死的現象。這一次，當第一場雪下過後，公羊大白角就夥同一隻黑蹄子公羊和另一隻雙下巴公羊，像發動軍事政變似的，突然佔領了河谷南端最大的一片榆樹林。大白角和兩個幫兇撅著犄角，在樹林邊緣奔跑著，吼叫著，阻止其他羊進入。

有一隻禿尾巴老公羊看不慣大白角的霸道，瞅了個空子，鑽進榆樹林來，大白角立刻衝過去，凌空躍起，咚地一聲，堅硬的羊角撞在禿尾巴老公羊的臉上，只一個回合，老公羊被撞出一丈多遠，滿臉是血，咩咩哀叫。

大白角還嫌不夠，挺著兩支漂亮的白角，又惡狠狠地朝禿尾巴逼去，老公羊掙扎著站起來，喪魂落魄地逃出了榆樹林。其他羊都被震住了，再也沒有誰敢貿然跨進榆樹林來。頭羊灰鬍子無可奈何地長咩一聲，帶著羊群離開了榆樹林。

大白角和牠的同夥在榆樹林邊緣拉屎撒尿，在每一棵樹上都啃出一道齒印來，我知道，這是一種佔領的標誌，有點像人類用界樁劃定邊境線。

大白角的行爲無疑具有一種示範作用，很快，年輕力壯有點實力的公羊依樣畫葫蘆，三三兩兩結成強盜同盟，瓜分了納壺河谷所有的樹林。連頭羊灰鬍子也未能保持大公無私的品質，與四隻和牠年齡相仿的公羊佔據了一塊白樺樹林。剩下約一半數量的紅崖羊，在白雪覆蓋的河灘和山坡上流浪。這些倒楣的羊中，大部分是雌羊、剛剛長大的小羊和上了年紀的老羊。

我想，紅崖羊群之所以會分裂成若干個小集團，除了哺乳類動物天生就有領地意識這一條外，關鍵是冬天的納壺河谷食物資源有限，過去只有六十六隻紅崖羊時，只能過半饑半飽的日子，現在群體的數量一下子猛增到一百來隻，食物就更顯得緊張了。羊們出於一種對饑餓的恐慌，這才恃強凌弱，霸佔樹林的。

我想用分流的辦法，幫助沒有固定食物源的半數弱羊度過饑荒。具體地說，就是讓牠們搬出狹窄的納壺河谷，遷移到鄰近的黑森林去。

從納壺河谷到黑森林，路程並不遠，只要翻過西邊那座雙駝峰形的雪山丫口就到了。我採用食物引誘的辦法，用穀粒在雪地上撒出一條線來，一直延續到黑森林。饑餓的羊們撿食著穀粒，一直走到雪山丫口，這是納壺河谷與黑森林的分界線，眼瞅著就要大功告成了，突然，牠們停了下來，再也不肯走了。這時，黑森林裏隱隱約約傳來數聲狼嗥，羊們驚慌失措地扭頭就跑，逃回了納壺河谷。

後來我又試了兩次，均歸失敗。紅崖羊天生就缺乏開拓進取的精神，牠們寧可守著窮家挨餓，也不願冒險走出納壺河谷。

天氣越來越寒冷，雪也越下越大。半數的弱羊日子越來越難過，牠們或者偷偷摸摸溜進樹林啃兩口樹皮，或者靠我施捨有限的穀粒，或者用羊蹄和嘴吻扒開雪層啃吃衰草。

到了隆冬，霸佔樹林的強壯的羊加強戒備，很難偷吃到樹皮了，而我因為大雪封住了山路，糧食運不進來，儲存的穀粒僅夠維持我和強巴的生活，無法再接濟牠們，地上的雪層越積越厚，有的地方結成難以挖掘的冰層，牠們就陷入了絕境。我幾乎每天都可以發現變成餓殍的紅崖羊。牠們的後腿跪在雪地裏，兩隻前蹄仍作扒刨狀，滿嘴冰渣，羊眼凝固著饑饉的光，身體卻早已凍成了硬梆梆的冰坨，不難想像，在牠們生命的最後時刻，仍渴望著能從冰雪下刨出些衰草來糊口，大雪迷漫，牠們衰弱的生命就像風中的燭光，刨著扒著拱著，突然，心臟停止了跳動，就像風吹熄了微弱的燭光……

這些雪地餓殍，只好拖來給籠子裏的兩隻雪豹當食物了。

當第一聲春雷炸響時，我在雪地裏一共撿到三十三隻因饑寒交迫而死亡的紅崖羊。

那天，我到雲霧崖考察金雕的生活，黃昏歸來，途經白樺樹林，頭羊灰鬍子朝我咩咩叫，聲調悲憤，充滿了埋怨與責備的意味。哦，老夥計，別洩氣，瞧，豔陽高照，冰雪消融，樹枝吐翠，草地泛綠，春天到了，一切都會好起來的。

當食物變得豐盛，一切因饑餓引發的罪惡就會自動停止了，我想。

五、紅崖羊變成戰爭狂

明媚的春光就像祥和的佛光照耀著紅崖羊群。身強力壯的公羊主動放棄了被牠們霸佔了整整一個冬天的樹林，來到青草萋萋的山坡。割據式的局面被打破了，起碼從表面看，七十多隻紅崖羊又合成了一個群體。被饑餓折磨得身心憔悴的羊們，無暇顧及其他，整天埋頭吃草，吃飽後就懶洋洋地躺在石頭上曬太陽。

熬過冬天是春天；熬過戰爭是和平；熬過動亂是安寧；熬過艱難是幸福。然而，紅崖羊群的和平與安寧僅僅維持了一個多月，新的動亂與戰爭又開始了，而且，比冬天的食物之爭規模更大，打鬥得也更殘酷，後果也更悲慘。

一個多月的休生養息，一個多月的吃了睡睡了吃，隻隻紅崖羊都養得膘肥體壯，精神抖擻。當時令進入仲春，紅崖羊體內的生物時鐘也指向了發情求偶期。那隻野心勃勃的大白角公羊，又帶頭挑起了事端，把羊群裏好幾隻年輕貌美的雌羊，趕到半山腰一塊平臺上，然後搖晃著頭上的犄角，氣勢洶洶地對著羊群咩咩吼叫，似乎在當眾宣佈：這幾隻雌羊歸我所有了！

大白角蠻橫的行爲就像點燃了炸藥包上的導火線，羊群炸窩似地亂成一團。許多大公羊紛紛效法大白角，守在自己中意的雌羊身邊，宣戰式地亂吼亂叫。最多只有半個小時的時間，羊群裏的雌羊就像財產似地被瓜分完畢。

本來，紅崖羊群雄羊和雌羊的數量各占一半，但冬天裏餓死的三十三隻羊中，大部分是雌羊，雌雄比例嚴重失調。紅崖羊實行的又是多偶制的婚配習俗，起碼有半數以上的雄羊被關在愛情的門外。那些沒有及時圈住雌羊的單身雄羊，在樹幹和岩石上不斷磨礪著頭上的犄角，瞪著一雙佈滿血絲的眼睛，暴躁地在山道上奔跳飛跑，不時朝那些圈住並守著雌羊的公羊引頸長咩，宣洩著憤懣與嫉恨。

戰爭的序幕就這樣拉開了。

崖羊之所以叫崖羊，是因爲這個種類的羊善於攀爬陡峭的山道，喜歡生活在高高的山崖上。不知道是出於物種的習性，還是出於安全的考慮，那些幸運的公羊都把雌羊安頓在陡坡或懸崖上，地勢十分險峻。

我在望遠鏡裏看得清清楚楚，一隻我給牠取名叫大臀的公羊，蹦跳到半山腰的平臺上，向大白角發起了挑戰。

大臀也是紅崖羊群優秀的大公羊，角粗體魁，尤其後肢特別發達，臀圓如鼓，腿壯如柱。大臀和大白角相隔二十多米，就互相瞪著血紅的眼睛，咩咩叫著，低著頭挺著脖子，亮出頭上的犄角，揚蹄朝對方衝去，咚，羊角和羊角猛烈碰撞，迸濺起一串火星，空谷回聲，驚得樹叢裏的鳥兒四散飛逃。兩隻公羊都被震得倒退了好幾步，大臀閃了個趔趄，大白角則一屁股跌倒在地。牠們掙扎著爬起來，又吼叫著衝向對方……

幾隻雌羊站在邊上靜靜地觀望大臀和大白角激烈搏殺，等待著牠們決出輸贏來，按照羊的習慣，勝為新郎，敗為窩囊廢。

十幾個回合下來，大臀滿臉是血，角尖折斷，大白角脖子擰歪了，前腿彎被撞開了一個很長的血口。沒想到，在食肉獸面前表現得十分軟弱的紅崖羊，窩裏鬥卻特別勇敢，大有視死如歸的英雄氣概。雖然都負了傷，卻一個也不肯退卻，仍舉著羊角拼命朝對方衝撞。

對外越懦弱，對內越兇暴，這也許是動物界的一條規律，我想。

三十幾個回合後，大臀的力氣漸漸不支，被逼到懸崖邊緣，牠竭力想扭轉敗局，兩隻後蹄蹬在一塊石頭上，身體繃直，想用頂牛的辦法把大白角抵退，不幸的是，牠後蹄踩著的那塊石頭突然鬆動了，牠沒防備，失足從幾十丈高的懸崖上摔了下去。

咩——咩——大白角興奮地引頸高哼。

山崖和峭壁間，到處都可以看到公羊和公羊之間殊死的格鬥。

納壺河谷變成了名副其實的戰場，羊角與羊角乒乒乓乓的撞擊聲此起彼伏。我半夜睡在帳篷裏，都能聽到失敗的公羊從山崖墜落深淵的訇然聲響。

一個星期後，我用望遠鏡數了一遍，紅崖羊群的數量急劇下降，由七十多隻變成了六十來隻。據我所知，紅崖羊群的發情期長達一個多月，要從仲春延續到暮春，若按這個速度減員，到發情期結束，紅崖羊群恐怕所剩無幾了。

最讓我震驚的是，許多羊，特別是去年出生的那批羊，體毛的顏色也發生了變化；以往的春季，牠們的體毛雖然沒有冬季那麼紅得鮮豔奪目，但仍是褐黃偏紅，不失紅崖羊的特徵；但現在，老公羊的體毛大都褐黃偏青，身上紅色的光澤明顯地消褪了；而去年出生的那批羊，天曉得是怎麼回事，體毛灰褐，只有毛尖上還殘留著一層若有若無的水紅色的幻影。我翻閱了許多參考書籍才知道，動物如果長時間處在焦慮暴躁的精神狀態，內分泌會失調，會引起體毛黯然變色。

紅崖羊之所以珍貴，之所以獨一無二，就在於牠性格溫順，體毛紅豔。性格溫順早就不存在了，如果連毛色也變得同其他種類的崖羊一樣，灰褐泛青，那麼，紅崖羊獨特的價值也就消失殆盡了。

怎麼辦？怎麼辦?!我一籌莫展。

六、釋放雪豹

我的藏族嚮導強巴昨天下午到鎮上採購我們所需要的生活用品去了，我一個人睡在帳篷裏。天已大亮，我懶得起來，捂在被窩裏翻看一本有關崖羊的專著，希望能找到解決目前紅崖羊群面臨的生存危機的辦法來。

咩——我的耳邊響起一聲羊叫，又響起雜亂的羊蹄聲。透過犛牛皮，我看見好幾隻羊的影子在帳篷外晃動。

經常有紅崖羊光臨觀察站來舔食我們潑在地上的鹽巴水，我並不在意。突然，咚的一聲，好像有羊在撞擊固定帳篷的木樁，帳篷顫抖，吊在上面的獵槍、筷筒、挎包唏哩嘩啦往下掉。

你們也太淘氣了一點，我大喝一聲，想把牠們嚇走，可我的喝叫聲非但沒起到驅趕的作用，反而引來了更猛烈的撞擊。

咚，咚咚，帳篷搖晃傾斜，要倒要倒。我急忙翻身起來，順手抄起一根牛皮鞭，撩起門簾，衝出帳篷，準備教訓那幾隻愛惡作劇的紅崖羊。

我跨出帳篷，一下子驚呆了。頭羊灰鬍子帶著三隻老公羊，正怒沖沖地用犄角撞、用蹄子踩，試圖弄倒我的帳篷。牠們眼睛裏充滿著仇恨，好像我的帳篷是不共戴天的仇敵，暴烈地又踩又撞。我意識到一根牛皮鞭無濟於事，應當換一支獵槍，剛想轉身，嘩，犛牛皮帳篷被牠們撞倒了，短時間內根本別想找到我的獵槍。

這時，灰鬍子昂起頭來長咩了一聲，瞪著兩隻充滿血絲的眼睛，勾著頭，挺著那對犄角，全身肌肉繃得鐵緊，打著響鼻，唰地一聲朝我衝過來。那架式，完全和兩隻公羊爲爭奪配偶的打架一模一樣。這些老傢伙，在情場吃了敗仗，要拿我出氣呢。

我這裏可沒有什麼雌羊，我壓根兒對雌羊也不感興趣，可是，跟牠們講道理，牠們能聽得懂嗎？我頭上沒有犄角，跟灰鬍子對撞的話，怕會撞出腦震盪來的。

好漢不吃眼前虧，三十六計走爲上策，我朝旁邊一閃，灰鬍子撞了個空，我拔腿就跑。但才跑了幾步，就被另外三隻老公羊追上了，東西南北，四隻羊站在四個方向，把我圍在了中間。咚，我背上挨了一角，身不由己地朝前跌去，站在前面的灰鬍子在我胸部抵了一傢伙，我歪歪扭扭地倒向一邊，又被不講禮貌的老公羊重重地推了出去……我好像成了一隻肉球，牠們在頂球玩哩。

牠們倒玩得高興，我可吃盡了苦頭。才被頂了兩圈，肋骨就火辣辣地疼，心裏七葷八素，悶得難受，想嘔吐。

咩——灰鬍子用一種平穩的聲調叫了一聲，另外三隻老公羊停止了對我的撞擊。我站立不穩，跌倒在地。

咩咩咩，灰鬍子嘴吻貼近我的耳畔叫著，好像在催促我快站起來。我偏賴在地上不起來，看你們還怎麼把我當肉球頂？灰鬍子見我耍賴，高高揚起一隻前蹄，舉到我臉上，做出一副踩踏狀。

紅崖羊的蹄子硬如鐵大如錘，十六隻羊蹄就像十六把鐵錘，要真的照我臉錘下來，我的臉不被錘扁才怪呢。比較之下，站起來當肉球似乎受的罪要輕些。無奈，我只好掙扎著站了起來。

奇怪的是，牠們不再用犄角頂我，灰鬍子走到我面前，用一種憂傷的央求的眼光望著我，咩——咩——一聲接一聲叫著，叫得淒涼悲哀。另外三隻老公羊也用同樣的表情、同樣的聲調朝我咩叫。

牠們好像並不想置我於死地，而是在對我發洩牠們的不滿，傾吐牠們的怨恨，然後，企望我能替牠們做什麼事。牠們若真想取我的小命，猛烈撞的話，我早就嗚呼哀哉了。可我不明白牠們究竟要我幹什麼，我茫然地望著牠們。

頭羊灰鬍子用犄角叉住我的腰，一擰脖子，把我的身體旋轉了九十度，臉朝向帳篷後面那條荒草掩映的小路。然後，牠的角抵住我的背，把我往小路上推。小路的盡頭就是豹籠。被囚禁在籠子裏已長達十個月的兩隻雪豹，正趴在木樁上，焦急地向小路上張望，等待我去餵食。

我們走到離籠子還有三十來米遠時，兩隻雪豹聞到了紅崖羊的氣味，按捺不住內心的激動，發出驚天動地的吼叫聲。老公羊們害怕了，身體瑟瑟發抖，另外三隻老公羊停了下來，不敢再往前走，只有灰鬍子還麻著膽，推著我一直走到豹籠前。咩——牠用一種含混著絕望與渴望的奇特的聲調朝我叫了一聲。

我打了個寒噤，突然產生了一個靈感，灰鬍子之所以把我推到豹籠前，該不是想讓我打開豹籠？

爲了驗證自己的想法，我哆嗦著掏出鑰匙，做出要開鎖的樣子，回頭看灰鬍子的反應。灰鬍子唰地朝後跳出五、六丈，驚恐不安地咩咩叫著。也許，是我誤會了牠們的意圖，牠們不過是想來看看被我羈押了十個月的天敵，就像普通的探監一樣。

可當我把鑰匙放下來時，灰鬍子又轉身跑了回來，朝我勾頭亮角，惡狠狠地咩咩直叫，那舉動，分明是逼我完成開鎖的動作。我把鑰匙插進鎖孔，喀嚓一聲脆響，鎖打開了。灰鬍子又唰地轉身逃出五、六丈遠，然後停了下來，前腿繃後腿曲，身體仍擺著躥逃的姿勢，脖頸扭向背後，朝我咩地叫了一聲，聲音沈鬱有力，透出一種堅定不移的韻味。

再清楚不過了，牠就是要我打開豹籠！

我的心一陣顫動。想當初，我把這兩隻雪豹關進籠子時，這些紅崖羊高興得就像過節一樣，灰鬍子還舔我的鞋子對我感恩戴德，僅僅過了十個月，這些紅崖羊卻用武力威逼我打開豹籠。誰都知道，對紅崖羊而言，打開豹籠，意味著什麼。魔鬼出洞，死神蒞臨，血腥的屠宰重新開始！然而，牠們卻像請神一樣要請回這兩隻雪豹。

我開了鎖，把豹籠開啓一條縫，然後，爬上樹去。

兩隻雪豹雄赳赳地跨出獸籠，在陽光下伸了個懶腰。灰鬍子驚駭地咩叫一聲，帶著三隻老公羊飛快地逃向納壺河谷。雪豹大吼一聲，尾追而去。納壺河谷裏，展開了一場生死追逐。

就像突然斷電一樣，山崖峭壁間乒乒乓乓的犄角碰撞聲停止了。在以後的幾天裏，我再也沒有見到因打架鬥毆從懸崖上掉下來摔死的公羊。也許，對缺乏開拓精神，又醉心於窩裏鬥的紅崖羊來說，天敵的存在並不是一件壞事。

生活兜了個圓圈，從終點又回到了起點。

三個多月後，我在河灘上又遇見了紅崖羊群，牠們體毛泛紅，嫻靜地吃著草，溫順地圍繞在頭羊灰鬍子的身邊。我數了數，不多不少，剛好是六十六隻。或許，在狹窄的納壺河谷裏，兩隻雪豹，六十六隻紅崖羊，是個最佳平衡點呢。

斑羚飛渡

我們狩獵隊分成好幾個小組，在獵狗的幫助下，把這群斑羚逼到戛洛山的傷心崖上。

斑羚又名青羊，形似家養山羊，但頷下無鬚，善於跳躍，每頭成年斑羚重約六、七十斤。被我們逼到傷心崖上的這群斑羚約有七、八十隻。

斑羚是我們這一帶獵人最喜愛的獵物，雖然公羊和母羊頭上都長著兩支短小如匕首的尖利的羊角，但性情溫馴，死到臨頭也不會反抗，獵殺時不會有危險；斑羚肉肥膩細嫩，是上等山珍，毛皮又是製裘的好材料，價錢賣得很俏。所以，當我們完成了對斑羚群的圍追堵截，獵狗和獵槍組成了兩道牢不可破的封鎖線，狩獵隊的隊長，也就是曼廣弄寨的村長帕珐高興得手舞足蹈：

「阿羅，我們要發財了！嘿，這個冬天就算其他獵物一隻也打不著，光這群斑羚就夠我們一年的酒錢啦！」

每位獵人都紅光滿面，臉笑成了一朵花。

對付傷心崖上的斑羚，好比甕中捉鱉。傷心崖是戛洛山上的一大景觀，一座山峰，像被一把利斧從中間剖開，從山底下的流沙河抬頭往上看，宛如一線天，其實隔河對峙的兩座山峰相距約六米左右。兩座山峰都是筆直的絕壁，到了山頂部位，都淩空向前伸出一塊巨石，遠遠望去，就像一對彼此傾心的情人，正要熱情地擁抱接吻。

之所以取名傷心崖，是有一個古老的傳說，說是在緬桂花盛開的那一年，有個名叫喃木娜雅的仙女看中了一個年輕獵人，偷了鑰匙從天庭溜到人間與年輕獵人幽會，不幸被她保守的丈夫發現；戴了綠帽子的丈夫勃然大怒，悄悄跟蹤，在仙女又一次下凡與年輕獵人見面、倆人心急火燎張開雙臂互相朝對方撲去、眼瞅著就要擁抱在一起的節骨眼上，仙女的丈夫突施妖法，將倆人點爲石頭，永遠處在一種眼看就要得到卻得不到的痛苦狀態，將一對饑渴的情人咫尺天涯，以示懲罰天上人間都普遍存在的第三者插足。

這群斑羚走到了傷心崖，算是走上了絕路。往後退，是咆哮的狗群和十幾支會噴火閃電的獵槍；往前走，是幾十丈深的絕壁，而且朝裏彎曲，除了壁虎，任何生命都休想能順著倒懸的山壁爬下去，一旦摔下去，不管是掉在流沙河裏還是砸在岸邊的砂礫上，小命都得玩完；假如能跳到對面的山峰上去，當然就絕路逢生、轉危爲安了，但兩座山峰最窄的地方也有六米寬，且兩山平行，沒有落差可資利用。

斑羚雖有肌腱發達的四條長腿，極善跳躍，是食草類動物中的跳遠冠軍，但就像人跳遠有個極限一樣，在同一個水平線上，再健壯的公斑羚最多也只能跳出五米的成績，母斑羚、小斑羚和老斑羚只能跳四米左右，能一跳跳過六米寬的山澗的斑羚堪稱超級斑羚，而超級斑羚還沒有生出來呢。

我們將斑羚逼進傷心崖後，圍而不打，遲遲沒放狗上去撲咬，也沒開槍射擊，這當然不是出於憐憫，而是擔心斑羚們被我們逼急了，會不顧三七二十一集體墜岩，從懸崖跳下去的；牠們跳下去假如摔在岸上，當然節省了我們的子彈，但不可能個個都按我們的心願跳得那麼準，肯定有許多落到流沙河裏，很快就會被湍急的河水沖得無影無蹤。我們不想讓到手的錢財再流失，我們要一網打盡。

村長帕珐讓波農丁帶五個人到懸崖底下的流沙河邊去守著，負責在岸上撿拾和從水裏打撈那些山頂跳下去的斑羚。

從傷心崖到流沙河，地勢很陡，要繞半座山才下得去，最快也要走半小時。村長帕珐和波農丁約定，波農丁到了懸崖底下後，吹響牛角號，我們就立即開槍，同時放狗去咬。

我仍留在傷心崖上。我埋伏的位置離斑羚群只有四、五十米，中間沒有遮擋視線的障礙，斑羚們的一舉一動都看得一目瞭然。

開始，斑羚們發現自己陷入了進退維谷的絕境，一片驚慌，胡亂竄逃，有一隻母斑羚昏頭昏腦竟然企圖穿越封鎖線，立刻被早已等得不耐煩了的獵狗撕成碎片。有一隻老斑羚不知是老眼昏花沒測準距離，還是故意要逞能，竟退後十幾步，一陣快速助跑奮力起跳，想跳過六米寬的山澗去，結果可想而知，牠在離對面山峰還有一米多的空中做了個滑稽的挺身動作，哀咩一聲，像顆流星似的筆直墜落下去，好一會兒，懸崖下才傳來撲通的水花聲。

可惜，少了一張羊皮，少了一鍋羊肉。

過了一會兒，斑羚群漸漸安靜下來，所有的眼光都集中在一隻身材特別高大、毛色深棕油光水滑的公斑羚身上，似乎在等候這隻公斑羚拿出可使整個種群能免遭滅絕的好辦法來。

毫無疑問，這隻公斑羚是這群青羊的頭羊，牠頭上的角比一般公斑羚要寬得多，形狀像把鐮刀，姑妄稱牠爲鐮刀頭羊。鐮刀頭羊神態莊重地沿著懸崖巡視了一圈，抬頭仰望雨後天晴湛藍的蒼穹，悲哀地咩了數聲，表示自己也無能爲力。

斑羚群又騷動起來。這時，被雨洗得一塵不染的天空突然出現一道彩虹，一頭連著傷心崖，另一頭飛越山澗，連著對面那座山峰，就像突然間架起了一座美麗的天橋。斑羚們凝望著彩虹，有一頭灰黑色的母斑羚舉步向彩虹走去，神情飄渺，似乎已進入了某種幻覺狀態，也許，牠們確實因爲神經高度緊張，而誤以爲那道虛幻的彩虹是一座實實在在的橋，可以通向生的彼岸，也許，牠們清楚那道色澤鮮豔遠看像橋的東西，其實是水氣被陽光折射出來的幻影，但既然走投無路了，那就懷著夢想與幻覺走向毀滅，起碼可以減輕死亡的恐懼。

灰黑色的母斑羚的身體已經籠罩在彩虹眩目的斑斕光譜裏，眼看就要一腳踩進深淵去，突然，鐮刀頭羊咩——發出一聲吼叫，這叫聲與我平常聽到的羊叫迥然不同，沒有柔和的顫音，沒有甜膩的媚態，也沒有絕望的嘆息，音調雖然也保持了羊一貫的平和，但沈鬱有力，透露出某種堅定不移的決心。

事後我想，鐮刀頭羊之所以在關鍵時刻想出這麼一個挽救種群生存的絕妙辦法來，或許就是受了那道彩虹的神秘啓示，我總覺得彩虹那七彩光斑似乎與後來發生的斑羚群的飛渡，有著一種美學上的溝通。

隨著鐮刀頭羊的那聲吼叫，灰黑色母斑羚如夢初醒，從懸崖邊緣退了回來。

隨著鐮刀頭羊的那聲吼叫，整個斑羚群迅速分成兩撥，老年斑羚爲一撥，年輕斑羚爲一撥；在老年斑羚隊伍裏，有公斑羚，也有母斑羚，身上的毛色都比較深，兩支羊角基部的紋輪清晰可見；在年輕斑羚隊伍裏，年齡參差不齊，有身強力壯的中年斑羚，有剛剛踏進成年行列的大斑羚，也有稚氣未脫的半大斑羚；兩撥分開後，老年斑羚的數量顯然要比年輕斑羚那撥少得多，大概少十幾隻。

鐮刀頭羊本來站在年輕斑羚那撥裏的，眼光在兩撥斑羚間轉了幾個來回，悲愴地輕咩了一聲，邁著沈重的步伐走到老年斑羚那一撥去了。有七、八頭中年公斑羚跟隨著鐮刀頭羊，也自動從年輕斑羚那撥裏走出來，歸進老年斑羚的隊伍，這麼一倒騰，兩撥斑羚的數量大致均衡了。

我看得很仔細，但弄不明白這是怎麼回事。以年齡爲標準劃分出兩撥來，這些斑羚究竟要幹什麼呢？

「波農丁這個老酒鬼，爬山比烏龜還爬得慢，怎麼還沒到懸崖底下？」村長帕珐小聲咒罵道。他的兩道劍眉擰成了疙瘩，顯出內心的焦躁和不安。

村長帕珐是位有經驗的獵手，事後我想，當時他一定已預感到會發生驚天動地的不平常的事，所以才會焦躁不安的，但他想像不出究竟會發生什麼事。

我一面觀察斑羚群的舉動，一面頻繁地看表，二十分鐘過去了，二十二分鐘過去了，二十五分鐘過去了……按原計劃，如果一切順利的話，頂多再有三、五分鐘，懸崖底下就會傳來牛角號悶沈的嗚嗚聲，傷心崖上十來支獵槍就會噴吐出耀眼的火光。

這將是一場輝煌的狩獵，對人類而言。

這將是一場滅絕性的屠殺，對這群斑羚而言。

就在這時，我看見，從那撥老斑羚裏走出一隻老公羊來，頸上的毛長及胸部，臉上褶皺縱橫，兩支羊角早已被歲月風塵弄得殘缺不全，一看就知道快到另一個世界去報到了。老公羊走出佇列，朝那撥年輕斑羚示意性地咩了一聲，一隻半大的斑羚應聲走了出來。一老一少走到傷心崖，後退了幾步，突然，半大的斑羚朝前飛奔起來，差不多同時，老公羊也揚蹄快速助跑，半大的斑羚跑到懸崖邊緣，縱身一躍，朝山澗對面跳去，老公羊緊跟在半大斑羚後面，頭一勾，也從懸崖上躥躍出去。

這一老一少，跳躍的時間稍分先後，跳躍的幅度也略有差異，半大斑羚角度稍偏高些，老公羊角度稍偏低些，等於是一前一後，一高一低；我吃了一驚，怎麼，自殺也要老少結成對子，一對一對去死嗎？這隻半大斑羚和這隻老公羊，除非插上翅膀，是絕對不可能跳到對面那座山崖上去的！

果然，半大斑羚只跳到四米左右的距離，身體就開始下傾，從最高點往下降落，空中劃出一道可怕的弧形，我想，頂多再有一、兩秒鐘，牠就不可避免地要墜進深淵，墜進死亡的地獄去了。

我正這樣想著，突然一個我做夢都無法想像的鏡頭出現了，老公羊憑著嫻熟的跳躍技巧，在半大斑羚從最高點往下降落的瞬間，身體出現在半大斑羚的蹄下，老公羊的跳躍能力顯然要比半大斑羚略勝一籌，當牠的身體出現在半大斑羚蹄下時，剛好處在跳躍弧線的最高點，就像兩艘太空船在空中完成了對接一樣，半大斑羚的四隻蹄子在老公羊寬闊結實的背上猛蹬了一下，就像免費享受一塊跳板一樣，牠在空中再度起跳，下墜的身體奇蹟般地再度升高，而老公羊就像燃料已輸送完了的火箭殘殼，自動脫離太空船，不，比火箭殘殼更悲慘，在半大斑羚的猛力踢蹬下，像隻被突然折斷了翅膀的鳥筆直墜落下去。

雖然這第二次跳躍力度遠不如第一次，高度也只有地面跳躍的一半，但足夠跨越剩下的最後兩米路程了；只見半大斑羚輕巧地落在對面山峰上，興奮地咩叫一聲，鑽到磐石後面不見了。

試跳成功，緊接著，一對對斑羚凌空躍起，山澗上空劃出一道道令人眼花撩亂的弧線，每一隻年輕的斑羚成功飛渡，都意味著有一隻老年斑羚摔得粉身碎骨。

山澗上空，和那道彩虹平行，也架起了一座橋，那是一座用死亡做橋墩架設起來的橋。沒有擁擠，沒有爭奪，次序井然，快速飛渡。我十分注意盯著那群註定要去送死的老斑羚，心想，或許有個別比較滑頭的老斑羚，會從死亡那撥偷偷溜到新生那撥去，但讓我震驚的是，從頭至尾，沒有一隻老斑羚爲自己調換位置的。

牠們心甘情願用生命爲下一代開通一條生存的道路。

絕大部分老斑羚，都用高超的跳躍技藝，將年輕斑羚平安地飛渡到對岸的山峰，只有一頭衰老的母斑羚，在和一隻小斑羚空中銜接時，大概力不從心，沒能讓小斑羚精確地踩上自己的背，結果一老一少一起墜進深淵。

我沒想到，在面臨種群滅絕的關鍵時刻，斑羚群竟然能想出犧牲一半挽救一半的辦法，來贏得種群的生存機會。我沒想到，老斑羚們會那麼從容地走向死亡。

我看得目瞪口呆，所有的獵人都看得目瞪口呆，連狗也驚訝的張大嘴，長長的舌頭拖出嘴外，停止了吠叫。

就在這時，嗚——嗚——懸崖下傳來牛角號聲，村長帕珐如夢初醒，連聲高喊：「快開槍！快，快開槍！」

但已經晚了，傷心崖上，只剩下最後一隻斑羚，唔，就是那隻成功地指揮了這場斑羚群集體飛渡的鐮刀頭羊。這群斑羚不是偶數，恰恰是奇數，鐮刀頭羊孤零零地站在山峰上，既沒有年輕的斑羚需要牠做空中墊腳石飛渡到對岸去，也沒有誰來飛渡牠。

砰，砰砰，獵槍打響了，我看見鐮刀頭羊寬闊的胸部冒出好幾朵血花，牠搖晃了一下，但沒倒下去，邁著堅定的步伐，走向那道絢麗的彩虹。彎彎的彩虹一頭連著傷心崖，一頭連著對岸的山峰，像一座美麗的橋。

牠走了上去，消失在一片燦爛中。

熊母

牠站在山頂，牠望見懸崖下，自己的小寶貝渾身是血，流血的傷口上又結了一層白白的鹽霜，哀嚎聲時斷時續。小熊仔撕心裂肺的嚎叫聲就像針一樣扎進牠的心，像火一樣炙牠的靈魂。

牠照準底下的石窩，跳了下去，在身體騰空的一瞬間，牠發出一聲悲憤的吼叫……

此時此刻，太陽為自己的傑作——人，羞紅了臉。

一、白掌

老獵人亢浪隆在山林裏闖蕩了幾十年，和飛禽走獸打了大半輩子交道，經驗豐富，槍法又準，再加上他養的那條大黑狗機靈兇猛，所以只要進得山去，極少有空手回來的時候；當地獵人有個習慣，凡打了飛禽，就拔下一根最鮮亮的羽毛黏在槍把上，凡獵到走獸，就剁下頭顱風乾後掛在牆壁上；他的那支老式火藥槍上，密密麻麻黏滿了各種色彩的羽毛，活像一隻怪鳥，他竹樓的四面牆上掛滿了各種各樣野獸的腦袋，好像在開獸頭博覽會。

亢浪隆長著一張國字型的臉，濃眉大眼，微微上翹的下巴襯托著一隻挺拔的鼻子，顯得剛毅剽悍，氣宇軒昂；但人不可貌相，這傢伙雖然長得威武，但心眼和他高大的身體形成強烈反差，氣量小得讓人無法忍受，是個一毛不拔的鐵公雞，除了寨子裏組織的集體狩獵外，從不肯帶人一起進山打獵，因爲按照當地的習俗，只要是一起出去打獵的，無論是誰發現和打死了獵物，見者有份，他生怕別人占了他的便宜。

可這天黃昏，亢浪隆卻肩著五彩繽紛怪鳥似的火藥槍，牽著他的大黑狗，帶著我這個獵場上的新兵，涉過湍急的流沙河，走進了密不透風的原始森林。

他是被我逼得沒辦法，才帶我一起去打獵的。

一個小時前，我和亢浪隆泡在流沙河的淺水灣裏洗澡，當地的風俗，男的在上游洗，女的在下游洗，相隔約二十多米。恰好有幾個姑娘也在河裏洗澡，皮膚白得耀眼，嘻嘻哈哈的笑聲直往我耳朵裏灌。我的眼睛無法老實，但害怕亢浪隆笑話我，只好朝姑娘們瞥一眼，立刻又把眼光跳開，跳到對岸的香蕉林，裝著在觀賞風景的樣子。

就在我第七次將活奔亂跳的眼光做賊似地從姑娘的玉體逃到對岸時，突然，我看見青翠的香蕉樹叢裏鑽出一個黑乎乎的大傢伙來，粗壯的身體，直立的姿勢，乍一看，像個黑皮膚的相撲運動員，我趕緊用手背抹去掛在眼睫毛上的水珠，這回看仔細了，圓得像大南瓜似的腦袋，尖尖的嘴吻，一雙小眼珠子，哦，是頭狗熊！

這時，從大狗熊的背後又吱溜鑽出一隻毛絨絨的小狗熊來，只有半米來高，蹣跚著朝河邊走去，大概是嘴渴了，想喝水呢，大母熊急忙伸出右爪，做了個類似招手的姿勢，小熊仔馬上回到母熊身邊，母熊立刻將幾片寬大的香蕉葉拉扯下來，遮住牠和小熊的身體，我便什麼也看不見了。顯然，母熊發現有人在對岸洗澡，退回到密林裏去了。

可我已經看見牠了，更重要的是，我看見母熊伸出來的那隻右爪和身上其他地方的毛色截然不同，是白色的，就像黑人有一口潔白的牙齒一樣醒目。熊掌本來就是名貴的山珍，在熊的四隻爪掌裏，又是右掌最值錢；熊習慣用右掌掏蜂蜜採蘑菇掘竹筍，還習慣用黏乎乎的唾液舔右掌，右掌等於長期浸泡在營養液裏，肉墊厚實，肥嘟嘟像握著一隻大饅頭。

在所有的熊掌裏，又數白掌最爲珍奇，被視爲稀世珍寶；當地獵人中流傳這樣一句順口溜：黑狗熊，白右掌，金子落在鼻梁上。一百隻狗熊裏，也找不出一隻白右掌來，物以稀爲貴，所以顯得特別珍貴，一隻白右掌可以換兩頭三歲牙口的牯子牛。我很興奮，我想，和我一起洗澡的亢浪隆也一定看見母熊的大白掌了，他是個老獵人，比我更懂得白右掌的價值，肯定像看見路上有只大錢包似的滿臉喜色，可我偏過臉一看，出乎我的意料，亢浪隆臉平靜得沒有任何波瀾，微閉著眼，哼哼唧唧，好像洗澡洗得挺忘情的。

我不是傻瓜，我立刻明白這個老傢伙肚子裏在打什麼主意，以為我沒發現母熊大白掌，不動聲色，瞞天過海，想甩開我，獨吞那隻大白掌。果然，他連肥皂也忘了擦，泡了幾分鐘後，就上岸穿衣服了。

我可不是一盞省油的燈，我微笑著來了一句：

「我也看見白的東西了，別忘了見者有份喔。」

「姑娘的大腿很白，」他揶揄道，「我也不要見者有份了，讓你獨自看個飽吧。」

「那白的東西，不是大腿，是右前掌。」

「你的眼睛像螞蟥一樣叮在姑娘身上，一座山掉在你面前，怕你也看不見。」

「那好，我告訴村長去，讓他趕快派人到對岸去搜索。」

亢浪隆用狐疑的眼光在我臉上審視了半晌，見我腰桿挺得像檳榔樹一樣直，不像說謊的樣子，只好悲慘地嘆了口氣說：

「算你運氣，跟我回家拿槍去吧；記住，白右掌歸我，黑左掌歸你，其餘的平分；你連槍都不會打，已經夠便宜你了。」

雖說是個不平等條約，但總比一點好處也撈不到要強；我是個剛從上海到雲南來插隊落戶的知青，一個最蹩腳的獵人，既沒有獵狗，也沒有獵槍，只有一把長刀，若讓我單獨進山，別說獵熊，恐怕連隻麻雀也打不到的；沒辦法，我只好屈服於亢浪隆的強權政治。

我們一到對岸的香蕉林，就看見濕軟的泥地裏嵌著兩行大腳印，有腳指也有腳掌，極像人的腳印，當然要比人的腳印大得多，穿鞋的話，大概要穿六十碼的特大號鞋。有腳印指引，又有大黑狗帶路，我們很快在山腳下追到母熊大白掌和那隻小熊仔。大黑狗吠叫著，閃電般追了上去。

母熊大白掌沿著一條被泥石流沖出來的山溝向山丫逃去，很明顯，是想翻過山丫，逃進密不透風的大黑山熱帶雨林去。母熊大白掌和人差不多高，胖得像只柏油桶，怕有一噸重了，但爬起山來卻異常靈巧；小熊仔年幼力弱，稍陡一點的地段就爬不上去，歐歐叫著，母熊大白掌只得回轉身來，站在上面叼住小熊仔的後脖頸，像起重機一樣把小熊仔提上去。

這當然嚴重影響了牠們的奔逃速度，幾分鐘後，大黑狗就叼住了小熊仔的一條後腿，小熊仔喊爹哭娘地叫起來。母熊大白掌吼叫著，轉身來救小熊仔，撩起那隻大白掌就朝大黑狗摑去。

別說獵狗了，就是孟加拉虎，被狗熊用力摑一掌，摑在嘴上，就會變成歪嘴虎，摑在脖子上，就會變成歪脖子虎；假如大黑狗被母熊大白掌摑著，亢浪隆就準備吃清燉狗肉吧。

亢浪隆不愧是個經驗豐富的老獵人，立刻端起槍來，朝母熊大白掌開了一槍；他是在奔跑途中突然停下來開槍的，氣喘心跳，很難打準，再說，這種老式火藥槍灌的是鐵砂，學名叫霰彈，也就是說，從槍管裏射出去的不是一顆子彈，而是一群子彈，呈錐形朝獵物罩過去的，母熊大白掌和大黑狗一上一下離得很近，他也怕誤傷了自己的大黑狗，所以槍口抬高了幾寸。

只聽轟地一聲巨響，一團灼熱的火焰飛出去，我看見，母熊大白掌像被一把無形的理髮刀快速理了個髮，頭頂豎直的毛唰地一下沒有了，彷彿是理了半個奇形怪狀的光頭，露出燒焦的毛渣和發青的頭皮，可能還有一兩粒小鐵砂鑽進了牠的耳朵，流出兩條紅絲線般的血。

牠被巨響聲震住了，愣了愣，那隻極厲害的大白掌停在半空，沒能按原計劃摑下去。大黑狗趁機用力一扯，把小熊仔從山坡上拉下十幾米來。母熊大白掌低沈地吼叫著，望望坡下被大黑狗纏住的小熊仔，又望望還差幾米就可到達的山丫，猶豫著，躑躇著，看得出來，牠心裏矛盾極了，想從坡上衝下來救小熊仔，又怕會閃電噴火的獵槍再次朝牠射擊，非但救不出小熊仔，還會把自己的性命也搭進去。

其實，這時候母熊大白掌要是不顧一切地衝下坡來，不但能救出小熊仔，還能把亢浪隆和我嚇得屁滾尿流。亢浪隆用的是每次只能打一槍的單筒獵槍，且不是使用那種現成的子彈，而是往槍管裏裝填火藥，還必須填一層火藥蓋一層鐵砂，要重疊好幾層才有威力；火藥裝在葫蘆裏，掛在後腰帶上，鐵砂放在麂皮小口袋裏，掛在前腰帶上，裝填一次火藥工序繁雜，要一長套組合動作，最快也要三五分鐘。這點時間，足夠大白掌摑斷大黑狗的脊梁，救出小熊仔，然後領著小熊仔翻過山丫揚長而去了。

亢浪隆一面手忙腳亂地往槍管裏塞火藥鉛巴，一面啊呵啊呵伸直脖子叫嚷，他叫得很用力，脖子上青筋爆漲，像爬著好幾條大蚯蚓。我第一次經歷如此怪異的狩獵場面，看得目瞪口呆。

亢浪隆抽了我一個脖兒拐，罵道：「發酒瘟的，你是根木頭呀？別傻站著了，快，用力跳，用力叫！」

我驚醒過來，也顧不得姿勢是醜是美，拔出明晃晃的獵刀，高舉雙手，像蛤蟆似地一個勁蹦踏，嘔呵嘔呵叫起來。

亢浪隆又在我屁股上賞了一腳：「發情的螞蚱都比你跳得高，叫春的貓都比你叫得響，你是三天沒吃飯了還是怎麼著？」

我只好由蛤蟆變成袋鼠，張牙舞爪，鬼哭狼嗥起來。這有點像動物與動物在對決前向對方炫耀自己的威武，一種純粹的恐嚇戰術，別說，還真靈呢，母熊大白掌膽怯地望望我，一轉身往坡上竄去，很快就翻過山丫，消失在一片蔥綠的樹林裏。

我們生擒了小熊仔，用一根細鐵鏈拴住脖子，牽著走。小傢伙出生才兩、三個月，還沒斷奶，小鼻子小眼睛小耳朵，像隻玩具熊，蠻可愛的。牠一條後腿被狗牙咬破了，但傷得並不厲害。牠很害怕，人一走近，便渾身觳觫，縮成一團。我掘了一支竹筍餵牠，牠也不吃，一個勁地呦呦嗚咽，大概是在叫喚牠的媽媽吧。

「可惜，讓母熊大白掌跑掉了，」我說，「今天怕是逮不著牠了。」

「你懂個屁，小熊仔在我們手裏，就等於捏住了母熊大白掌的半條性命。唔，我教你怎麼才能獵到母熊大白掌。」

亢浪隆帶著我來到一座陡峭的小山前，圍著小山探勘了一圈，很滿意地咂咂嘴說：「這地方不錯，嘿，母熊大白掌逃不掉嘍。」

二、小熊的哀嚎

這是一座高約一百多米的孤零零的小石山，四面都是半風化的花崗岩，山上沒有樹，石縫間偶爾長著一兩叢荊棘。與四周鬱鬱蔥蔥連綿起伏的大山相比，這座小石山就像一個被遺棄的孤兒。山勢極陡，有一面是垂直的絕壁，其餘三面也都是七十五度以上的陡坡，別說人了，就是善於在懸崖峭壁上攀援的岩羊，也休想爬得上去。小石山四周約一百公尺範圍裏，幾乎沒有樹，只有一些低矮的灌木和荒草。

亢浪隆走到絕壁下，站定了，吩咐我把前面的幾叢灌木和荒草都砍倒，這樣，從絕壁到樹林間便形成了百米長的開闊地。然後，亢浪隆砍了一棵碗口粗的小樹，削去枝椏，在絕壁前栽了一棵結實的木樁，把小熊仔用鐵鏈子拴牢在木樁上。

這時，太陽落下山峰，暮靄沈沈，歸鳥在林中聒噪，天快黑下來了。亢浪隆在絕壁下找了個石窩，在石窩裏墊了一層樹葉，讓我和他一起躺在石窩裏，把灌滿火藥和鐵砂的獵槍擱在石頭上。

我不得不佩服亢浪隆善於利用地形，這是狙擊獵物最理想的位置，居高臨下，視界開闊，無論母熊大白掌從左中右哪一側出現，都逃不脫黑森森的槍口；更重要的是，我們背靠著陡峭的小石山，不用擔心大白掌會繞到背後來襲擊我們，而前面那片百米長的開闊地，也保證我們能及時發現任何動靜。再說，還有大黑狗在開闊地裏會隨時爲我們報警呢。

天還沒有黑透，銀盤似的月亮就掛上了樹梢，能見度很高，別說一頭大狗熊了，即使一隻松鼠跳到開闊地來，我們也能看得清清楚楚。

我想，這片開闊地就是母熊大白掌的葬身之地，當然，首先得有個前提，就是大白掌要進入這片開闊地。

牠真能來嗎?牠要不來的話，我們就成了守株待兔的傻瓜了。我忍不住說了一句：「母熊大白掌說不定早逃遠了呢。」

「不會的。」亢浪隆說得十分肯定，「吃奶的幼崽，好比一根剪不斷的繩索，拴著母獸的心，你把幼崽帶到天涯海角，母獸都會跟到天涯海角的。」

「這裏有獵狗看守，還有人和獵槍，牠敢靠近嗎？」

「刀山火海，龍潭虎穴，牠都會來闖一闖的。」

果然被亢浪隆言中了，當月亮升到半空時，開闊地外的樹林裏傳來母熊大白掌歐歐的吼叫聲，大黑狗在開闊地和樹林的邊緣線狂吠不已，小熊崽呦呦呼應著，想回到媽媽身邊去，把鐵鏈子拉得嘩嘩響。

「小熊仔餓了，在向母熊討奶吃，母熊大白掌很快就會出現的。」亢浪隆端起槍來，壓低聲音對我說。

樹林裏閃過一個黑影，一晃，又不見了。大黑狗一會兒從開闊地的東端跑到西端，一會兒又從西端跑到東端，兇猛地叫著，很明顯，母熊大白掌焦急地在樹林裏徘徊，尋找可以安全接近小熊仔的路線。

機敏的大黑狗，把母熊大白掌的行蹤和企圖及時通報給我們了。

大黑狗在開闊地和樹林的交接地帶跑了幾個來回後，突然停在西端的兩棵合歡樹前，吠叫聲向縱深延伸，躍躍欲撲，似乎想衝進樹林去。亢浪隆顧不得會暴露自己的狙擊位置，從石窩裏站起來，高聲叫道：

「大黑，回來；大黑，快回來！」

平時，大黑狗最聽亢浪隆的話，只要亢浪隆一叫，立刻會搖著尾巴跑到亢浪隆身邊來，但這一次，不知怎麼搞的，牠聽到叫聲後，只是回頭朝我們望了一眼，汪汪汪，送來一串圓潤的吠叫聲，似乎在對我們說，主人，等我把這頭愚蠢的狗熊收拾掉，我再回到你身邊來領賞！

大黑狗倏地竄進樹叢去。

「糟糕，大黑狗完了！」亢浪隆跺著腳說。

他的話音剛落，樹林裏狗的吠叫聲嘎然而止，隨即響起玻璃劃黑板似的非常難聽的尖嚎聲，我聽得渾身起雞皮疙瘩。

尖嚎聲由遠而近，突然，樹叢裏鑽出個高高大大的黑影，直立著向絕壁下的小熊仔走去。毫無疑問，是母熊大白掌，亢浪隆舉起了槍，還沒瞄準，就又把槍放下了；我們聽見，狗的尖嚎聲似乎跟著母熊大白掌在移動；再仔細一看，母熊大白掌兩隻前爪合攏，懷裏有一條東西在掙動；等母熊大白掌再走近幾步，我們終於看清楚了，被母熊大白掌抱在懷裏的就是亢浪隆的寶貝大黑狗，熊爪大概掐住了牠的脖子，使牠的吠叫聲變得尖細淒厲。

我沒看到母熊大白掌是怎麼捉住大黑狗的，一般來說，狗比熊靈巧得多，是不大可能會被熊捉住的；也許，母熊大白掌用裝死的辦法引誘大黑狗來到身邊，出其不意地一掌把大黑狗打翻在地，也許，母熊大白掌假裝爬樹逃跑，大黑狗追到樹下仰頭吠咬，牠突然鬆手，像網一樣罩住了大黑狗。

母熊大白掌把大黑狗摟在懷裏，就像穿了一件質量很高的防彈衣，又像是押了個「人質」，不，準確的說應該是「狗質」，迫使亢浪隆不敢開槍。一條好獵狗價錢昂貴，再說，從小養大的獵狗和主人之間還有很難割捨的感情。

在我的印象裏，熊是一種很笨的動物，我們平常罵人，你怎麼笨得像狗熊！事實上，熊的智商不比其他哺乳類動物低。這頭母熊知道把小熊仔拴在木樁上，是個引誘牠上鉤的圈套，也知道狗是站在人一邊的，是牠的敵人，如果牠會應用成語的話，肯定會說狗和人是一丘之貉。

牠還知道，牠一旦走進沒有樹叢可以隱藏的開闊地，可怕的獵槍就會朝牠射擊，可出於一種母愛本能，牠又必須穿過開闊地給小熊仔餵奶，如果可能的話，還要把小熊仔救出囹圄。牠是被逼急了，靈機一動，想出個抱著大黑狗走進開闊地來的絕招。

母熊大白掌很快走到木樁跟前，小熊仔嗚嚕嗚嚕發出親暱的叫聲，朝母熊的懷裏鑽來；木樁四周無遮無攔，月光如晝，離我們埋伏的石窩僅有二十來米遠，一舉一動都躲不過我們的眼睛；大黑狗還在掙扎，狗嘴咬不到，就用爪子在母熊身上拼命撕扯，但犬科動物的爪子比起貓科動物來，要遜色得多，既不夠長，也不夠鋒利，熊皮厚韌，熊平時又喜歡在樹幹上蹭癢，遍體塗著一層樹脂，狗爪抓上去，等於在幫牠搔癢。

母熊大白掌大概急著要餵奶，把大黑狗塞到自己的屁股底下，像坐板凳似地坐著，然後，把小熊仔摟進懷；小熊仔咂巴著母熊的奶頭，吃得又香又甜；大黑狗在母熊的屁股底下哀哀叫著。

狗熊遇敵有三招，一是用熊掌摑，二是用大嘴咬，三是用屁股碾；三招中，數屁股碾最厲害，熊身體重如磐石，熊屁股大如磨盤，包括人在內的中等獸類，一旦不幸被熊坐到屁股底下，就是一把不結實的板凳，嘩啦就會散了骨架，再被熊屁股像石磨似的一碾，便會碾出塊薄薄的肉餅來。

大黑狗雖然被悶在母熊大白掌的屁股底下，卻還在叫喚，顯然，母熊還捨不得牠死，沒用力往下坐。

大黑狗的叫聲，攪得亢浪隆心煩意亂，幾次舉槍欲射，都害怕誤傷自己寵愛的獵狗，嘆一口氣又把槍放下了。

過了一會兒，母熊大白掌餵完了奶，重新像抱嬰兒似地把大黑狗抱進懷，騰出那隻白色的右掌，去扯小熊仔脖子上的細鐵鏈，嘩沙嘩沙，鐵鏈抖動的聲音在寂靜的夜顯得格外響亮。

熊雖然力大無窮，但要拉斷鐵鏈卻也不是那麼容易的，扯了幾下，沒能扯斷，又改用牙咬，鐵鏈可不像鬆脆的炒豆那麼容易嚼爛，咯嘣咯嘣，聽得出來，牠咬得很賣勁，說不定牙齒也繃斷幾顆了，還是沒能把鐵鏈咬斷。倒是小熊仔脖子被細鐵鏈勒疼了，呵吭呵吭咳起嗽來。

母熊大白掌在木樁前呆呆地坐了幾分鐘，突然抱著大黑狗走過去，先用那隻大白掌推了推木樁，然後用身體猛烈衝撞樹樁，咚咚咚，聲音恐怖得就像在撞地獄的門；木樁雖然埋得很深，但小石山下的土質有點鬆軟，木樁畢竟是樹樁，沒有根紮在土裏，被母熊大白掌龐大的身體連撞了幾下，就開始鬆動，像醉漢似的歪過來歪過去；牠又用那隻白掌摟著碗口粗的木樁，像拔蘿蔔似地要把木樁從土裏拔出來。

假如再不設法制止的話，母熊大白掌很快就會如願以償，把木樁推倒拔起，然後連同木樁連同小熊仔連同大黑狗一起帶進樹林。

亢浪隆忍無可忍，舉起槍來扣動了扳機。一團桔紅色的火焰劃破夜空，竄向木樁。

正在拔木樁的母熊大白掌像當胸被一隻巨手推了一把，摟在懷裏的大黑狗掉落下來，踉踉蹌蹌後退了好幾步，一屁股坐在地上。牠艱難地翻轉身來，發出可怕的怒吼聲，離開木樁，朝樹林退去。

亢浪隆急急忙忙裝好火藥鐵砂，想再次朝母熊大白掌射擊，但已來不及了，母熊大白掌已穿過開闊地，隱沒在黑漆漆的樹林裏。

我和亢浪隆躍出石窩，奔到木樁下一看，大黑狗身體被鐵砂馬蜂窩似地鑽了十幾個洞，倒在血泊裏，已經咽氣了。小熊仔離得遠，沒受什麼傷。再看地上，有一塊塊顏色很深的斑點，一直向樹林延伸，用手一摸，濕漉漉黏乎乎的，湊到鼻子前一看，顏色很紅，哦，是熊血。看來，母熊大白掌受的傷也不輕，亢浪隆的那支獵槍雖然老式，殺傷力卻很大，要不是大黑狗替牠擋住了大部分鐵砂，牠此刻一定是躺在木樁前動彈不了了。

亢浪隆小心翼翼地從地上抱起大黑狗，輕輕地捋平牠背上凌亂的狗毛，用顫抖的聲音說：「奶奶的，老子今天不把那隻大白掌砍下來，我就是豬！」

我看見他在說這句話時，眼睛裏泛著一層晶瑩。一個獵人，失去了一條好獵狗，當然是很傷心的，再說，又是被挾迫著用自己的獵槍誤殺了自己的獵狗，除了傷心之外，更添了一層憤慨。

「等到天亮，我們可以順著血跡去找大白掌。」我說。

「林子這麼密，沒有狗帶路，你怎麼找呀？牠要是過一條河，你就是渾身長滿眼睛也看不到血跡了！」亢浪隆斷然否決了我的提議，「我要把牠再叫回來。」

「牠受了傷，吃了虧，怕不會再來了。」

「我亢浪隆打了那麼多年的獵，我有辦法叫牠來的。」他說著，取出我們隨身帶著的一隻小塑膠桶，到旁邊一條涓涓小溪接了半盆水，又取出我們準備野炊用的一坨鹽巴，用石頭搗碎了，撒進盆裏，用一根小樹枝不停地攪拌。

我不知道他要幹什麼，像被裝進了悶葫蘆，站著發呆。

「你是來跟我一起打獵的，不是來看熱鬧的。」

「我……我不知道該幹啥。」

「來，拿著。」亢浪隆解下腰上的皮帶塞在我手裏，「給我往小熊仔身上抽！」

「這……你這是要幹嘛呀？」

「讓牠哭，讓牠叫，讓牠嚎，把母熊引出來。」

我機械地舉起皮帶，往小熊仔身上抽去。小熊仔哇哇亂叫，繞著木樁躲避，但鐵鏈子的長度有限，繞了兩三圈，便被固定在木樁上不能動彈了。我一皮帶抽過去，牠竟用兩條前肢抱著頭，靠在木樁上，咿咿嗚嗚發抖。

那副模樣，極像一個被冤枉的孩子在遭受後娘的毒打。我實在有點不忍心再打下去，可又不敢違背亢浪隆的意志，便將皮帶慢舉輕抽，並儘量往小熊仔的屁股打，敷衍亢浪隆。

「你是在給牠拍灰還是在給牠搔癢？」亢浪隆將調好的鹽水擱在一旁，一把奪過我手中的皮帶，劈頭蓋臉朝小熊仔抽過去，如狂風暴雨，如霹靂閃電，直抽得小熊仔喊爹哭娘，發出尖厲的嚎叫。

不一會，小熊仔身上便遍體鱗傷，鮮血淋漓。

亢浪隆收起皮帶，紮在腰上，端起那盆鹽水，像過潑水節似的，一抖手腕，嘩的一聲，一古腦兒潑到小熊仔身上。就像冷水滴進沸騰的油鍋，小熊仔立刻爆響起撕心裂肺的長嚎。

我上下牙齒咯咯咯開始打仗，渾身打哆嗦。不難想像，還在滴血的傷口被鹽水一潑是什麼滋味，我覺得用萬箭鑽心火燒火燎來形容一點也不過分，我覺得這種殘忍的刑罰比起坐老虎凳、灌辣椒水、釘竹籤子和搔腳底板來，有過之而無不及。

小熊仔淒厲的長嚎劃破夜空，在寂靜的山野傳得很遠很遠。

那恐怖的哀嚎聲把附近一棵古榕上一樹的烏鴉都驚醒了，在夜空亂飛亂撞，有好幾隻在摸黑飛行中被樹枝割斷了翅膀，垂直跌落下來。

「快，我們回石窩去，大白掌很快就會出現的。」亢浪隆一手提槍，一手拉著我跑回石窩。我臥在冰涼的石窩裏，更顫抖得厲害。

「又不是打你的娃兒，你心疼個屁！」亢浪隆顯然是發現我身體在抖，就用譏誚的口吻說。

「我……我覺得牠那麼小，這……這實在有點太過分了。」

「你是說我很殘酷，對嗎？」

「……」

「大白掌把我的大黑狗弄死了，就不殘酷了嗎？」是你先放狗咬傷並捉住了小熊仔，是你把小熊仔拴在木樁上，試圖讓母熊大白掌鑽進你的圈套，是你朝母熊大白掌開槍誤殺了大黑，是你挑起了事端，是你製造了血案，你還好意思說母熊大白掌殘酷?!

當然，這番話我只是在心裏說說而已，我是人，我不能站在動物的立場上說話，好像也不應該用對待人的平等態度來對待動物。亢浪隆的話雖然違背事物的發展邏輯，但大家都習慣了這樣的事實：人有權隨心所欲地獵殺動物，而動物是不能用同樣的手段來報復人的，不然的話，動物就是殘酷，就犯了死罪。

「打獵嘛，本來就是你死我活的。」亢浪隆見我保持沈默，便用委婉的口氣繼續說，「你拿著刀拿著槍，不就是要殺戮要見血嗎。我看你長著一副婆娘心腸，你不該來學打獵的。」

「我……我……我覺得小熊仔還太小，再說……再說母熊大白掌未必會上當。」

「牠會來的。」亢浪隆說得異常肯定，「好比有個娃兒快死了，拍緊急電報給媽媽，媽媽會不來嗎？」

三、母性的光輝

小熊仔一聲比一聲嚎得兇，嚎得急，嚎得淒慘，那叫聲鑽進母熊大白掌的耳朵，確實就像收到了愛子垂危的緊急電報，牠只要還有一口氣，牠就一定會來的，我想，亢浪隆不愧是位狩獵的高手，熟識母性的弱點。

我睜大眼睛，注意觀察開闊地外樹林裏的動靜。

左等右等，月亮沈下山峰，啓明星升起來了，母熊大白掌還沒出現。

小熊仔的嗓子叫啞了，但哀嚎聲仍綿綿不絕。

天邊出現了一抹玫瑰色的朝霞，金色的陽光從樹冠漏下來，驅散了殘夜。

「母熊大白掌肯定已經死了，他媽的，白等了一夜。」亢浪隆懊惱地說。

我想也是，不然的話，這裏不可能那麼太平。

我在小小的石窩待了大半夜，四肢發麻，脖頸酸疼，眼睛發澀，難受極了，便翻爬起來，跳出石窩，到開闊地活動活動身體。亢浪隆長時間躺臥著也不舒服了，把獵槍擱在石窩裏，跑向小溪，想掬把清涼涼的山泉水洗個臉。

小熊仔仍然用嘶啞的嗓子高一聲低一聲叫喚著。

晨鳥啁啾，霧嵐飄渺，景色宜人。

就在我們剛剛離開石窩，突然，嗷——山谷爆響起一聲低沈的熊吼，這叫聲一聽就知道不是平面擴散開來的，也就是說，不是從開闊地外的樹林裏傳來的，而是自上而下傳播開來的，也就是說從天空罩落下來的，我和亢浪隆趕緊抬頭去看，只見一個黑色的物體已從小石山頂上墜落下來，像隻巨大的黑色的怪鳥，在向大地俯衝；一眨眼的工夫，黑色的物體就準準地落在我們躺臥了整整一夜的石窩裏；轟地一聲巨響，我感覺到大地都微微顫抖了。

躺在我們石窩裏的是母熊大白掌！

牠的下半個身體已被砸得稀爛，血肉橫飛，岩壁和四周的地上，都濺滿了碎肉和汙血；牠砸落在石窩的一瞬間就氣絕身亡了，但那顆圓圓的腦袋和那張尖尖的嘴還完好無損，兩隻褐黃色的眼珠還瞪得賊圓，凝望著石窩下綁在木樁上的小熊仔，一副死不瞑目的神態；牠的那隻粗壯的右前肢，大概是肱骨折斷了，從背後往上翹起，那隻十分罕見的白爪子，掌面向上攤開，像是在向蒼天乞討著什麼（**不會是在向蒼天乞討生命的公正吧？**）；有正常人兩倍大的那隻白熊掌中間，凸隆起一隻紫色的肉墊，像握著一隻用血蒸出來的饅頭。

牠生了一隻奇異的白熊掌，那隻白熊掌卻要了牠的命。

亢浪隆臉上像刷了一層石灰似的發白，頭上沁出一層豆大的冷汗，呆呆地站在石窩邊，望著母熊大白掌，嘴唇翕動著，卻說不出一句話來。

我也背脊冷嗖嗖的，頭皮發麻，手心冒汗。

我擱在石窩裏的長刀，亢浪隆的獵槍，還有我們的背囊，全給母熊大白掌砸得粉碎。好險哪，只要再遲幾秒鐘離開石窩，亢浪隆和我就被從天而降的母熊大白掌壓成肉餅了。

「牠……牠怎麼可能爬到山頂上去？」亢浪隆搔著後腦勺，困惑地說。

我抬頭望望一百多公尺高的小石山頂，也有同感。小石山孤零零地聳立在平地上，不可能繞道上去；狗熊不長翅膀，也不可能飛上去；狗熊雖說是爬樹的高手，但小石山山勢如此陡峭，連岩羊都望而生畏，牠又負著傷，怎麼可能上得去呢？

我和亢浪隆繞到小石山背後，青灰色的岩壁上，從山腳到山頂，塗著一條血痕，寬約兩尺，在陽光的照耀下，就像一條紅綢帶披掛在岩壁上。特別陡峭的地方，血跡也特別濃，特別大，彷彿是長長的紅綢帶中間打了幾個漂亮的花結。

恍然間，我彷彿看到了這樣一組鏡頭：

——小熊仔遭到鞭笞的聲音，小熊仔身上的傷口被鹽水潑濕後發出的淒厲的哀嚎聲，傳到了母熊大白掌的耳朵，好似一把尖刀在剜牠的心；

——牠曉得，牠若從樹林跑進無遮無攔的開闊地，立刻就會成爲獵槍的活靶子，不但救不了小熊仔，自己也會白白送掉性命；

——牠是母親，牠不可能眼睜睜看著自己的孩子被囚禁、遭毒打、受殘害而無動於衷，牠急得在樹林裏團團轉，尋找可以解救自己寶貝的途徑；

——牠繞到小石山的背後，那兒的山坡雖然也十分險峻，但不是筆直的懸崖，要是在平時，牠想都不敢想要從這麼陡的山坡爬上去，但現在，除了這條險象環生的路，牠找不到第二條可以向萬惡的獵人報仇並救出小熊仔的路來；

──只要有一線希望能救出小熊仔，哪怕是刀山火海，牠也要闖一闖；

──牠用尖利的熊爪摳住粗糙的岩石，一點一點往上爬，胸部和腹部的傷口本來已凝結了，這樣一運動，血痂重新被撕開，滲出股股血水，染紅了牠爬過的石頭和野草；

──爬到半山腰，一段兩丈高的山坡突然找不到斜面了，陡得連山鷹都無法在上面棲息，是名副其實的絕壁，牠連爬幾次，都又無可奈何地滑落到原來位置，牠已精疲力盡，差不多要絕望了；

──牠一停下來，小熊仔撕心裂肺的嚎叫聲就像針一樣扎進牠的心，像火一樣炙牠的靈魂，牠的心坎裏又蓬蓬勃勃燃起復仇的火焰，身上平添了一股力量；

──牠又失敗了幾次，傷口流出來的血一遍一遍塗抹在絕壁上，血泡醒了山神，連絕壁也受了感動，終於，讓牠越過了險關；

──牠的血流得太多，牠爬得比蝸牛還慢，牠咬緊牙關，一寸一寸地向山頂攀登；

──太陽從青翠的山峰背後伸出頭來，太陽用自己的光和熱孕育了這個世界，太陽在製造生命的過程中最得意的傑作，就是用兩足直立行走的人，但此時此刻，太陽爲自己的傑作─人羞紅了臉；

──母熊大白掌的血快流盡了，力氣也快耗盡了，終於，牠創造了奇蹟，登上了山頂；

──牠在陡峭的山坡上留下了一條長長的血痕，這是一條用生命開闢出來的輝煌的血路；

──牠站在山頂，牠望見懸崖下，自己的小寶貝渾身是血，流血的傷口上又結了一層白白的鹽霜，哀嚎聲時斷時續，已奄奄一息了；牠還看見有兩個野蠻的獵人正臥在懸崖底下的石窩裏，那支會噴火閃電的獵槍黑洞洞的槍口對著開闊地外的樹林；

——牠跨到懸崖邊緣，用最後一點力氣站直起來，金色的陽光灑在牠身上，黑色的體毛上像披了件金斗篷，小石山溫柔地托舉著牠，白嵐溫柔地纏繞著牠，像是在爲牠纏綿地送行，晨鳥的鳴叫，彷彿是在爲牠輕輕吟唱一曲斷腸的輓歌；

——牠像包括人類在內的所有動物一樣，留戀自己的生命，牠不願意死，牠多麼想能繼續活下去，把可愛的小熊仔撫養長大；

——就在這時，懸崖下的兩個獵人從石窩裏站了起來；

——牠照準底下的石窩跳了下去，在身體騰空的一瞬間，牠發出一聲悲憤的吼叫……

我久久凝望著掛在岩壁上尤如紅綢帶似的長長的血痕，思緒萬端，感情十分複雜，既欽佩母性的堅毅勇敢，又慶幸自己能死裏逃生。要是我們晚幾秒鐘離開石窩，我肯定已經死了，而且死得不乾不淨。

打獵，真是一項用生命做玩具、充滿血腥味的世界上最殘忍的遊戲，從此以後，我再也沒有上山打過獵。

放飛精彩

突然，弟弟鷹藍燦箭一般飛竄過來，矯健的身影貼著地面劃過一道漂亮的弧線，就在雙尾蝮蛇跌入灌木叢的一瞬間，一把揪住蛇尾，再次將拉升到空中。那隻與眾不同的金藍色嘴殼，就像孔雀翎那麼鮮豔華麗。三角形蛇頭的反躥噬咬越來越乏力，蛇骨抖鬆了，脊椎脱臼了，終於再也無力抬頭反躥，垂直掛在藍燦鷹爪下。金追飛過去，鐵鉗似的爪子揪住了蛇的七寸，兇悍的蝮蛇終於停止了最後的掙扎。

一、梅裏山鷹

金薔薇收斂翅膀，停棲在懸崖一塊魚尾狀岩石上，望著百米開外那棵蒼勁蔥鬱的金錢松，緊張得心弦幾乎就要繃斷了。

金薔薇是生活在日曲卡雪山一帶的梅裏母鷹，那棵生長在石崖間枝椏曲如虯髯的老松樹，就是牠的家，家裏有兩隻已出谷十幾天的雛鷹。此時此刻，鷹巢裏正在上演一場手足相殘的悲劇。

那隻早出生兩天名叫金追的哥哥鷹，用腦袋抵住那隻晚出生兩天名叫藍燦的弟弟鷹，用力往巢外推搡。弟弟鷹藍燦雖然竭力抗爭，但畢竟晚出生兩天，體小力弱，在哥哥鷹金追連續不斷的頂撞下，被迫地一點一點從巢中央往巢邊緣退卻。

盆形鷹巢在兩根丫字型樹枝的交會點上，用細樹枝和草絲做成，結構鬆散，面積與一頂大草帽相似；鷹巢凌空搭建，是典型的高空建築，底下是幾十丈高的深淵。很快，弟弟鷹藍燦就被頂撞至鷹巢邊緣，小半個身體被擠出鷹巢，就像風雨中飄搖的一片樹葉，處於搖搖欲墜的危險境地。

這兩隻雛鷹，眼睛睜開沒幾天，淡灰色的絨羽還剛剛蓋滿脊背，赤裸的肚皮上還沒長出腹毛，就展開了一場血淋淋的生死角逐。

這個時候，只要母鷹金薔薇拍扇翅膀飛過去，用嘴喙或爪子將正在行兇的哥哥鷹金追撥拉開，就能及時制止這場血腥的窩裏鬥。作爲母親，牠完全有能力，似乎也有責任去抑強扶弱，阻止哥哥鷹金追的暴虐行爲。可令人詫異的是，金薔薇卻默默地站立在百米外的岩石上作壁上觀。

牠有難以言說的苦衷。

梅裏山鷹是滇北高原稀有鷹種，從亙古時代起，就形成了這樣一種汰劣留良的競爭機制：母鷹每一胎繁殖周期產兩枚卵，孵化出兩隻雛鷹，小傢伙出殼半個月左右時，受遺傳密碼的指示，牠們之間就會爆發一場生死對決，互相用身體衝撞、傾軋，力氣大的那隻雛鷹將另一隻力氣小的雛鷹從鷹巢擠兌出去，從而獨霸父母的寵愛和食物。

可以這麼說，一隻梅裏雛鷹存活了，就意味著另一隻梅裏雛鷹夭折了，每一隻梅裏山鷹都是踩著同胞的屍骨成長的。

動物學家解釋說，梅裏母鷹之所以每次孵化兩枚卵，是爲了增加雛鷹出殼的保險係數，降低天災人禍所帶來的風險，就像人類足球隊必須準備替補隊員一樣，確保繁殖不會落空；梅裏山鷹之所以保留血淋淋的種內競爭，是因爲雪域高原氣候太惡劣了，食源匱乏，生存不易，一對夫妻鷹很難同時養活兩隻雛鷹，不得已只好去一保一，做一道二減一等於一的算術題。

這樣做附帶的好處是，存活下來的那隻雛鷹，從小就接受生與死的考驗、血與火的洗禮，會促使牠變得更雄壯、更強悍、更兇蠻、更霸氣十足，當然也就更有利於在日曲卡雪山這樣艱苦的環境生存下去。

很難說這樣的解釋是正確的還是錯誤的。

對金薔薇來說，此時正在遭受蝕骨剜心的痛苦。兩隻雛鷹都是牠含辛茹苦孵化出來的心肝寶貝。俗話說，手心手背都是肉，作爲母親，牠從內心講是不希望發生手足相殘的悲劇的，如果能讓牠選擇的話，牠當然希望兩隻雛鷹能和睦相處，一起平安長大。可是，牠有能力去改變梅裏山鷹特有的行爲準則嗎？

在金薔薇的記憶中，也曾經有過母愛特別強烈的母鷹，不忍心看著自己某個孩子死於非命，就出面干涉以大欺小、以強凌弱的窩裏鬥，可最終的結局似乎都不大妙。那隻名叫豆蔻的母鷹，在兩隻雛鷹生死傾軋之際，動用母親的權威，嚴禁牠們互相搏殺，可兩個月後，當雛鷹身上長出了硬羽，嬌嫩的嬰兒鷹變成了半大的少年鷹，有一天上午，豆蔻與牠的先生一起飛往尕瑪爾草原覓食，兩隻少年鷹突然就在窩裏爭執起來，牠們的力氣比剛出殼半個月時大多了，你啄我，我撕你，扭成一團。結構鬆散的鷹巢無法承受如此猛烈的打鬥，嘩啦一下散了架，兩隻少年鷹一起從鷹巢摔落下去，本來想做一道一加一等於二的加法，無奈成了二除二等於零的除法。

還有那隻名叫萊凝的母鷹，仗著丈夫是隻出類拔萃的精品雄鷹，決心要創造奇蹟，將兩隻雛鷹同時養大，爲了阻止牠們相互鬥毆，在同一棵樹的另一根枝椏上搭建了一個副巢，兩隻巢彼此相距七、八米遠。

哈，分巢撫養，把你們隔開，看你們還怎麼打鬥。

這一招開始時果然靈驗，兩隻雛鷹除了各自站在巢裏互相嘯叫謾罵外，身體無法接觸，當然也就想打也打不起來了。

一晃四個月過去了，雛鷹翅膀漸漸長硬，已到了能飛翔的時候，那天下午，當萊凝同丈夫一起外出覓食時，其中一隻發育得更快些的雛鷹突然就搖扇翅膀飛了起來，能飛起來的雛鷹飛翔的第一個目標，就是七、八米開外的那個副巢，憑藉著自己能飛，而對方還不能飛的明顯優勢，撕毀鷹巢，將自己的同胞手足從高高的懸崖上摔了下去……

萊凝再搭建一個副巢的良苦用心，並沒能有效阻隔你死我活的窩裏鬥，只是推遲了悲劇的發生而已。

金薔薇雖然心裏很想飛過去拯救弟弟鷹藍燦，但卻猶豫著沒敢冒然採取行動。牠是個單身母親，在牠剛剛將藍燦孵化出殼時，牠的丈夫藍嘴鉤在尕瑪爾草原捕捉一隻狼崽時，不慎被母狼咬死了。

豆蔻和萊凝都是有丈夫的母鷹，夫妻聯手尚且不能阻止兄弟鬩牆，牠一個死了丈夫的寡婦鷹，又有什麼能耐去改變手足相殘這個嚴酷的現實呢。

罷罷罷，牠們小小年紀就要生死相搏，那就隨牠們去吧。

弟弟鷹藍燦在鷹巢邊緣蠕動，似乎感覺到了墜落的危險，掉轉方向拼命想爬回巢中央去。哥哥鷹金追撐開稚嫩的翅膀，竭盡全力進行攔截。

就像頂牛一樣，兩隻雛鷹頭頂頭、翼頂翼、胸頂胸，使出吃奶的力氣——不不，鷹非哺乳動物，是沒有吃奶這一說的——準確的說，應該是使出孵化出世時蹭破蛋殼那股子勁，互相擠撞推搡。

牠們都還是連站都站不穩的嬰兒鷹，只是靠著胸脯的力量才勉強能在鷹巢裏慢慢蠕動，可讓金薔薇感到驚訝的是，牠們打鬥起來卻勁頭大得像兩條瘋狗。在針尖麥芒式的頂撞中，牠們的身體漸漸豎直，一門心思要把對方壓倒，不是東風壓倒西風，就是西風壓倒東風，誰也不肯絲毫退讓。

哥哥鷹金追畢竟早出生兩天，體大力不虧，啪地一下將弟弟鷹藍燦壓翻了，金追半騎在藍燦身上，不斷用嘴喙啄咬藍燦的脖子，就像在拉一根無形的韁繩，強迫藍燦往鷹巢邊緣退卻。轉眼間，藍燦的小半個身體又越出了巢的邊緣。藍燦拼命掙扎，想重新縮回巢中央，但金追用腦袋狠狠擊打牠的脖頸，堅決不給牠轉身的機會。

金薔薇心裏明白，體小力弱的藍燦是無法抵擋金追如此猛烈的攻擊的，頂多還有兩三分鐘時間，藍燦就會無可挽回地從鷹巢墜落下去，變成一顆隕落的流星。牠也知道，此時此刻，牠應當振翅遠飛，離開這個讓牠揪心的地方。牠可以飛到尕瑪爾草原去覓食，眼不見心不煩，等牠回來時，手足相殘的悲劇已經落幕，鷹巢裏只剩下金追，牠只能接受這樣的事實，將原本分作兩份的愛合二爲一，聚焦到金追身上。牠繼續待在這裏的話，於事無補，徒增悲傷而已。

走吧，牠抖抖翅膀，準備飛翔了。

百米開外的鷹巢裏，搏殺還在繼續。金追用嘴喙攻擊藍燦的眼睛，藍燦害怕被啄傷眼珠，不得不閉起眼睛，胡亂爬行躲避，沒了方向感，昏頭昏腦又往巢外挪了兩步，在鷹巢邊緣徘徊，隨時有掉下去的危險。金追仍不依不饒地啄咬，兇狠得就像一個小屠夫。

金薔薇實在沒有勇氣再看下去，搖扇翅膀起飛了。既然悲劇無法阻止，那就只好聽之任之了。

牠心情沈重，飛得緩慢。

牠想，牠應當頭也不回地往尕瑪爾草原飛。

剛飛出幾十米遠，突然，牠聽到一聲尖叫。那是細微的叫聲，夾雜在呼嘯的山風中，細如游絲，若有若無，但對金薔薇來說，卻具有極強的穿透力，像鋼針刺進牠的心。牠忍不住打了個哆嗦，牠曉得，這是弟弟鷹藍燦發出的叫聲。

牠想，牠已決定飛往尕瑪爾草原覓食，就不應該再回頭去看的，牠應當加快速度飛，再飛得遠一點，就聽不見那讓牠心驚肉跳的叫聲了。可彷彿身體不聽大腦指揮了，迎面刮來一股勁風，牠的翅膀似乎抵擋不住風的力量，吱溜就來了個一百八十度大轉彎。本來牠是背著巢飛翔的，此時變得面朝著巢飛翔了。

牠看到了最恐怖的一幕：藍燦大半個身體都翻出鷹巢，兩隻細細爪子抓住鷹巢邊緣一根樹枝，小傢伙肯定是意識到墜崖的危險，眼睛因極度恐懼而睜得溜圓，爪子死死抓住樹枝不放，就像在鍛煉引體向上似的，兩隻柔弱的翅膀瑟瑟顫抖，身體拼命向上掙動，嘴裏發出啣啣驚叫。

可惡的哥哥鷹金追，好像天生就有落井下石的歹毒心腸，神情亢奮地站在巢裏，不停地用嘴喙打擊藍燦的腦殼，不將藍燦推下懸崖去誓不罷休。照這樣下去，悲劇有可能瞬間就會發生。或者藍燦抵擋不住金追的啄咬，疼痛難忍，想挪動位置躲避而造成一失足成千古恨；或者藍燦細細的爪子無力長時間抓牢樹枝，因氣力不支無奈鬆開爪子而墜落深淵；或者那根樹枝支撐不住藍燦身體的重量，啪地一聲折斷，藍燦連同那根樹枝筆直掉落下去……

藍燦小小的生命就要劃上句號了啊……

金薔薇在空中盤旋，俯瞰自己巢內正在上演的血腥打鬥，不知道該如何是好。

就在這時，哥哥鷹金追突然改變攻擊目標，用身體去撞擊那根承載藍燦身體的樹枝。鷹巢結構鬆散，樹枝間不用膠水黏連，也沒有釘子或繩子固定，那根樹枝本來就因承載過重而彎曲，在金追的撞擊下，喀嚓一聲，往下一沈，眼瞅著就要斷裂了。藍燦的身體也跟著往下一沈，啣——發出撕心裂肺的哀鳴。

金薔薇的心也劇烈地往下一沈。也許是看到了正在鷹巢上空盤旋的金薔薇的身影，在向媽媽乞求保護，也許是命懸一線時一種渴望救援的本能反應，藍燦的嘴喙翹向天空，那金藍色的嘴殼在陽光下泛動耀眼的光亮。剎那間，金薔薇心裏彷彿有一股熱流激蕩，再也控制不住自己的感情，唰地半斂翅膀，一頭扎了下去。

金薔薇要救藍燦，不爲別的，就爲了小傢伙那隻與眾不同的嘴殼。

二、藍嘴鉤之死

粗看梅裏山鷹，似乎都是一個模子裏刻出來的，彎鉤狀銳利的嘴喙、琥珀色流光溢彩的鷹眼、深褐色強有力的翅膀、鑲嵌著白條的尾羽和紫紅如樹皮般的腳桿。可如果用心仔細觀察的話，就會發現，每一隻梅裏山鷹都是不一樣的，各有各的長相和特徵。

譬如金薔薇，其他鷹腿羽呈淡褐色，而牠的腿羽卻呈金黃色，當展翅飛翔時，腿羽蓬鬆如盛開的薔薇花。再譬如哥哥鷹金追，剛剛長出絨毛的翼羽上，有兩道不規則的金色斑紋，完全可以預言，當牠能夠翺翔藍天時，那翼羽間兩道金色斑紋猶如閃電在天空遨遊。而弟弟鷹之所以起名叫藍燦，就因爲那隻別緻的嘴殼。其他鷹的嘴殼，一般都是黃顏色，絳黃、土黃、杏黃、金黃等等，總是以黃爲主基調，所以日曲卡雪山一帶牧民習慣地將梅裏山鷹叫作黃嘴鷹。弟弟鷹的嘴殼卻呈金藍色，就像孔雀翎那麼鮮豔華麗，這在梅裏山鷹裏是十分罕見的。

這當然是遺傳基因所造就的。金薔薇的丈夫、那隻名叫藍嘴鉤的雄鷹，就長了一隻金藍色嘴殼。

每個物種都有自己獨特的審美取向，對梅裏山鷹而言，嘴殼色澤具有重要的審美價值。從鳥的身體結構說，嘴喙位置在最前端，兩隻鳥在樹枝上相對而立，首先看到的就是對方的嘴殼，因此嘴殼的形狀和色澤在鳥類的擇偶活動中，具有不可替代的重要意義。

梅裏山鷹喙形大致分四類：圓弧狀、尖弧狀、尖錐狀和魚鉤狀，最次是圓弧狀，最佳是魚鉤狀；喙色也大致分四類：土黃、杏黃、金黃和金藍，下品是土黃，上品是金藍，依次排序。事實上，鷹的喙形、喙色不僅具有審美功能，而是與其身體狀況和狩獵能力密切相關的。圓弧嘴，難飽胃；尖弧嘴，食雜碎；尖錐嘴，吃雞腿；魚鉤嘴，啄兔崽。喙土黃，病慌慌；喙杏黃，跳蚤狂；喙金黃，體健康；喙金藍，子孫壯。金藍色魚鉤嘴，無疑就是鷹中的極品了。

所以，當春暖花開時節，還是姑娘鷹的金薔薇第一次見到藍嘴鉤時，視線就像遇到磁石似地被對方那隻魅力四射的嘴殼吸引住了，從眼睛到心懷，愛情的種子迅速發芽，有一種一見鍾情的感覺。

當藍嘴鉤在牠面前跳起求愛舞蹈，做出想要與牠成爲並蹄蓮、連理枝的姿態時，牠毫不猶豫就答應了。

實踐證明牠的眼光很準，藍嘴鉤不僅具備高超的狩獵本領，還是一位非常稱職的丈夫和父親。兩「人」世界時，當夫妻比翼雙飛外出覓食，遇到殊死反抗的兔或有母羊看護的羊羔，都是藍嘴鉤率先發起攻擊，把安全讓給妻子，把危險留給自己。

寒意料峭的夜晚，藍嘴鉤會撐開寬大的翅膀，讓牠躲在翼羽下，給牠無限的柔情和溫暖。當牠產下兩枚蛋後，每逢颳風下雨，藍嘴鉤厚實的背就是爲寶貝蛋遮風擋雨的傘。當牠開始抱窩時，藍嘴鉤便獨自挑起外出覓食的重擔，在漫長的一個多月的孵卵期裏，霧雨雷電，無論天氣如何惡劣，也會想盡辦法捕獲獵物，從沒讓牠挨餓。

難能可貴的是，每次藍嘴鉤將獵物帶回鷹巢，都讓牠先啄食，在牠啄食獵物時，藍嘴鉤便會小心翼翼蹲到兩枚蛋上去，學著母鷹的模樣抱窩孵卵……在山鷹社會，這樣的好丈夫、好父親，真是打著燈籠也難找啊。

可以這麼說，從組建家庭這天開始，金薔薇對藍嘴鉤的愛與日俱增，真心誠意地想和藍嘴鉤永相廝守，白頭偕老，做一輩子夫妻。

遺憾的是，就在弟弟鷹藍燦出殼那天，發生了讓這對感情篤深的山鷹伉儷陰陽兩隔的悲劇。藍嘴鉤的死，也死得不同凡響。

那是一個大霧瀰漫的日子，漫山遍野塞滿了濃得像牛奶似的白霧。對梅裏山鷹來說，不怕颳風不怕下雨、不怕下雪也不怕落冰雹，暴風再猛烈，鷹強有力的翅膀也能在疾風中自由翺翔，雨下得再大，鷹羽上那層油質薄膜也能有效抵禦雨水侵襲，鵝毛大雪漫天飛舞，鷹也能在雪中飛行，即使落冰雹，也傷害不到山鷹強健的身體，可以這麼說，梅裏山鷹是能全天候飛翔的猛禽。

最讓鷹畏懼的是大霧天氣，鷹非鷲，鷲靠啄食腐屍爲生，鷹以捕捉活物爲生，鷹的狩獵程序大致是這樣的：鷹在高空巡飛，發現地面或空中的獵物，就撲飛下去，用遒勁的鷹爪抓住正在逃竄的獵物。

在狩獵的一連串環節中，第一個也是最關鍵的一個環節就是發現獵物，只有首先看見了獵物，才談的上追擊、搏殺和攫抓。鷹的視線堪稱一絕，比人類強多了，在千米高空可以清晰看見地面草叢裏跳躍的灰兔，但卻無法穿透濃霧。所以遇到濃霧天氣，鷹往往就會餓肚子。

這是一場百年不遇的大霧，連續兩天兩夜，霧罩山巒草原，霧鎖日月星辰，天地一片混沌。藍嘴鉤兩天沒出去狩獵，金薔薇兩天沒吃到食物，餓得頭暈眼花。對鳥類而言，抱窩是勞心費神沈重的苦役，不亞於人類的十月懷胎。爲了持續不斷地向寶貝蛋輸送熱量，四十來個日日夜夜，母鷹要一動不動趴在窩裏，須臾不敢離開，更辛苦的是，爲了讓寶貝蛋受熱均勻，平安出殼，母鷹隔一段時間就要輕輕翻動寶貝蛋，尤其在濕冷的夜晚，母鷹幾乎隔十分鐘就要翻動一遍腹下的蛋，很難睡個囫圇覺。一胎窩抱下來，母鷹往往會因爲體力嚴重透支而骨瘦如柴。

這個時候，哥哥鷹金追已經出殼兩天了，不時地張開黃嫩小口嗷嗷待哺，弟弟鷹藍燦也正在努力蹭破蛋殼想鑽出來。金薔薇又氣又急，衝著藍嘴鉤發出呦呦埋怨的嘯叫：虧你還是有天之驕子美譽的雄鷹，看著老婆和剛出殼的雛鷹挨餓不管，卻蹲在樹杈上偷懶！

牠埋怨的嘯叫刺激了藍嘴鉤的自尊心，只見藍嘴鉤呀地發一聲威，搖扇翅膀飛離金錢松，一頭扎進濃霧中去。

一個小時過去了，不見藍嘴鉤回來，金薔薇焦急等待；兩個小時過去了，還不見藍嘴鉤回來，金薔薇翹首盼望；三個小時過去了，仍不見藍嘴鉤回來，金薔薇望眼欲穿。一直等到下午，天漸漸要暗下來了，還見不到藍嘴鉤的身影，金薔薇心急火燎，坐臥不安。藍嘴鉤會不會找不到食物，無顏回巢見妻兒，而索性遠走高飛了呢？牠想，也許藍嘴鉤承受不了沈重的生活壓力，背叛愛情和家庭，做了生活的逃兵，飛往天涯海角去當快樂的單身漢了。

呦呦，什麼雄鷹啊，明明就是個不負責任的窩囊廢嘛！

牠正在胡思亂想，突然，寂靜的天空傳來劈啪劈啪翅膀振動的聲響。牠瞪圓雙眼循聲望去，不一會，乳白色的濃霧間，出現一個若隱若現的黑影，隨著距離拉近，黑影漸漸清晰，金薔薇看清楚了，哦，是藍嘴鉤回來了啊，哈，藍嘴鉤的爪子抓著一隻毛茸茸的獵物，滿載而歸啊。

但讓牠覺得奇怪的是，藍嘴鉤雙翼搖扇的頻率比平時慢了許多，那霧似乎變成黏稠的液體，每搖扇一次翅膀都顯得那麼滯重吃力。獵物不太大，因爲隔得遠看不清究竟是什麼，也就類似一隻松鼠，最多也不過三五斤重，而雄鷹的抓飛能力，能將十多斤重的小羊羔從數公里外的懸崖直接帶回鷹巢來。按藍嘴鉤的體魄，帶這麼一隻獵物是不應該飛得如此忽高忽低歪歪扭扭的。

更讓牠詫異的是，藍嘴鉤在飛到距離金錢松約百米左右時，也不知怎麼一回事，身體突然往下沈，就像不會泅水的人往水底沈一樣，忽啦沈下去幾十米，忽啦又沈下去幾十米。本來藍嘴鉤是在略高於金錢松的位置飛行，剎那間便落到半山腰去了。

金薔薇不知道發生了什麼事，從鷹巢探出腦袋往下看，藍嘴鉤忽上忽下在濃霧中沈浮。金薔薇心裏突然冒出個不祥的預感：莫不是……

牠跨出鷹巢想飛到藍嘴鉤身邊看個究竟，就在這時，藍嘴鉤驟然間爆發出雄鷹搏擊長空的氣勢，僵硬的翅膀恢復了靈性，大幅地急遽搖扇，石頭般沈重的身體也變得輕盈，扶搖直上，很快從半山腰升飛到金錢松上方，可降落時的姿勢卻讓金薔薇感到一陣恐怖。

正常情況下，成年山鷹一隻爪子攫抓獵物，仍可以在翅膀和尾翼幫助下，用另一隻爪子平穩降落，俗稱單爪棲枝。可藍嘴鉤卻是撲倒在一根枝丫上，胸脯著地，全身羽毛零亂，靠兩片翅膀支撐旁邊的樹枝，才勉強沒跌落下去。毫無疑問，這是非正常降落。牠急忙將視線投向藍嘴鉤腳爪，心痛得差點沒暈死，丈夫的右爪還緊緊抓住獵物，左腳桿卻少了一截，膝蓋以下部分不見了，白骨暴露，鮮血湧滴，身體猶如寒風中的枯葉瑟瑟發抖，且越抖越厲害，抖得連金錢松整個樹冠都跟著在顫顫危危搖晃了。

金薔薇趕緊去接藍嘴鉤帶回來的獵物，這才發現，藍嘴鉤帶回來的竟然是隻還在吃奶的狼崽子！

金薔薇望著已經窒息的狼崽，不難想像藍嘴鉤驚心動魄的狩獵經歷。

早晨，在金薔薇的埋怨聲中，藍嘴鉤飛往尕瑪爾草原覓食。大霧迷漫，爲了能找到獵物，牠貼著樹梢低空飛行。雖然能勉強看清地面的動靜了，但因爲飛得低而視野變得十分狹窄，只能笨拙地一塊地面一塊地面尋找。

遺憾的是，辛苦了幾個小時，卻仍一無所獲。眼瞅著天色就要暗下來了，藍嘴鉤差不多快要絕望了，就在這時，牠透過霧絲，驀然發現一隻母狼正帶著四隻還在吃奶的幼仔在一片小樹林玩耍。

在日曲卡雪山，鷹是天之驕子，狼是地之精靈。狼兇猛頑強，足智多謀，富有團隊精神，成年狼爲保護幼仔不惜犧牲生命。動物都有趨利避害的本能，不到走投無路，鷹不會主動去招惹狼。然而，藍嘴鉤發現這窩母子狼的一瞬間，鷹尾猛翹，立即俯衝下去。

天氣如此惡劣，牠深愛的正在抱窩的妻子已經兩天沒有進食，還有一隻出殼兩天的雛鷹和一隻即將出殼的雛鷹亟待餵養，牠沒有別的選擇。牠是一隻對家庭很有責任心的雄鷹，爲了妻子兒女，牠願意用生命去賭一把。

狡猾的母狼已經感知到來自天空的威脅，正用嗥叫聲將四隻狼崽引往一個幽暗的石洞。鷹的速度當然比狼快，當藍嘴鉤俯衝到距離地面還有三、四十米時，四隻狼崽正魚貫往狹窄的狼窩鑽。有一隻狼崽已鑽進洞去，還有三隻狼崽擁堵在洞口，母狼正全神貫注護送狼崽進洞。藍嘴鉤向落在最後面一隻狼崽撲了下去。

牠心存僥倖地想，母狼要看護三隻尚未進洞的幼仔，是有可能犯顧此失彼錯誤的，自己是從母狼背後俯衝下去，憑著高超的狩獵技藝，只須一秒鐘，牠就可揪住小狼崽脖子，海底撈月將小狼崽抓上天空，母狼聽到動靜轉身撲咬，牠早已飛升到母狼可望而不可及的高度了。於是，牠閃電般向那隻落在最後的狼崽伸出鷹爪。

牠的動作乾脆俐索，鷹爪掐緊狼崽脖子的一瞬間，尾翼舵似地仄轉，昂首挺胸，翅膀猛拍，低空劃出一道優美的弧線，身體筆直向上竄升。

遺憾的是，母狼的反應比牠想像的更敏捷，母狼彷彿後腦勺也長眼睛的，在牠伸爪攫抓狼崽的一剎那，母狼便轉身撲竄過來，用「轉身撲竄」四個字遠不足以形容母狼的靈巧與矯健，狼尾一甩，狼頭一擺，還沒看清是怎麼回事，母狼已完成轉身動作，並騰空躍起，像股颶風凌空撲了上來，牠只覺得左腳爪一陣劇痛，身體突然變得無比笨重，有股巨大的力量拉著牠往地面拽，牠低頭一看，是母狼咬住了牠的腳桿。

牠曉得，自己一旦被母狼拽回地面，就會變成任狼宰割的死鷹，因此拼命拍扇翅膀，竭力想把母狼往空中提；而母狼救崽心切，當然也清楚，只有將鷹拖回地面才能成功解救小狼崽，因此咬住鷹爪拼命往地下拉。半空出現一場生與死拔河比賽。

母狼身體懸空，離地面約幾十公分，雙方勢均力敵，僵持在半空。

狼牙銳利，又恰好咬在膝蓋處，藍嘴鉤只覺得腿部一陣撕裂的痛楚，只聽嘶地一聲輕響，向下拉扯的力量突然消失了，牠的身體急速向上升騰。牠朝地面瞄了一眼，母狼仰面朝天跌倒在地，狼嘴裏還銜著半截鷹爪。哦，牠的腳爪被母狼咬斷了，牠才得以騰空脫險。唯一有點安慰的是，那隻小狼崽還在牠的爪間扭動。

實踐證明，狼是大地精靈，捕捉狼崽的風險遠遠高於收益。

牠帶著小狼崽往家飛。剛才一番激烈的空中搏殺，牠已累得筋疲力盡。更嚴重的是，創口鮮血湧滴，一路灑著血花。牠咬緊牙關往懸崖那棵金錢松飛去。

牠的血在慢慢流乾，牠頭暈目眩，兩隻翅膀沈重得就像灌滿了鉛。途中好幾次，牠都想停在樹梢或岩石上歇歇腳，可牠曉得，牠一旦停下來，就不可能再有力氣飛起來了。大霧天氣，覓食不易，牠一定要把這隻狼崽帶回鷹巢去。牠把所有力量聚焦在一個信念上：把食物帶回家，給瀕臨餓死的妻兒生的希望。

終於，牠飛臨那棵金錢松了，以往這個時候，牠都會居高臨下，以一種優雅的姿勢俯衝降落，然而這時候，牠的翅膀變得僵硬，無論怎麼努力，身體在往下沈。牠曉得自己的生命快走到盡頭了，讓牠擔心的是，如果就這樣掉下去，懸崖很深，又塞滿了濃濃的霧，妻子金薔薇恐怕不容易找回掉落的狼崽，或者懸崖下的其他食肉獸搶在金薔薇前頭撿走狼崽，豈不是在糟蹋牠的生命嗎！牠用最後一點生命，拼命搖動雙翼，終於拉升到金錢松樹冠的高度，撲倒在枝丫上，成功地將那隻狼崽運送到家……

藍嘴鉤掛在枝丫間，血似乎已經流乾，神情麻木得就像一具標本。

剛巧這個時候，弟弟鷹藍燦用稚嫩的嘴喙在蛋殼上啄開個小洞，伸出半隻晶瑩剔透的藍嘴殼。雛鷹要出殼了，又一個小生命要誕生了。金薔薇看見，藍嘴鉤一雙佈滿血絲的眼睛死死盯著正在努力從蛋殼往外鑽的弟弟鷹，死死盯著那隻與眾不同的藍瑩瑩的小嘴殼，突然，藍嘴鉤美豔絕倫的金藍鷹嘴張開了，脖頸挺直似乎想發出嘯叫，但卻遲遲叫不出聲來，噗，鷹嘴吐出一口鮮血，就從金錢松一頭栽落下去。

那不是鷹的墜落，自始至終，藍嘴鉤都沒能搖動翅膀，就像塊無生命的石頭一樣筆直墜落下去。牛奶似的濃霧遮斷了金薔薇的視線，等了好一陣，懸崖下才傳回物體砸地的輕微聲響。

奇怪的是，就在藍嘴鉤噴吐鮮血從金錢松栽落下去的一瞬間，鷹巢裏蛋殼破裂，弟弟鷹順利出殼了。

藍嘴鉤就像一顆流星，在消逝前，發出璀燦的光華。

這場百年罕見的大霧持續了整整四天，要是沒有這隻狼崽充饑，牠金薔薇和兩隻雛鷹肯定會成爲荒野餓殍。毫無疑問，是藍嘴鉤犧牲了自己拯救了全家。

最讓金薔薇刻骨銘心無法忘懷的是，藍嘴鉤在生命的最後時刻，朝著即將出殼的藍燦張嘴欲叫，卻未能叫出聲來，而是噴出一大口鮮血，金薔薇感覺到，那是血寫的寄語，含有臨終托孤的意味。金薔薇甚至覺得，藍嘴鉤氣絕身亡和藍燦破殼而出發生在同一個瞬間，這絕非時間上的巧合，而是生命鏈條的天意連結，藍嘴鉤沒有死也不會死，藍燦就是藍嘴鉤生命的延續、復活和再生。

無論如何，牠不能讓藍燦死於非命。

好險哪，金薔薇降落鷹巢，藍燦已經翻出巢去，身體倒懸在鷹巢下，只有兩隻細嫩的爪子抓住一根小樹枝。剛出殼僅十幾天的雛鷹，一旦倒懸樹枝，支撐不了幾秒鐘，就會被強勁的山風吹落下去。

牠撐開一隻翅膀，托住藍燦的背，將小傢伙送回巢內。哥哥鷹金追見自己好不容易驅逐出去的弟弟鷹藍燦又回來了，顯得很生氣，背上那撮淡褐色的絨羽像怒放的花朵一樣姿張開來，又像個好鬥的蟋蟀似地跌跌衝衝爬將過來，用稚嫩的嘴喙和翅膀來驅趕藍燦。金薔薇生氣地一腳爪將哥哥鷹從藍燦身邊撥拉開。

金追還不肯罷休，仍吱吱叫著要向藍燦發起攻擊，金薔薇火從心頭起，甩動嘴殼，不輕不重地在金追身上拍打一下。金追肚皮朝天翻倒在地，委屈地吱呀吱呀叫。金薔薇又用腳爪將金追蹬到鷹巢邊緣，讓小傢伙半個身體懸在巢外，只要再輕輕推一把，就會從鷹巢墜落下去。哥哥鷹意識到了危險，吱呀吱呀發出恐懼的尖叫。

哦，你也知道害怕，你也不願掉進深淵，那你就該收斂兇殘和霸道，自己活，讓弟弟鷹也活，弟兄和睦！金薔薇向哥哥鷹發出嚴厲警告，小傢伙還算知趣，閉緊背上那撮淡褐色的絨羽，蜷縮到鷹巢另一側角隅裏去了。

金薔薇當然知道，絕不會因爲牠的一次教訓和呵斥，哥哥鷹就放棄驅逐弟弟鷹了。金追是因爲害怕被牠踢出鷹巢，這才被迫妥協的。只要牠不在跟前，小傢伙立刻就會故伎重演，向藍燦發起致命的攻擊。

牠是單身媽媽，牠不可能時時刻刻待在家裏監視哥哥鷹，天上不會掉糧食，牠必須要出去覓食。牠一定要想個辦法，讓哥哥鷹不會因爲牠不在跟前而對弟弟鷹粗暴施虐。俗話說，辦法是人想出來的，其實許多動物也會想辦法。金薔薇很快就有了主意。

三、互鬥

這天清晨，金薔薇像往常一樣，用嘴喙親暱地摩挲兩隻雛鷹的腦殼，媽媽要去找食物了，寶貝乖乖，等媽媽回來，然後振翅朝尕瑪爾草原飛去。飛到天邊一朵輪廓分明的大雲朵裏，金薔薇改變方向，與大雲朵一起飄飛，從原路繞了回來，悄悄停棲在金錢松上方的懸崖頂，觀察鷹巢裏的動靜。

開始時，兩個小傢伙一個縮在巢東側，一個蹲在巢西側，相安無事。過了一會，幾根松針掉在哥哥鷹金追頭上，牠似乎被驚醒了，豎起細嫩的脖子四處張望，當視線落到藍燦身上時，好像喚醒了沈睡中的記憶，立刻變得亢奮起來，翅膀和腳爪同時用力向藍燦爬去，背上那撮淡褐色的絨羽又姿張開來，就彷彿高揚起戰鬥的旗幟，到了弟弟鷹身邊，便用身體開始擠兌、傾軋，迫使藍燦往鷹巢邊緣移動。

金薔薇立刻俯衝下去，在金追面前呦呦發出恫嚇的嘯叫，然後用尖厲的喙啄咬金追背上那撮象徵著戰鬥旗幟的淡褐色絨羽。

拔鳥身上的毛，猶如刮魚身上的鱗，是很疼的。金追尖叫著在巢內打滾。金薔薇毫不心慈手軟，一片一片又一片，一口氣在金追背上拔下七根絨羽。金追背上滲出七粒殷紅的小血珠，帶血的絨羽在天空飄旋。這是血的教訓，血的懲戒，你要牢牢記住，膽敢再背著我製造窩裏鬥，我會拔光你身上所有的羽毛，讓你變成一隻醜陋的赤膊鳥，然後丟下懸崖去餵蛇！

這樣的教育方式，重複了三遍。

懲罰確實是一種有效的教育方式，血的懲戒強有力地改變受教育者的行爲，這以後，無論金薔薇在不在跟前，哥哥鷹金追再也不敢對弟弟鷹做出驅趕的行爲來了。

和平，似乎有了希望。

普通母鷹一胎生育期只撫養一隻雛鷹，金薔薇卻同時撫養兩隻雛鷹，付出了雙倍的心血。一隻單身母鷹，要養活兩隻雛鷹，談何容易啊。還不到一個月時間，牠就瘦了整整一圈，本來兩隻翅膀緊湊地覆蓋在身上，就像穿了件大小合適的衣裳，現在兩隻翅膀鬆弛地罩在身上，就像穿了件肥大不合體的衣裳。

這些都算不了什麼，只要兩隻寶貝雛鷹能健康平安長大，再苦再累牠也心甘。讓牠煩惱的是，哥哥鷹金追對藍燦似乎有一種天然的敵意，每次餵食，都會呀呀尖叫著，用翅膀將藍燦壓在自己身體底下，竭力阻止藍燦伸出脖子來接食。

牠當然不會滿足哥哥鷹獨霸食物的欲望。當牠將金追的嘴撥拉開，將食物塞入藍燦嘴裏時，金追便會用仇恨的眼睛望著藍燦，發出嗒吱嗒吱咬牙切齒的詛咒聲。金薔薇曉得，哥哥鷹完全是懾於牠啄咬絨羽的血的懲罰，才暫時壓抑了殘害同胞手足的罪惡念頭。仇恨埋在心底，危機並沒解除，就像埋著一顆定時炸彈，隨時都有可能爆發一場腥風血雨的窩裏鬥。

窩裏鬥的挑釁者當然是哥哥鷹金追，弟弟鷹藍燦從來就扮演遭欺凌受迫害的角色。假如說哥哥鷹金追和弟弟鷹藍燦是一對矛盾體，毫無疑問，哥哥鷹金追是矛盾的主導方面。牠想，金追之所以敢挑釁藍燦，是憑藉早出殼兩天的優勢，體格比藍燦壯，力氣比藍燦大，就以大欺小、以強欺弱迫害藍燦。假如藍燦的生長發育追上金追，身體與金追同樣強壯，甚至超過了金追，金追還敢肆無忌憚地欺凌弟弟鷹嗎？

想到這一點，金薔薇覺得自己找到了徹底解決家庭危機的好辦法。

在鷹的世界，雛鷹生長發育的速度是可以通過食物來調節的。少餵一些食物，雛鷹就會放慢生長速度，多餵一些食物，雛鷹就會加快生長速度，食物與生長發育是成正比的。

金薔薇立刻將想法付諸行動。餵食時，儘量讓弟弟鷹藍燦先吃飽，然後再餵哥哥鷹金追，餵個半饑半飽就不再餵了。短短七、八天，食物調節就起了作用，藍燦的個頭一下子追上了金追，站起來一般高，身上的絨羽一般濃密，叫聲也一般響亮。

牠這不是偏心，而是在追求家庭和睦。

牠又堅持了三天的食物調節，不錯，藍燦的身體看起來似乎比金追更結實些了。更讓金薔薇感到欣慰的是，隨著藍燦身體發育超過金追，藍燦原先在金追面前怯懦的眼光消失了，取而代之的是一種充滿自信的神態。原先只要一看到金追朝牠走過來，牠就會緊張得兩隻翅膀瑟瑟發抖，扭頭躲避；而現在，當金追迎面走過來時，藍燦不再害怕得發抖，而是昂首挺胸，擺開一種迎戰的姿勢，用形體語言告訴對方：我已經不怕你了，你若想動粗，我會堅決奉陪到底的！

那天中午，金薔薇在空中捕捉到一隻野鴿子，飛回鷹巢後，兩隻雛鷹爭先恐後到牠跟前鳴叫乞食，金追又像往常那樣，企圖用翅膀將藍燦壓到自己身體底下去，想獨霸食物。藍燦好像知道自己有足夠的力量反抗，毫不示弱地用腦袋頂了金追一下，哥哥鷹被頂得兩腳朝天，仰面跌倒在巢裏。

在弱肉強食的叢林世界裏，身體強壯就是力量，就是優勢。

金薔薇放心多了，哥哥鷹的身體優勢已經消失殆盡，再也不能隨意欺凌藍燦了，挑釁者失去了挑釁的資本，就會停止挑釁，生活就會變得安寧。

讓牠做夢也想不到的是，差點又釀成一樁新的血案。

那是一個風和日麗的上午，這天牠的運氣特別好，剛剛飛到尕瑪爾草原上空，就看見一隻被狐狸咬傷腿的野兔正在草灘瘸瘸拐拐奔逃，牠憑藉飛行優勢，搶在那隻笨狐狸前抓住野兔。

自從做了媽媽，牠還是第一次這麼輕鬆逮到食物，高高興興飛回家。剛剛越過高聳入雲的日曲卡雪山，就聽見金錢松鷹巢裏傳來吱吱唧唧尖厲的嘯叫聲，牠一聽就明白，是雛鷹遭遇危險發出的求救聲。

牠立刻加快速度飛回家，來到金錢松上空，牠又一次目睹了血腥的窩裏鬥：一隻雛鷹正用嘴喙和身體蠻橫地攻擊另一隻雛鷹，被攻擊者且戰且退，退到了鷹巢邊緣，攻擊者仍不依不饒，拼命擠兌、傾軋，被攻擊者半個身體已越出鷹巢邊緣，發出恐懼的呼叫……曾經的慘劇再次上演，血腥的場面驚人相似。唯一不同的是，兩隻雛鷹角色互換，過去是哥哥鷹金追驅逐弟弟鷹藍燦，現在是弟弟鷹藍燦在攻擊哥哥鷹金追。

金薔薇驚愕得差點沒有暈倒。在牠的印象裏，藍燦從來就是飽受欺凌的受氣包，全靠牠的庇護才沒有成爲窩裏鬥的犧牲品。沒想到，牠使用食物調節，藍燦的發育成長追上並超過金追後，竟然倒過來驅逐金追了。天哪，爲什麼一有力量就霸道，一變成強者就飛揚跋扈，一有能耐就想把別人踩到腳底下去？爲什麼就不能兄弟和睦，和平共處呢？

難道說，梅裏山鷹殘害手足兄弟的陋習，真的包含在基因裏，溶化在血液中，是雄鷹生長發育的必經之路，是梅裏山鷹不可更改的宿命？

哥哥鷹已處於搖搖欲墜的危險境地，弟弟鷹倚仗自己更強壯的身體，連續不斷地進行啄咬和撞擊，必欲置金追於死地而後快。

金薔薇筆直俯衝下去。牠不能袖手旁觀。是的，牠把弟弟鷹藍燦當做是已故丈夫藍嘴鉤的再生和復活，牠渴望藍燦能夠存活下來，可是，這並不意味著牠要犧牲金追。藍燦是牠的親骨肉，金追也是牠的親骨肉，手心手背都是肉。倘若由於牠的干預，本來應當存活的金追死於非命，那牠豈不成了害死自己親生雛鷹的劊子手？這是萬萬不行的啊。

牠一降落到鷹巢，立刻就將行兇作惡的藍燦粗暴地推搡開。小混蛋，給你多餵食，是為了讓你免受欺凌，而不是為了讓你變成窩裏鬥的挑釁者！

藍燦還不肯罷休，翻起身來繼續擺開攻擊姿勢，金薔薇一腳爪把弟弟鷹蹬得肚皮朝天。然後，就像教訓哥哥鷹金追一樣，狠起心腸啄咬藍燦背上那撮奶白色的絨羽，一片一片又一片，讓弟弟鷹也牢記這血的懲戒。

從此，金薔薇再不敢利用食物調節來人為地加快或遲緩雛鷹的生長發育，一視同仁地將食物平均餵養兩隻雛鷹。一段時間後，哥哥鷹和弟弟鷹同步發育成長，個頭一般大小，力氣也不差上下，勢均力敵，誰也不占壓倒的優勢。或許，力量均衡是維護和平最好的保障。

金薔薇盡一隻母鷹所能，想方設法來促使金追與藍燦之間消除天生的兄弟鬩牆的品性。牠想，雛鷹之所以出生沒幾天就要互相展開血腥角逐，尋根究底，是為了獨享父母的寵愛，而獨享父母的寵愛，歸根結底，是為了獨霸食物，而獨霸食物，探根刨底，是擔心得不到足夠的食物。

很明顯，問題的根源就是找到足夠的食物。有了足夠的食物，或許就能有效抑制雛鷹身上窩裏鬥的本能。你能吃得飽，牠也能吃得飽，還有必要為了獨霸食物而相互傾軋嗎？

充盈的食物應該是治療雛鷹窩裏鬥野蠻天性的最好藥方。

金薔薇起早貪黑竭盡全力覓食。

四、第一課

隨著兩個小傢伙一天天長大，牠們的食量大得驚人，除了不肯吃虧外，什麼都搶著吃。牠們彷彿是餓癆鬼投的胎，只要一望見牠歸巢的身影，只要一聽到牠翅膀振動的聲響，立刻就會脖頸伸得筆直，黃口小嘴張得老大，吱吱唧唧拼命發出乞食的叫聲。牠雖然是有天之驕子美譽的梅裏山鷹，也不能保證每次出獵都有收穫。風霜雪雨的惡劣氣候不說了，即使是晴空萬里的好天氣，兩次出獵有一次收穫，能保持百分之五十的成功率，已經是非常幸運的了。

為了能讓兩隻雛鷹塡飽肚子，從天邊出現第一縷晨曦，牠就開始奔波忙碌，直到暮靄籠罩山谷，這才停止覓食。每天往返尕瑪爾草原起碼七、八次，平均日飛行距離達五百公里以上，累得身體幾乎要散架了。

牠是隻稱職的母鷹，獲得食物後，自己捨不得吃，立刻就帶回巢來餵養兩隻雛鷹，內臟和鮮肉都塞進小傢伙嘴裏，自己只吃小傢伙無法吞咽的皮囊和骨渣。值得自豪的是，兩隻雛鷹出殼一個多月了，還從來沒餓過肚子，基本上天天都能吃飽。

食物充盈，又有血的懲戒，再加上雙方力量均衡，這段時間兩隻雛鷹倒也相安無事，沒發生爭執和鬥毆。

但金薔薇心裏總覺得還不踏實，牠發現，兩個小傢伙彼此之間，牠不在家的時候，從來不會相親相愛地依偎在一起，除餵食外，總是哥哥鷹待在巢的東側，弟弟鷹待在巢的西側，小小的鷹巢好像劃了一條無形的中界線，牠好幾次看見，當哥哥鷹無意中從巢的東側來到巢的西側，藍燦立刻就會全身絨羽奓立，充滿敵意地朝金追嘯叫，同樣，當弟弟鷹不小心從巢的西側去到巢的東側，金追也當即豎起脖頸半撐開翅膀，擺出攻擊姿勢。即使餵飽了食物，牠們看對方時，眼光也全然沒有溫馨的兄弟情，而是冷冷的睨視，冷漠得就像用冰雪浸泡過的，讓人不寒而慄。

眼睛是心靈的門窗，這說明，兩個小傢伙並沒化解彼此的敵對與仇視，不過是因爲懾於牠血的懲戒，所以才收斂窩裏鬥的衝動。有朝一日牠不能提供充盈的食物了，或者牠們長大不再害怕牠血的懲戒，那蟄伏在心底的手足相殘的本性就會爆發出來。看來，提供充盈的食物和進行血的懲戒雖然有效，卻治標不治本。要真正消除手足相殘的罪惡之心，光有充盈的食物和血的懲戒是不夠的，還應該設法培養牠們的兄弟情誼，這是最根本的解決問題的靈丹妙藥。愛是化解敵視最好的武器，是避免血腥窩裏鬥最好的保障。牠必須設法培養牠們兄弟團結友愛的優良品格。

首先當然是從食物誘導開始。俗話說，人爲財死，鳥爲食亡，前半句是不是真理尚存在分歧，但後半句絕對是顛撲不破的真理。豈止鳥類爲食而亡，許多動物都會爲了食物而改變自己的命運軌跡。如亙古時代的野犬，爲了能撿食人類扔棄的肉骨頭，就廉價地出賣自由而成爲人類忠實的走狗；本來脾氣暴躁的野牛，爲了人類手上一把青草，竟然成了最溫順的家牛，天天爲人類拉犁耕地；本來會飛翔的雞，爲了人類撒在地上的幾粒穀米，竟然喪失飛的能力，變成人類殺無赦的家禽……這樣的例子還很多很多，可見食物誘導的威力。

金薔薇具體採取了三個步驟：一、由巢中央餵食改爲東西側輪流餵食，以消除那根無形的中界線。以往餵食時，牠總是站在巢中央，兩隻雛鳥從東西兩側聚攏來乞食，現在，牠飛停在巢的東側，弟弟鷹藍燦爲了得到食物，只有從巢的西側趕往東側來，當藍燦越過巢中央那條無形的中界線，哥哥鷹本能地做出攻擊姿勢，金薔薇立刻用嘴喙敲打金追的腦殼，將囂張氣焰及時壓制下去，然後只給藍燦餵食，無論哥哥鷹如何哀叫乞求，也不給金追餵食，哦，你對弟弟鷹表現出攻擊傾向，你的行爲有問題，你犯錯誤了，你只能挨餓！

翌日，金薔薇又換了個位置，跑到巢的西側去餵食，這一次受到食物嘉獎的是哥哥鷹金追，而受到挨餓處罰的是弟弟鷹藍燦。

饑餓是動物最好的老師，漸漸的，兩隻雛鷹學會了互相容忍，哦，你要到東側來乞食，那你就來吧，我不能進行驅逐，那我就只好聽之任之。那條無形的中界線，就這樣灰飛煙滅了。

二、以往當金薔薇從嗉囊裏反哺半消化食物時，兩隻雛鷹出於多吃多占的自私貪婪本能，總是踮起腳爪，儘量伸長脖子，希望自己嗷嗷待哺的小嘴離金薔薇反哺食物的大嘴最近，似乎這樣就能更多地得到食物，摩擦與爭鬥也就是這個時候最容易發生了，當兩隻小嘴不分高低時，能壓低對方就等於抬高自己，抬高自己就能多得食物，於是，你撞我個趔趄，我打你個脖兒拐，窩裏鬥拉開序幕。

俗話說，會哭的孩子有奶吃，按常規，誰乞食的叫聲更響，誰的脖子伸得更長，餵食者就會將食物塞進誰的嘴裏，其他母鷹都是這麼做的。金薔薇覺得，這樣做無疑加劇了雛鷹的爭鬥意識，煽旺了彼此的敵視與仇恨，助長了窩裏鬥的歪風邪氣。牠改變了餵食秩序，哦，誰先動手擠兌對方，誰就得不到食物，誰規規矩矩乞食，誰就能得到食物，這就叫扶持正氣、培植和平禮讓的紳士風範。如果你表現得像個小強盜你就得不到食物，如果你表現得像個小紳士你就不會挨餓，那麼，依賴母鷹餵食才能活命的雛鷹也只好向小紳士看齊了。

三、在前兩個步驟取得初步效果後，金薔薇著手進行最後一個也是最艱難的步驟，就是在餵食中餵出溫馨的兄弟情。

牠叼著一條還在抽搐的蛙腿，做出想要餵食的舉動，兩隻雛鷹急切地發出乞食聲。牠引而不發，哦，我要看誰表現好，我就把鮮美的蛙腿獎賞給誰。小傢伙也不知道什麼叫表現好，茫然不知所措。金薔薇首先用翅膀將金追細長的脖頸推向藍燦身上，哦，你是哥哥鷹，你有責任關心和愛護弟弟鷹，請張開你的小嘴，幫藍燦梳理凌亂的羽毛，哦，如果你這樣做了，你就能得到這條蛙腿。

或許在金追身上，從來就沒有要爲同胞兄弟梳理羽毛的遺傳基因，儘管對鮮美的蛙腿垂涎三尺，也不肯順從金薔薇的意願。那就換個教育對象試試。金薔薇將蛙腿懸吊在藍燦頭頂，哦，我知道你肚子餓了，來吧，孩子，用你柔軟的脖子輕輕摩挲金追的脖頸，你是弟弟鷹，你理應對哥哥鷹表達尊重和友愛，你如果這樣做了，你就是媽媽最喜歡的乖寶寶，這條鮮美的蛙腿就屬於你的了。或許在藍燦身上，也沒有要對同胞兄長尊重和友愛的遺傳基因，儘管饞相畢露，也沒能如金薔薇所願。

既然如此，那你們就餓肚子吧。什麼時候學會了愛，什麼時候就有東西吃。金薔薇飛到對面樹枝，耐心地等待著。

從中午等到傍晚，兩隻雛鷹實在餓得吃不消了，像熱鍋上的螞蟻在鷹巢團團轉，不時朝金薔薇唧唧喳喳發出如泣如訴的乞食聲。金薔薇覺得時機已經成熟，又一次叼著蛙腿飛進巢去，再次進行食物誘導，哦，饑餓的滋味不好受吧，那就按我的吩咐去做！兩隻雛鷹又扭怩了一陣，終於，金追抵擋不住食物的誘惑，用嘴喙胡亂在藍燦身上捋了幾下，將弟弟鷹脊背上兩根淩亂的絨羽壓平了些，勉強算是替藍燦梳理了羽毛。雖然動作很彆扭，態度也很生硬，但畢竟是依順金薔薇的意願去做了。金薔薇高興地將蛙腿塞進金追的嘴裏。

榜樣的力量是無窮的，藍燦見哥哥鷹得到了實惠，當然心癢眼饞，於是也順從金薔薇的教誨，伸出自己的脖頸漫不經心地在金追肩與頸的交會處摩挲了幾下，根本談不上發自內心的尊重和友愛，搔搔癢而已，金薔薇心花怒放，將事先準備好的另一隻蛙腿塞進藍燦嘴裏。

哈，饑餓就是一根能點石成金的魔術棒。

這以後，金薔薇每次餵食，都要進行同樣的食物誘導，就像小學生做功課一樣，也像人類教徒做餐前禱告一樣。牠覺得這樣做意義重大，是培養兄弟情誼的必經之路，也是杜絕窩裏鬥的靈丹妙藥。

是的，兩隻雛鷹在表達兄弟情誼時，態度有點勉強，無論是哥哥鷹爲弟弟鷹梳理羽毛，還是藍燦用脖頸摩挲金追的肩頸，動作都很機械，敷衍潦草，看得出來不是發自內心，而是爲了獲得食物的權宜之計，或者說，是受到某種挾迫後的無奈之舉，但金薔薇覺得，改變物種的品性，不是一朝一夕就能成功的，兩隻雛鷹能克制手足相殘的本能衝動，順從牠的意願做出互相友愛的表示，證明已經有了一個良好的開端，萬事開頭難，良好的開端就是成功的一半，關鍵要有水滴石穿的毅力和恆心。牠堅信，只要牠堅持不懈地努力下去，兩隻雛鷹會養成兄弟和睦相處的良好習慣，習慣成自然，最終成爲攜手並進的新一代雄鷹。

牠相信自己的目的一定能達到。

五、試驗

日曲卡雪山奇崛雄偉，屬於垂直式氣候，山谷是夏天，山腰是春天，山頂是冬天。桃紅柳綠的五月，也經常會遭到夏天雷雨的襲擊。那天上午，太陽剛剛從雪峰背後爬上來，突然刮起的大風，一大片烏黑的雲，猶如千萬隻大灰狼，從西北方向的天際奔騰而來。很快，烏雲如貪婪的狼群吞噬了太陽，塗黑了湛藍的天空。閃電像一條條青蛇在烏雲間游躥，豆大的冷雨劈哩啪啦從天空砸下來，寒風料峭，氣溫驟降，一場暴風雨即將拉開序幕。

在電閃雷鳴中，金追和藍燦朝金薔薇發出急切的鳴叫。這個時候，金薔薇就停棲在金錢松樹冠頂端，離鷹巢僅幾步之遙。

按常規，這種時候，金薔薇應立刻飛回巢中，半撐開自己的雙翼，將兩隻雛鷹分別安頓在自己的左右兩翼。親鳥的翅膀是雛鷹最好的保護傘。牠也確實起飛了，但就在雙爪即將落巢的一瞬間，牠突然改變主意，使勁搖了幾下翅膀，又飛回樹冠頂端。牠覺得即將來臨的暴風雨是一個難得的好機會，可以讓兩隻雛鷹學習如何互相依靠、互相依賴、互相依存。

一段時間來，在食物誘導下，兩隻雛鷹確實表現出兄弟情誼的動作來，但牠心裏明白，那不是發自內心的情感流露，而是在饑餓威脅下的被迫順從，將來能不能習慣成自然，實在是個難以預料的未知數。要想讓兩個小傢伙真正樹立起同胞手足的理念，必須要透過具體的事例讓牠們懂得，另一方活著，對自己不僅不是一個禍害，還能給自己帶來生存利益，可以獲得雙贏的結果，才能真正培養起牢不可破的兄弟情誼。

牠覺得，眼前這場雷霆萬鈞的暴風雨是一個極佳機會。

兩隻雛鷹眼巴巴盼著金薔薇用結實的翅膀給牠們撐起遮風擋雨的保護傘，可媽媽還沒降落就又飛走了，兩個小傢伙焦急地拼命呼叫，可金薔薇躲藏在樹冠裏不予理睬。在牠躲藏的這個位置，居高臨下可以把鷹巢看得一清二楚，而兩隻雛鷹卻看不見牠的身影。

暴雨如注，好像天河決堤似的，嘩嘩往下倒。很快，兩隻雛鷹就淋得像落湯雞。山風呼嘯，那是從風雪丫口刮來的風，帶著冰雪的寒意，冷得有點刺骨。金薔薇看得很清楚，兩個小傢伙冷得渾身觳觫，比樹上的葉子還顫抖得厲害。牠曉得，兩隻雛鷹現在最希望得到的就是牠溫暖的懷抱，出於母親的本能，牠也有一種要把風雨中瑟瑟發抖的雛鷹攬進懷來的強烈衝動，可牠拼命克制住自己，絕不能因爲自己母性的軟弱而喪失培養兄弟情誼的好機會。

兩隻雛鷹雖然在風雨中冷得發抖，卻仍一個東一個西，彼此並沒有要靠近些的想法。你們很冷，是嗎，那你們就該互相靠近，以彼此的體溫互相取暖，就能抵禦這徹骨寒冷。可是，牠們似乎先天具有排斥性，根本不懂要互相靠近。牠們只曉得伸長脖子拼命叫喚，盼望親鳥來爲牠們排憂解難。

無情的雨下個不停，雨水灌進金追朝天鳴叫的嘴裏，嗆得牠喘咳不已。藍燦的嗓子也叫啞了，唧——嘀——唧——嘀——就像深秋蟋蟀斷斷續續的悲鳴。金薔薇心如刀絞，要是小傢伙因此而病倒，牠一輩子都會受到良心的譴責啊。

一道閃電像把青峰劍刺進鷹巢旁一座巍峨的山峰，短暫的靜穆後，天崩地裂一聲巨響，蒼老的金錢松似乎要被震裂了，發出咯嚓咯嚓恐怖的響聲。金薔薇看見兩隻雛鷹拼命用嘴喙去啄鋪在巢底的樹枝，恨不得找個地洞能鑽進去才好。

唉，小傻瓜啊，你們互相依傍在一起，你們就能互相壯膽，你們就能戰勝雷霆帶來的恐懼。可即使面對地動山搖的霹靂，兩顆心仍然疏遠而冷漠。

風狂雨驟，風越刮越猛烈，刮的是西南風，金錢松傘狀樹冠正好處在風口上，狂風吹襲，樹幹搖晃，樹冠大幅度擺動，整棵樹彷彿要被狂風連根拔起。金薔薇是成年山鷹，抓住樹枝蹲在樹冠上，都有一種站立不穩要被拋出去的感覺。更何況兩隻未成年的雛鷹，小小的鷹巢就像在驚濤駭浪的小舢舨，一會兒被推到浪尖，一會兒又被拋到谷底。

也許是筋疲力盡了，也許是被搖晃得頭暈目眩，兩個小傢伙都停止了鳴叫，趴在巢中央，一動不動，生命彷彿快被耗盡了。一陣更猛烈的山風襲來，高達數十米的金錢松似乎被吹彎了腰，突然，狂風一下子減弱，金錢松一下子挺直了腰，巨大的衝力把無數片樹葉彈射出去，在厚厚的白色雨簾中，又下了一場綠色的葉子雨。

小寶貝，你們兩個互相靠近，就有了雙倍力量抵禦這狂風驟雨。啊，難道你們的心果真是片荒蕪的凍土層，無法培育和生長愛的幼苗？要你們學會互相依靠爲啥這麼難呀？

狂風還在繼續，鷹巢似乎快散架崩潰了，兩隻雛鷹的情況也越來越不妙，撞過來跌回去，隨時都有被拋出巢去的危險。

金薔薇緊張到了極點，也矛盾到了極點。牠只要飛回巢，就能幫兩隻雛鷹安然度過危險，但牠要培育兄弟情誼的夢想恐怕是永遠破滅了。如果牠聽之任之，再來一陣狂風的話，兩隻雛鷹極有可能會被拋出巢去。假如真發生墜巢悲劇，那牠就成了見死不救、故意謀害親子的罪惡之鷹了。

金薔薇看見鷹巢就像在玩蹺蹺板遊戲一樣，大幅度劇烈搖擺，似乎就要四分五裂了。哥哥鷹金追似乎腳爪沒能抓牢，一下被甩到鷹巢邊緣，隨著樹冠擺動，又被拋回巢中央。弟弟鷹也難以保持平衡，在巢內撞東跌西。

牠揚起雙翼，準備飛回巢去。牠不能再等了，牠不能爲了一個虛無縹緲的所謂理想，而白白送掉兩隻雛鷹的性命。

就在這節骨眼上，事情突然出現轉機，當兩隻雛鷹同時被拋到鷹巢邊緣時，彼此的身體無意中靠在了一起，或許是出於一種撈救命稻草的本能，或許是出於一種找個伴分擔恐懼的心理，牠們不約而同地朝對方伸出翅膀，你扶助我，我支援你，還朝對方伸出細長的脖頸，我牽拉你，你勾結我。兩隻雛鷹互相依靠，一加一遠遠大於二，肆虐的風威勢頓減，牠們不再被風刮得東倒西歪，不再有拋下樹去的危險。

金薔薇真比逮到一隻黃麂還高興。

狂風漸漸減弱，冰冷的雨還在下，兩隻小傢伙不再像剛才那樣冷得瑟瑟發抖，牠們緊緊依靠在一起，用彼此的體溫互相取暖，互相慰藉。

暴風雨來得快也去得快，又過了一陣，風停雨歇，烏雲散盡，湛藍的天空出現一道美麗的彩虹。金薔薇看見兩隻小傢伙站了起來，抖掉身上的水珠，沐浴燦爛的陽光，彼此間仍貼得很近，在沒有食物誘導也沒有親鳥催促的情況下，金追用嘴喙梳理弟弟鷹背脊上凌亂的羽毛，藍燦也用脖子擦去滴落在哥哥鷹頭頂的雨珠。這是發自內心的自然流露出來的兄弟情誼，也是牠金薔薇夢寐以求的結果。

哦，你們經歷了暴風雨的洗禮，你們經受了生與死的考驗，你們凝結了同心同德的兄弟情誼，你們將分享這美好的生活。

六、戰火重燃

暮靄越來越濃，地面的物體越來越模糊，眼看天色就要黑了，再繼續巡飛已失去意義，金薔薇拍扇翅膀，垂頭喪氣地往家飛。

人難免有倒楣的時候，鷹也難免有不走運的時候，金薔薇這兩天運氣差極了。昨天在尕瑪爾草原巡飛了半天，就在洞穴旁的一棵香樟樹上等待，結果等到天黑，也不見狡兔出來。

偶爾有一天沒覓到食，對梅裏山鷹來說，也不是什麼大問題。凡野生動物，無論飛禽走獸，只要是食肉動物，生理上都有耐饑餓的本領，如蛇類，飽餐一頓後可以十天半月不再進食，老虎吃飽後三天不吃東西照樣能精神抖擻地狩獵捕食，而梅裏山鷹最長的耐餓時間是三天。金薔薇相信自己第二天運氣會變好，找到合適的獵物。

遺憾的是，壞運氣還在延續。

今天一大早，牠就飛到尕瑪爾草原上空，倒是發現一隻剛出生的小斑羚，初生小斑羚約十來斤重，也是鷹的捕捉目標之一，可是，這是一家子斑羚，夫妻斑羚警覺性都頗高，只要牠一降低高度，公斑羚立即用尖利的犄角朝著牠俯衝的方向狂挑亂刺，母斑羚立刻就將小斑羚罩在自己的身體底下，牠在天空盤旋了很久，還是無懈可擊。

地面覓食落空，牠轉而瞄向空中。

梅裏山鷹是日曲卡雪山一帶當之無愧的空中之王，無論鵪鶉鴿雉，都在山鷹的食譜之列。天空有山鷹矯健的身影，其他鳥避之唯恐不及，找了好長時間，好不容易才等到一隻岩鴿從空中飛過，牠立即疾飛而去，追了好幾公里，眼看就要逮著獵物了，突然，岩鴿倉惶鑽進山崖一條深深的岩縫，再也不出來了，牠試了好幾次，岩縫太窄，牠碩大的身體無法鑽進去，只好灰溜溜地放棄這場狩獵。

唉，又是一個沒有收穫的日子。

連續兩天吃不到東西，牠還能支撐，但兩個小傢伙怕難以忍受了。

兩隻雛鷹個頭已有成年鷹三分之二大了，全身覆蓋褐色的羽毛，翅膀已長出翮羽，已經從兒童鷹成長爲少年鷹，金追翼羽間兩道金色斑紋濃豔得就像油畫色彩，藍燦金藍色嘴殼越來越光彩奪目，稱得上是一對英俊少年。假如不出意外，頂多還有一個月，牠們就能展翅飛翔了。正是長身體的時候，消化能力極強，昨天牠沒有帶食物回去，兩個小傢伙已經餓得嗷嗷直叫了。如果今天牠再空手而歸，怕兩個小傢伙會餓出病來啊。

天快要黑了，找尋食物非常困難，唯一的辦法，就是冒險到銅鼓寨去捉小雞。

日曲卡雪山一帶人煙稀少，但再荒蠻的地方也有人的蹤跡，古戛納河畔就有一個牧民居住的銅鼓寨。

所謂銅鼓寨，就是寨子打穀場上有一架敲起來聲震屋瓦的千年大銅鼓。寨子裏當然養著許多雞。人類豢養的家禽，那是鳥的異化。飛不高跑不快，鷹爪掐住脖子了也不會反抗，對梅裏山鷹來講，抓雞好比囊中取物。可是不到萬不得已，誰也不敢冒險到銅鼓寨去捉雞。原因很簡單，那些普遍患有肥胖症的雞，有人類的獵狗和獵槍保護。只要寨子上空掠過山鷹矯健的身影，神經質的獵狗立刻就吠聲連天，穿透力極強的銅鼓也會鏜鏜敲響，假如山鷹還往下俯衝的話，獵槍就會砰砰射來。

曾經有一隻名叫可可靈的雄鷹，年紀大了，右眼患上白內瘴，很難發現並逮住行動敏捷的獵物，實在餓極了，便飛到銅鼓寨去捉雞，結果，當牠飛經那架千年大銅鼓時，冷不防銅鼓鏜鏜炸響，牠內臟被強大的聲波震裂，七竅流血而亡。

還有一隻名叫老阿朵的雌鷹，在抓一隻兔子時，右腳爪不小心被兔牙咬傷，殘疾鷹捕食困難，也是餓得受不了了，就飛到銅鼓寨去捉雞，雞毛還沒撈到一根呢，就被獵槍炸飛了腦袋。

一點也不誇張地說，對山鷹而言，到銅鼓寨去捉雞，就是飲鴆止渴，一種愚蠢的自殺行爲。

儘管如此，金薔薇還是決定去冒險。

牠不能眼睜睜看著兩隻雛鷹餓壞身體。牠之所以敢去冒險，是因爲牠掌握了一個改變山鷹從高空俯衝的狩獵習慣，出奇制勝奇襲獵物的本領。這個本領，是夫君藍嘴鉤生前教會牠的。

藍嘴鉤頭腦聰慧，算得上是隻天才鷹。那是在牠們結爲終身伴侶不久的事。牠們在古戛納河畔一隻隱秘的土坑裏，發現一窩還在吃奶的細皮嫩肉的小野豬。人類喜歡吃烤乳豬，山鷹喜歡吃活乳豬。可惱的是，母野豬的視覺和聽覺十分靈敏的，牠們一出現在土坑上空，母野豬就會吭吭吭發出急促的報警聲，乳豬們就會像急急忙忙鑽進深深土坑，母野豬則晃動嘴角兩支如匕首般的獠牙，兇神惡煞般守護在土坑的出入口，再厲害的狩獵者也只能望豬興嘆。

金薔薇正準備知趣地離去，藍嘴鉤突然示意牠留在空中巡飛，牠自已則飛向遠方，飛到母野豬目力所不及地方，突然降低高度，貼著地面往土坑飛行。

這時候，金薔薇在很遠很高的天空盤旋，顯然對正在草地奔跑嘻鬧的乳豬構不成威脅。母野豬警覺的視線緊緊盯著金薔薇，忽視了對其他方向的警戒。金薔薇鳥瞰地面，一切都看得清清楚楚。

藍嘴鉤飛到離土坑還有兩百米左右時，母野豬似乎聽到了來自背後的翅膀振動的聲響，立刻扭頭去看，關鍵時刻，母野豬犯了個致命錯誤，抬頭往空中觀察，碧空如洗，連麻雀都沒有，醜陋的豬嘴露出疑惑猶豫的表情。

這時候，藍嘴鉤又往目標疾飛了一百多米。母野豬這才看見藍嘴鉤貼著地面迅疾撲飛而來的身影，立即發出吭吭豬聲報警，正玩得興高采烈的乳豬們慌慌張張爭先恐後往土坑裏跳，但已經遲了，藍嘴鉤矯健的身影已經出現在土坑上方，母野豬背上的豬鬃一根根倒豎起來，大吼一聲迎面朝藍嘴鉤衝撞過來，藍嘴鉤似乎早有準備，尾羽輕輕往下一壓，在空中做了個魚躍龍門式漂亮的飛行動作，輕鬆地避開母野豬的迎頭撞擊，撲向一隻還來不及跳入土坑的乳豬，將獵物拎向空中……

金薔薇決定效仿已故夫君藍嘴鉤的做法，改高空俯衝爲地面偷襲，或許能躲過獵狗和獵槍，吃到鮮美的雞肉。

牠低空飛行，繞了個圈，繞到寨子背後那片小樹林，然後借著暮色掩護，在地面搖搖擺擺行走，摸進寨去。

正是人類吃晚飯時間，也是狗搖著尾巴向主人乞討肉骨頭的時間，街道上沒有人影也沒有狗影。牠悄悄來到一戶農舍的籬笆牆外，透過竹籬笆望進去，空蕩蕩的院子裏，有一條花狗正趴在門檻下津津有味地啃一根骨頭，一隻肥胖的矮腳雞婆正咯咯咯呼喚一群小雞進窩。金薔薇抓住這個機會，突然搖動翅膀起飛，越過籬笆牆撲向肥胖的矮腳雞婆。

讓牠始料不及的是，就在牠飛過籬笆牆時，有一個穿靛藍短褂的漢子突然從屋裏出來，估計是個有經驗的獵手，立刻大叫起來：「不好了，老鷹捉雞來啦！」

花狗反應非常敏捷，扔下肉骨頭，第一時間躥到雞窩旁，守護在肥胖的矮腳雞婆面前，擋住了金薔薇的攻擊路線。

一隻母鷹是無法對付一條訓練有素的張牙舞爪的獵犬的，更何況獵犬身旁還有一位體格魁梧的漢子。金薔薇不得不放棄攻擊。

這時，牠看見院子牆角邊有一隻小黑雞正以生死時速向雞窩奔逃。這是一隻貪玩的小黑雞，剛才沒理會矮腳雞婆歸窩的指令，這裏啄啄蚯蚓，那裏刨刨螞蚱，落在雞群後面。哦，只好因勢利導轉而攻擊這隻落單的小黑雞了。

金薔薇仄轉翅膀，空中急拐彎，降低高度伸爪去抓。目標太小，小黑雞又特別機靈，竟然抓空了。不得已，牠只好降落地面，嘴啄爪踏，好不容易才將小黑雞抓到手。

雖然只是短短幾秒鐘時間，卻是性命攸關的轉換時刻。那位漢子已經去取掛在走廊牆上的獵槍了。金薔薇急忙起飛。但山鷹體格碩大，威猛有餘而機靈不足，不像小鳥那樣一抖翅膀倏地就能起飛，必須先搖動兩下翅膀，雙腿一蹬才能讓自己身體騰空，這需要一秒鐘時間。就在牠搖動翅膀身體騰空的瞬間，那位穿靛藍短褂的漢子已將可怕的獵槍握在手裏了。

牠拼命扇動翅膀，加大升空力量。這時，下面傳來漢子拉動獵槍的嘩啦聲，牠不敢耽擱，拼出所有的力氣朝寨外疾飛。

砰，傳來獵槍的轟鳴聲，牠感覺到有一股尖銳的氣流擦著牠的身體飛了過去。剎那間，左翼兩根翮羽像被一把無形的鋒利的剪刀剪了一下，折斷了。飛過打穀場上空，銅鼓也鐺鐺敲響了，那急越的鼓聲，震得牠心驚肉跳。

還算幸運，牠冒險成功了，損失了翅膀上幾根漂亮的翮羽，換來一隻才出殼沒幾天的小雞。

別搶，別鬧，二一添作五，我來給你們分配。金薔薇站在鷹巢中央，推開小強盜一樣撲過來的哥哥鷹金追，又攆走小土匪一樣拱過來的弟弟鷹藍燦，爲兩隻雛鷹分割獵物。

給雛鷹餵食，不同的年齡階段有不同的餵食方式，大致可分爲四個階段：剛出殼到二十天左右，母鷹將半消化的食物從嗉囊中反哺出來嘴對嘴餵，稱爲渡食；二十天至兩個月，母鷹將肉塊從獵物身上撕下來，直接塞進雛鳥嘴裏，這叫餵食；兩個月至三個半月，母鷹當著雛鷹的解剖獵物，將撕碎的獵物拋在地上任雛鷹啄食，讓雛鷹學習分割獵物的技巧，稱爲學食；三個半月至獨立生活，母鷹將獵物囫圇扔給雛鷹，讓雛鷹自己分割啄食，這叫投食。現在，金薔薇正處於第三階段餵食方式。

還沒等牠把小黑雞分割開，兩個小傢伙就又迫不及待地圍上來搶奪。更可氣的是，牠們還互相擠兌，用力把對方從金薔薇身邊擠走。

去，不准胡來！金薔薇毫不客氣地用嘴殼將兩隻雛鷹撥拉開。我曉得你們兩天沒進食已經餓壞了，但再餓也不能傷了兄弟和氣啊。饑餓是一種考驗，考驗你們是否真正具備互相幫助共度難關的兄弟情誼。我相信你們不會讓媽媽失望的。

小黑雞太小了，也就小耗子這麼大，少得還不夠餵飽一隻雛鷹。牠先將難以消化的雞頭和雞爪吞進肚去，牠要保持一些體力，明天一早好有力氣去覓食。然後，牠用爪子和嘴喙分割剩下的肉塊。

哦，肉少得可憐，只能算是給你們打打牙祭，你們放心，媽媽明天一早就去尕瑪爾草原打獵，一定給你們帶隻野兔回來，讓你們吃得打飽嗝。

天有點黑了，牠有點大意了。就在這個時候，金追受食物的誘惑，又強行從牠翅膀底下鑽過來，企圖啄食雞肉。牠夾緊翅膀，不讓金追的企圖得逞。牠只注意防止哥哥鷹搶奪食物，卻忽視了弟弟鷹的鑽營行爲。牠沒發現，藍燦貪婪的嘴喙從牠兩腿之間鑽進來，叼起雞肉就快速吞咽起來。

那個時候，牠只是將小黑雞撕啄開，還沒分割完畢，肉塊互相黏連，形成一長條肉串。藍燦確實是餓壞了，用狼吞虎咽來形容一點不過分，脖頸梗動著，拼命將肉塊往自己肚裏塞。

小混蛋，你怎能吃獨食喲！金薔薇用腳爪掐住藍燦的脖子，想制止這種土匪行徑，可藍燦也不知那裏來的力氣，掙脫牠的腳爪，仍一個勁快速吞咽。金薔薇又用尖利的嘴喙使勁啄咬藍燦的背，血都啄出來了，可小傢伙還是頑強地繼續進食。

牠是母親，牠總不能爲了這麼一點食物掐斷親骨肉的脖子、啄穿親骨肉的身體吧？

也就短短幾秒鐘時間，一串肉塊全被藍燦吞進肚去。本來嘛，也就那麼一小點雞肉，僅夠藍燦吃個半飽的。

喞呀戈，喞呀戈，金薔薇朝實施了土匪式掠奪的弟弟鷹發出嚴厲的呵斥。也僅僅是嚴厲的呵斥而已，吃也吃進去了，吞也吞進肚了，除非開膛剖腹，休想再讓藍燦把肉串吐出來了啊。

在藍燦獨吞食物過程中，哥哥鷹驚愕地張大嘴，望著藍燦發呆。當藍燦把最後一點雞肉也咽下去後，金追如惡夢初醒般狂嘯一聲，全身的羽毛就像刺蝟一樣豎了起來，眼睛發綠，也不知是氣得發綠還是餓得發綠，衝上來扭住藍燦撕打起來。

不許打架！弟弟鷹搶奪食物是做得不對，媽媽剛才已經教訓牠了，你是哥哥鷹，你也應該寬容大度些，就原諒弟弟鷹這一次吧。金薔薇用身體阻擋金追的進攻，並試圖進行勸解。然而，勸解不僅無效，似乎還火上澆油了，金追像瘋子一樣橫衝直撞，不顧一切地撲到藍燦身上，又是撕抓又是啄咬，就像在對付一個不共戴天的仇敵。

弟弟鷹也不是一盞省油的燈，兩隻眼珠子變得像兩粒螢火蟲，泛動綠熒熒的殺氣。牠狠狠啄咬哥哥鷹的背，又狠狠敲打弟弟鷹的頭，動用母鷹的權威希望能平息這場鬥毆，但效果甚微。搏殺的狂熱，已遠遠超過對懲戒的懼怕。牠們拼命黏在一起扭打，牠根本沒法拉開。

兩個小傢伙都已是半大的少年鷹，力氣大得驚人，結構鬆散的鷹巢劇烈顫抖，隨時都有散架的可能。金追的攻勢似乎更猛烈些，將藍燦推到鷹巢邊緣，嘴裏發出刻毒的詛咒，恨不得把弟弟鷹推下萬丈深淵才解恨。弟弟鷹因爲肚子裏塡充了食物，似乎耐力更持久些，將哥哥鷹壓趴在自己身體底下，用已長硬的嘴喙啄咬金追的身體，那副咬牙切齒的表情，恨不得把哥哥鷹身體啄爛了才好。

轟隆，鷹巢終於承受不了如此激烈的打鬥，就像敲碎的瓷盤一樣，左側一角倒塌了，哥哥鷹身體歪倒，差點跟隨倒坍的鷹巢一起摔下深淵。

嘩啦，鷹巢好幾根樹枝被踩斷，踩出兩個大窟窿，弟弟鷹兩隻腳桿伸進窟窿裏，要不是有一根橫杈擋著，就變成斷線的風箏掉下去了。鷹巢已經四分五裂，但兩個小傢伙的打鬥狂熱仍沒有絲毫減弱，還在互相撕抓啄咬。牠們似乎都已喪失了理智，非要置對方於死地而後快。

唉，溫飽而知廉恥、懂情誼，沒了溫飽就沒了廉恥，就沒了兄弟情誼。

住手吧，你們不要命啦！金薔薇高聲尖嘯。你們雖然長出翅膀，可你們還不會飛，如果現在你們掉下去，即使僥倖不摔死，也一定會成爲野狼的夜宵。你們不是仇敵，你們是兄弟啊。

兩隻雛鷹都把金薔薇的規勸當做耳邊風，仍沈浸在鬥毆的狂熱中。金薔薇能做的就是盡自己的所能攙扶牠們一把，不讓牠們掉下懸崖去。

很快，整個鳥巢都被毀了，所有的樹枝、黏土、獸皮等築巢材料都不見了。兩個小傢伙各自站在一根樹枝上，天已經黑透了，金薔薇擋在牠們中間，牠們彼此的身體沒法再接觸，鬥毆總算是告一段落了。

牠含辛茹苦尋找食物，牠冒著九死一生的危險到銅鼓寨去捉雞，牠差一點成爲花狗的戰利品，牠差點被獵槍射成馬蜂窩，結果又怎麼樣？誰也不會體諒牠的苦衷，誰也不會理解一個做母親的良苦用心。僅僅爲了一點點食物，就誘發了新的窩裏鬥，就發生了你死我活的爭鬥。

金錢松枝丫間，還懸掛著零星的樹枝草絲，那是鷹巢坍塌後的殘留物。牠明天第一件事，就是重建鷹巢。

對山鷹來說，這是一項很辛苦的工作。這沒什麼，牠早已習慣了辛勞。鷹巢毀了，還可以重建，兄弟情誼毀了，是無法修補的，驅之不去的，還有籠罩在鷹巢上空的濃重的死亡陰影。

夜深了，一輪彎月懸在無雲的夜空，對面山巒傳來淒厲的狼嗥，嗥叫聲雜亂而粗野，時高時低，此起彼伏，忽而如嬰兒啼哭，忽而如瘋子狂笑，聽起來好象是兩隻公狼在進行爭奪首領地位的戰爭。

兩隻雛鷹還在起勁地互相嘯叫辱罵。要不是金薔薇夾在中間，戰火將重新燃燒。想要獨霸生存資源的衝動隨著年齡的增長不僅沒有湮滅，反而變得越來越強烈了，這是牠始料不及的。

爲什麼強者就一定要與殘忍劃等號？爲什麼強者生命不止，天下爭鬥不息。爲什麼非要不是你死就是我活，而不能我活讓你也活呢？難道生命的真諦就是自私，就是爭奪生存資源，就是無休無止的骨肉相殘！

金薔薇意識到，自己可能犯了一個一生中最大的錯誤，不該在牠們出殼不久進入自然淘汰過程中出手干預。牠以爲自己有能力扭轉這種殘忍的窩裏鬥本性，牠花了幾個月的心血，費了九牛二虎之力，牠以爲自己已經達到目的，事實證明，那完全是牠一種自欺欺人美麗的謊話。天性並未扭轉，仇恨也沒消失，只是蟄伏與冬眠，一旦時機成熟，就會變本加厲地爆發出來。

這次爭鬥的起因是爲了食物，就算牠運氣特別好，明天一早就能逮到一隻野兔，把兩隻雛鷹餵飽，用食物換取和平，那也只能是暫時的和平而已。隨著小傢伙日漸長大，對食物的需求也越來越大，牠是隻單身母鷹，牠無法保證每天都能找到足夠的食物來餵養牠們，免不了還會有食物短缺的時候，免不了還會有饑餓相伴的日子，那麼，引發殘酷競爭的導火線隨時都有可能被點燃。

更爲嚴重的是，兩個小傢伙都已長成了少年鷹，再不是當初那個懵懵懂懂聽憑命運擺佈的嬰兒鷹，牠們的力量相當，牠們勢均力敵，誰也不占壓倒的優勢，無論是誰，都不可能在自己毫髮不損的情況下將對方摔下懸崖，依目前的情形看，最大的可能是雙雙墜崖而亡。牠想像著，一定會有這麼一天，當牠勞累一天空手而歸時，殘酷的窩裏鬥再次爆發，出現不忍卒看的慘烈一幕：兩隻雛鷹互相撕抓啄咬，仇恨在爭鬥中節節升高，完全喪失了理智，在牠們猛烈的鬥毆中，本來就不太堅固的鷹巢轟然崩潰，兩隻雛鷹連同鷹巢一起墜落深淵……

這完全與牠的初衷背道而馳，牠當初救下弟弟鷹藍燦，以為能一加一等於二，現在卻極有可能變成一除以一等於零。牠不僅未能挽救藍燦的生命，為了一個不切實際的幻想，為了一個虛無縹緲的夢，牠還將賠掉哥哥鷹金追的生命。

牠後悔極了，牠理應尊重物種的成長規律，尊重亙古以來梅裏山鷹每窩只養大一隻雛鷹的傳統，而不是異想天開地要去改變一個物種的生存軌跡。現在，後悔也晚了。

一隻鷹巢裏容不下兩隻雄鷹，這也許是天底下一個最殘酷的真理。

牠深深的絕望了，徹底的絕望了。

七、蛇鷹大戰

那是一條蛻過好幾次殼的高山蝮蛇，一米多長酒盅般粗，蛇尾像是被剪刀剪過似的，奇怪地向兩邊叉開，就好像長著兩根尾巴，或許可以稱為雙尾蝮蛇，正順著一根樹枝慢慢游向鷹巢。

幸虧金薔薇今天運氣好，才離巢十多分鐘，就逮到一隻躲在草叢裏生蛋的褐馬雞，回來得早，及時發現了這驚險的一幕。在牠看見雙尾蝮蛇時，這條該死的怪胎蛇離鷹巢還有十多米遠，依照蛇在樹上的爬行速度，起碼還要一、兩分鐘才能對兩隻雛鳥構成威脅。

金薔薇從容地降落在懸崖頂，將那隻褐馬雞暫且寄存在兩塊岩石間的凹縫裏，然後準備俯衝下去驅趕雙尾蝮蛇。

一般來講，蛇是梅裏山鷹食譜上的美味佳肴，但鷹身上不具備抵禦蛇毒的天生抗體，換句話說，鷹一旦被毒蛇咬，也會中毒身亡的，因此，鷹大多捕捉無毒蛇或小型毒蛇，對超過一米長的劇毒蝮蛇，鷹會明智地放棄捕捉。所以，金薔薇只是想採取恫嚇戰術將雙尾蝮蛇趕走而已。

牠已經撐開翅膀要起飛了，出於習慣，牠朝鷹巢瞥了一眼，牠看見金追和藍燦各自站立在巢的東西兩端，哥哥鷹不時朝藍燦發出一串挑釁式嘯叫，弟弟鷹則回敬金追一個狠毒的眼光。突然間，牠將撐開的翅膀閉了起來。一個讓牠心碎的念頭浮現出來：假如牠聽任雙尾蝮蛇游向鷹巢，或許是一勞永逸解決窩裏鬥的天賜良機。

牠時常與蛇打交道，瞭解蛇的捕食習慣，蛇一旦吞進一隻較大的獵物，便不會再有興趣攻擊另一個獵物。這是牠想要放縱毒蛇行兇一個極重要的原因。假如想要闖進鷹巢的是花靈貓，牠會不惜一切代價將侵略者擋在家門外的，花靈貓的捕食習慣是，一旦闖進鳥巢，會不分青紅皂白將所有雛鳥一律撲殺。不管是弟弟鷹還是哥哥鷹，個頭都已有成年鷹三分之二大，一隻就足夠塞飽蛇的肚皮。蛇吞一留一，剛好能解開這段時間來嚴重困擾牠的一道生存難題。

肚皮癟癟的雙尾蝮蛇又往前爬了五、六米，鮮紅的蛇信子快速吞吐，探測獵物方位，選擇攻擊目標。

金薔薇又撐開了翅膀。牠是母親，怎麼能聽憑毒蛇吞食自己的孩子呢?母鷹的神聖職責就是保護雛鷹免遭毒蛇猛獸的傷害。強烈的母愛催促牠俯衝下去，用尖爪利喙將雙尾蝮蛇從金錢松趕走。

可是，自從弟弟鷹獨吞小黑雞事件發生後，兩隻雛鷹之間的仇恨與日俱增，一隻鷹巢只能有一隻雄鷹，這是牠必須面對的現實。有一點是確鑿無疑的，兩隻雛鷹之間隨時都可能爆發你死我活的爭鬥。種種跡象表明，同歸於盡的慘劇不可避免。要麼二除二等於零，要麼二減一等於一，牠又怎麼能去選擇意味著什麼也沒有的零呢？

金薔薇無奈地將翅膀閉了起來。

雙尾蝮蛇玻璃珠子似的眼睛盯著鷹巢東側的金追，本來直線形的蛇身S型縮攏，游進鷹巢，蛇頭向東慢慢向金追接近。

金薔薇翅膀撐開了又閉起，閉起了又撐開，心裏矛盾極了。理智告訴牠，利用這條毒蛇進行自然淘汰，是最明智的選擇；感情卻一再催促牠，俯衝下去，向耀武揚威的毒蛇猛烈撲擊，拯救自己的親骨肉，盡一個母親應盡的責任。牠體驗到靈魂被撕裂的痛苦。

金追發現游進鷹巢的雙尾蝮蛇了，恐懼得全身羽毛膨脹，發出驚悸的嘯叫。這一來，藍燦也跟著緊張起來，抖動翅膀，亮出嘴喙，朝著入侵者呀呀嗚叫。雙尾蝮蛇沒有理睬藍燦，徑直向金追游去。

大凡有經驗的食肉動物在狩獵時，遇到多個可供選擇的目標，爲避免分心，會鎖定其中一個目標，一追到底，輕易不會改變。

醜陋而又冷酷的三角形蛇頭肆無忌憚地逼近金追。在大自然那根食物鏈上，通常來說，高山蝮蛇排序排在梅裏雄鷹之下，也就是說，假如一隻成年山鷹和一條成年蝮蛇相遇，蝮蛇雖然有一咬致命的劇毒，但鷹有尖爪利喙，且鷹會飛，掌握著主動權，因此蝮蛇處於劣勢，搏殺起來的話，鷹吃蛇的可能性要大於蛇吞鷹。

大自然的食物鏈很複雜，有些是固定的吃與被吃的關係，如虎和羊，羊永遠被列入虎的食譜，絕無倒過來的可能。但也有一些屬於食譜互換的關係，換句話說，吃與被吃的關係並非固定不變，在某種特定情形下，狩獵者成了被狩獵者，而被狩獵者卻成了狩獵者。如山豹是吃野豬的，可要是嘴角翻捲著長長獠牙的兇猛的公野豬剛好遇到年老體衰奄奄一息的老山豹，也會毫不客氣地嚐嚐豹子肉的滋味。蝮蛇和山鷹，在大自然這根食物鏈上，就屬於食譜互換的關係。成年蝮蛇遇到還不會飛的雛鷹，鷹就列入蛇的食譜，必然是蛇吞鷹。

金追出於對毒蛇的本能畏懼，一面虛張聲勢嘯叫，一面往後退卻。退了兩步，就退到鷹巢邊緣，再也無路可退了。左邊有一根樹枝，但那條怪胎蛇尾剛好勾在這根樹枝上，封殺了金追唯一逃生的希望。

蛇果真是世界上最標準的冷靜、冷漠、冷酷的冷面殺手，一動不動凝視著金追，數秒鐘後，邪氣十足的蛇嘴慢慢張開，露出猙獰的蛇牙，身體收縮盤緊，腦殼豎起，脖子彎成弓狀……

金薔薇明白，這是蛇進攻的前奏。牠的心像被一隻無形的手狠狠捏了一把，痛得全身抽搐。寶貝，別怪媽媽心狠，是死神點中了你，你就認命吧。此時此刻，牠除了痛恨蛇的殘忍外，更痛恨蛇的沈著冷靜。該咬的你就咬，還等什麼呀？難道你除了要填飽肚皮外，還要像人類的獵手那樣享受捕獵過程所帶來的刺激和快感？

金追站在鷹巢最邊緣的一根樹枝上，只要再往後退一步，就會墜落深淵，結局也是死亡。牠意識到自己面臨絕境，不再後退，而是高高舉起翅膀，呀戈，呀戈，發出拼死一搏的嘯叫，還向前跨了一步，鷹嘴勇敢地啄向蛇嘴，把雄鷹不畏強暴、藐視一切的英雄氣概展示得淋漓盡致。但金薔薇心裏很清楚，再勇敢的雛鷹也不是成年蝮蛇的對手，金追的爪還不夠犀利，喙也不夠尖利，對雙尾蝮蛇形不成有效打擊。至多還有一、兩秒鐘，蛇頭就會以彈射的速度飛竄過去，咬住金追的身體，毒液會隨著針管似的蛇牙迅速注入金追體內，立刻麻痹金追的神經，然後將金追吞入蛇腹。

悲劇已不可避免，死亡已不可逆轉，大自然天天上演血腥的殺戮。

這個時候，藍燦站在巢的西端，對著分叉的怪胎蛇尾，聳羽、抖翅、亮喙、踢爪，做出與天敵搏殺的典型姿勢。當然，這只不過是虛張聲勢而已。

金薔薇做好了俯衝的準備，一旦蝮蛇將金追吞進肚，牠就對該死的蝮蛇發起攻擊，將危險排除，確保藍燦的安全。

雙尾蝮蛇玻璃球似的眼珠泛起一片冷凝的兇光，蛇脖子弓到了極限……

突然，讓金薔薇做夢也不敢想的事情發生了，弟弟鷹朝前跳了一步，狠狠在蛇尾啄了一口。小傢伙的嘴喙雖不夠鋒利，但畢竟是有鐵喙美譽的山鷹的嘴喙，且已是半大的少年鷹了，沒能在蛇尾啄出個深深血洞，也起碼啄破了蛇皮。蝮蛇一驚，身體散了形，進攻被迫中止。

畢竟是條蛻過幾次皮的成年蛇，沒有回頭，細長的身體迅速圈成一個圓環，朝身後的藍燦套過去。這是蛇的又一個克敵絕招，圓環就是絞索，將獵物套牢後，身體迅速收緊，活活將獵物絞殺。金薔薇的心懸到了嗓子眼。

又一個驚喜出現了，藍燦搖扇翅膀，憑藉翅膀產生的浮力，猛地一跳，跳到旁邊一根橫枝上，躲過了蛇的圈套。不僅如此，藍燦又借勢在蛇尾猛啄了一口。雙尾蝮蛇惱羞成怒，鮮紅的蛇信子急劇吞吐，彷彿在說：你是成年山鷹我怕你，你是黃口雛鷹我還怕你不成！然後身體麻花似地扭動，蛇頭唰地轉向，扔下金追而攻擊藍燦。

又一個讓金薔薇驚訝的情景發生了，蛇頭剛剛轉向，金追就搖扇翅膀跳到蛇身上，鷹爪猛烈撕爪。小傢伙的爪子雖不夠尖利，但畢竟是以鋼爪著稱的山鷹的爪子，且已是快進入青春期的候補雄鷹了，沒能將蛇撕得皮開肉綻，也起碼在蛇身上抓出道道血痕。雙尾蝮蛇疼痛難忍，倏地又轉換攻擊目標，兇相畢露的蛇牙再次瞄準金追。

兩隻雛鳥彷彿事先商量好了似的，蛇頭對準哥哥鷹，藍燦彎鉤似的嘴喙就毫不客氣地啄向蛇尾；蛇頭瞄準弟弟鷹，金追尖利如刃的爪子就趁機從背後撕抓蛇身。

雙尾蝮蛇腹背受敵，顧此失彼，雖然受到的攻擊都形不成致命傷，卻也攪得牠心神不寧，狂躁地扭翻身體晃動脖子，顯得十分焦急。

畢竟是蛻過幾次皮、手段老辣的成年蝮蛇，突然間用尾巴在一根細樹枝上打了個圈，以此爲支點，一米長的身體騰空飄起，大幅度甩擺，就像一根棍子在左右橫掃。「蛇棍」先掃向藍燦，藍燦所在位置迴旋餘地大，驚叫後跳，躲過了一劫。「蛇棍」又掃向金追，金追所在的位置空間極小，躲無可躲……

金薔薇看出了雙尾蝮蛇的險惡用心，是要將一隻雛鷹掃下樹去，解除腹背受敵的鉗制，然後專心對付另一隻雛鷹。想到這一點，牠突然驚醒。毒蛇正在行兇，牠卻袖手旁觀，要是兩隻雛鷹都死於非命，牠豈不成了最愚蠢的千古罪鷹！牠立刻向金錢松俯衝下去。

「蛇棍」掃蕩過來，金追朝後仰倒，身體翻出巢去，兩隻鷹爪緊緊抓住一根細樹枝，像枚果子似地懸掛在金錢松上。雙尾蝮蛇繼而轉向失去了依傍而顯得孤單的藍燦。

金薔薇從天而降，發出尖銳的嘯叫。

見到成年山鷹歸巢，雙尾蝮蛇的囂張氣焰立刻一落三丈，盤緊身體張大蛇嘴做出要與金薔薇血戰到底的態勢，其實卻色厲內荏、順著樹幹不斷往後退縮，躲進茂密的葉叢後，突然尾巴纏在樹枝上玩了個倒掛金鉤，跌下樹去，驚慌失措地鑽進一條深深的岩縫。

等到金薔薇重新飛回巢，哥哥鷹金追已依靠自己的力量從巢下翻了上來，兩個小傢伙劫後餘生，顯得異常興奮，圍著金薔薇嘰嘰唧唧不斷嘯叫，訴說著驚險與激動。

多麼勇敢的小鷹啊，要是牠們拋棄身上骨肉相殘的不良基因，精誠團結，攜手互助，該是多麼理想的一對兄弟鷹啊。

八、放飛精彩

金薔薇躺臥在鷹巢，受傷的右翅膀耷拉下來，忐忑不安地望著正站在枝椏上搖扇翅膀的兩隻雛鷹。

牠們迎風而立，金褐色的美麗的羽毛隨風舞動，張開巨大的翅膀，用力拍扇。雙翼鼓起雄風，產生一股向上升騰的力量，牠們的爪緊緊抓住樹枝，隨著翅膀搖動節奏加快，升騰之力越來越大，身體奇妙地向上飄起，連爪下的樹枝也被高高拉起。

當雛鷹翅膀基本長齊後，就會天天站立枝頭搖扇翅膀，鍛煉翅膀的力量，體驗騰飛的感覺，積累自信和勇氣。這是雛鷹的飛行預習，這個過程大約持續半個月左右，此後的某一時刻，雛鷹就會鬆開抓住樹枝的爪，擺脫大地的羈絆，自由飛翔藍天。

屈指一算，金追和藍燦進行飛行預習已有十六天了，體內的生物時鐘，今天已走到翱翔藍天的刻度上了。

本來，金薔薇設想得非常完美，去尕瑪爾草原捕獵一隻喜瑪拉雅山鷹最愛吃的野兔，好好犒勞兩隻翅膀已經長硬的雛鷹，也算是慶祝牠們首飛成功。然而，不幸的事發生了，牠在狩獵時右翼受傷。

事情是這樣的，牠在高空發現一隻躲在草叢裏的長耳朵野兔，平展翅膀像片枯葉似地朝目標俯衝下去，眼瞅著尖利的鷹爪就要揪住兔背了，突然間，可惡的野兔吱溜一個橫滾。牠清楚野兔想幹什麼，野兔是想仰面躺地，兩條長長的後腿蜷縮在胸口，牠鷹爪落下去，兔背依靠地面的力量，兔身倒豎起來，兩條結實有力的後腿閃電般朝天空踢蹬，這就是有名的「兔子蹬鷹」，鷹若不慎被踢中，非死即傷。金薔薇是隻有經驗的母鷹，遇到這種情況，最保險的辦法是放棄第一波攻擊，拍扇翅膀拉升起來，繞了個圈，尋找並實施第二波攻擊。

可牠剎那間的猶豫後，鷹爪還是朝野兔抓了下去。

牠是這麼想的，這塊草灘地形複雜，假如此時放棄攻擊，極有可能野兔趁機翻爬起來，一頭鑽進草叢間隱秘的洞穴，忙乎了半天，連一根兔毛也抓不到。牠不甘心就要到手的獵物在自己眼鼻底下逃逸。

另一個促使牠繼續攻擊的因素是，野兔只是側翻而已，並沒完成仰躺收腿的動作，也就是說，估計能搶在「兔子蹬鷹」前將野兔擒獲。於是，牠繼續向野兔伸出爪去。

牠確實搶在野兔仰躺前抓住兔脖子了，但抓住的不是後頸，而是頸窩，在牠揪住兔脖往上拉升時，兔背脫離地面的一瞬間，野兔無意中完成仰躺動作，兩條長長的兔腿收縮腹部。金薔薇意識到危險，想鬆開爪子扔掉野兔，但已經遲了，只聽見砰地一聲，牠的右翼一陣酸麻，好幾片翮羽像秋風掃落葉似的在天空飄零。身體也陀螺似地打旋，並往下沈落。

牠不得不扔掉野兔，卻仍無法正常飛行，每搖動一次翅膀，就火燒火燎地痛。幸虧野兔是在空中做出的「兔子蹬鷹」，角度偏斜，力量也有限，不然的話，牠翅膀當場就會被踢斷，變成一隻只能在地面行走的雞。

牠艱難地搖動受傷的翅膀，歪歪扭扭，飛飛停停，好不容易才飛回鷹巢。牠沒能帶回食物，牠不知道，處在饑餓中的兄弟鷹一旦飛起來了，會不會在空中上演一場手足相殘的悲劇？

牠憂心忡忡，無比焦慮。

明麗的陽光照耀日曲卡雪峰，照耀蔥鬱的森林和碧綠的草原，天空金碧輝煌，大地生機盎然。一股強勁的山風吹來，把金追的雙翼鼓得像兩面小小的風帆，一股強大的氣流從山谷沿著峭壁上升，金追突然鬆開了握抓樹枝的爪子，好風知憑力，送我上青雲，氣流將金追像風箏似地高高托起，牠平展雙翼，在藍天白雲間滑翔。

哦，勇敢的哥哥鷹，首飛成功，完成了由雛鷹向青年雄鷹的飛躍。

開始時，金追還飛得有點生疏，翅膀搖扇略顯僵硬，飛得忽高忽低，遭遇旋轉的氣流，身不由己地被轉得暈頭轉向。但在遼闊的天空盤旋了幾圈後，很快就飛得熟練而瀟灑，追雲逐日，翼羽間兩道金色斑紋猶如閃電在天空遨遊。

突然，金追一個翻飛，從高空向金錢松俯衝下來。弟弟鷹藍燦站在樹冠上，正在搖扇翅膀預習飛行。金追俯衝的角度，正對準藍燦。

金薔薇緊張得渾身發抖，牠想起那隻名叫萊凝的母鷹，曾經用分巢養育的辦法，將兩隻雛鷹同時養大，結果其中一隻雛鷹首飛成功時，第一件事就是撲殺副巢裏尚未能飛行的兄弟，難道歷史的悲劇就要重演？

金追氣勢磅礴地俯衝下來，灑下一串高亢嘹亮的嘯叫。金薔薇悲哀地閉上眼睛，牠的翅膀受了傷，牠已經沒有能力阻止哥哥鷹行兇了，如果金追想要撲殺藍燦的話。牠只能聽天由命，接受最慘痛的現實。牠閉起眼睛，是不想看見弟弟鷹藍燦被掐斷脖子後拋下懸崖血淋淋的鏡頭。

好幾秒鐘過去了，並沒有傳來弟弟鷹垂死的鳴叫。牠奇怪地睜開眼，藍燦還好端端地站立樹冠預習飛行，金追則在樹冠上方翩然巡飛，忽而大幅度搖動翅膀頂風衝刺，忽而平展雙翼順風滑翔，一面飛還一面發出興奮的嘯叫。金薔薇總算明白了，金追從高空俯衝下來，是在向藍燦傳授飛行的心得體會，是在鼓勵和催促藍燦躍上藍天。

梅裏山鷹這個強悍的物種，出現了極其罕見的兄弟情。

金薔薇看見，在金追連續不斷的鳴叫聲中，藍燦鬆開了握抓樹枝的爪子，又一隻矯健的青年雄鷹升上天空……

兩隻雄鷹首尾相連，在藍天上下頡頏，自由翺翔，展示天之驕子搏擊長空的氣勢與風範。

突然，金追一個鷂子翻身，幾乎筆直地向金錢松下方一叢灌木俯衝下去。金薔薇從鷹巢伸出頭去觀察，不看不知道，一看嚇一跳，那條曾經偷襲過鷹巢的雙尾蝮蛇在灌木間穿行。從金追的俯衝路線判斷，目標就是這條蛻過幾次皮的成年蝮蛇。金薔薇立刻向金追發出心急如焚的鳴叫。

不不，孩子，快停止無謂的冒險。勇敢過了頭就是傻大膽啊。你初出茅廬，你應該像其他所有剛剛開始自己覓食的青年雄鷹那樣，去沼澤挖掘蚯蚓，或者去草灘捕捉田鼠。等你練就了純熟的狩獵本領，才有可能捕捉兇悍的成年蝮蛇。

然而，金追對金薔薇的警告置若罔聞，仍向雙尾蝮蛇俯衝下去。

狡猾的雙尾蝮蛇感覺到了來自天空的威脅，快速游向一個幽暗的石洞。當金追俯衝至石洞口時，蝮蛇僅有五、六寸長一截尾巴還暴露在洞外。

鷹抓蛇，尤其是抓毒蛇，攫抓的位置特別重要。鷹也懂得抓蛇抓七寸的道理，最理想的是，飛臨毒蛇上空時，一隻鷹爪閃電般地揪住蛇脖，這是蛇的軟肋，也是蛇的要害，容易捏牢而不易滑脫，細小的蛇，一旦被遒勁的鷹爪捏緊脖子，很快就會頸椎斷裂而喪失反抗能力，粗一點的蛇雖然還能掙扎，但因為脖子被鐵鉗似的鷹爪緊緊鉗住，無法用毒牙噬咬，因而也構不成對鷹的致命威脅。當揪住蛇的七寸凌空而起時，另一隻鷹爪抓住蛇的中段，不讓蛇像繩索似地來糾纏捆綁，這樣，再厲害的蛇也只能變成鷹的美食了。

但此時此刻，金追伸下去的鷹爪所能揪抓的只有一小截蛇尾。

對鷹來說，攻擊蛇尾是最不明智的選擇了。首先，蛇尾不易捏牢；第二，蛇尾不是要害部位，即使被鷹爪捏碎了，蛇也不會喪失反抗能力；第三，蛇的柔韌性極佳，捏住蛇尾後，剎那間蛇頭就會反躥上來噬咬。

可是，金追沒有時間猶豫了，戰機轉瞬即逝，要捕捉這條蛇，只有孤注一擲去揪蛇尾，不可能有第二種選擇。還算及時，就在蝮蛇游進石洞的最後一瞬間，金追的爪子揪住了滑膩膩的蛇尾，拍扇翅膀快速向天空升騰。

鷹是天之驕子，到了天空便所向披靡；蛇是地之幽靈，脫離大地便喪失威風。可這條怪胎雙尾蝮蛇比預料中的還要厲害，被鷹爪拎到空中的一瞬間，柔韌的身體唰地就彎成U型，三角型的蛇頭迅速反躥上來，露出尖利的毒牙朝鷹爪惡狠狠咬將過來。

金薔薇居高臨下看得清清楚楚，金追想要擺脫危險，唯一的辦法就是鬆開那隻揪住蛇尾的爪子。

當然，金追一旦鬆開爪子，這場狩獵也就半途而廢了。金追剛剛開始從地面升騰上來，現在所處的位置也就是三、四米的低空，雙尾蝮蛇在這樣一個位置掉下去，是不會摔死也不會摔暈的，底下是亂石遍地的灌木叢，受了驚的蝮蛇猶如魚回水中，很快就會消失得無影無蹤。

這沒什麼，就當是一場失敗的演習。不管怎麼說，保全自己永遠是第一位的，捕捉獵物只能是第二位的；自己性命都保不住了，捉住獵物又有何用呢？

果然，金追鬆開了爪子，果然，雙尾蝮蛇向灌木叢掉去。

就在這成敗轉折關頭，突然，弟弟鷹藍燦箭一般飛竄過來，矯健的身影貼著地面劃過一道漂亮的弧線，就在雙尾蝮蛇跌入灌木叢的一瞬間，一把揪住蛇尾，再次將之拉升到空中。那隻與眾不同的金藍色嘴殼，就像孔雀翎那麼鮮豔華麗。

雙尾蝮蛇再次向上反竄，三角形蛇頭朝藍燦腹部咬來。這時候，藍燦已升到十多米的空中了。

藍燦沒等毒蛇噬咬，及時鬆開了爪子。雙尾蝮蛇剛開始往下掉，哥哥鷹金追又疾飛而至，揪住那條叉開的蛇尾。兩隻青年雄鷹配合得非常默契，及時、準確，銜接得恰到好處。兄弟倆就像在玩接力賽一樣，雙尾蝮蛇就是一根特殊的接力棒。本來嘛，梅裏山鷹就是天之驕子，空中拋物接物，是一種與生俱來的本領。

兄弟鷹節節攀升，很快將雙尾蝮蛇帶到高空。三角形蛇頭的反躥噬咬越來越乏力，蛇骨抖鬆了，脊椎脫骱了，終於再也無力抬頭反躥，變得像根爛草繩，垂直掛在藍燦鷹爪下。金追飛過去，鐵鉗似的爪子揪住了蛇的七寸，兇悍的蝮蛇終於停止了最後的掙扎。

天色漸暗，兄弟倆將蝮蛇帶回金錢松，一家子共用豐盛的晚餐。

曾幾何時，這條可惡的雙尾蝮蛇偷襲鷹巢，差點吞食了還不會飛行的金追，如今，雄鷹展翅，強弱逆轉，蛻過幾次皮的蝮蛇成了鷹的美餐。兄弟倆初出茅廬就擒獲了一條成年蝮蛇，對梅裏山鷹來說，無疑是創造了一個奇蹟。

金薔薇大口啄食鮮美的蛇肉，這是牠有生以來吃得最香的一頓晚餐。不但用蛇肉填飽了肚皮，還品嚐了成功的喜悅。牠的辛苦沒有白費，牠所付出的巨大心血終於有了可喜的回報。梅裏山鷹，開創了同窩養育兩隻雛鷹的新紀元。從這個意義上說，牠放飛了精彩，放飛了希望，放飛了輝煌。

沈石溪作品集

金絲猴的王冠 另類生靈【新封珍藏版】

作者：沈石溪
發行人：陳曉林
出版所：風雲時代出版股份有限公司
地址：10576台北市民生東路五段178號7樓之3
電話：(02) 2756-0949
傳真：(02) 2765-3799
執行主編：朱墨菲
美術設計：許惠芳
行銷企劃：林安莉
業務總監：張瑋鳳

出版日期：2018年12月
版權授權：沈石溪
ISBN ：978-986-352-646-9
風雲書網：http://www.eastbooks.com.tw
官方部落格：http://eastbooks.pixnet.net/blog
Facebook：http://www.facebook.com/h7560949
E-mail：h7560949@ms15.hinet.net
劃撥帳號：12043291
戶名：風雲時代出版股份有限公司

風雲發行所：33373桃園市龜山區公西村2鄰復興街304巷96號
電話：(03) 318-1378
傳真：(03) 318-1378
法律顧問：永然法律事務所 李永然律師
北辰著作權事務所 蕭雄淋律師

行政院新聞局局版台業字第3595號 營利事業統一編號22759935

定價：300元

國家圖書館出版品預行編目資料

金絲猴的王冠：另類生靈 ／ 沈石溪 著. -- 臺北市：風雲時代，2018.11- 面；公分

ISBN 978-986-352-646-9 （平裝）

857.7 107016515